史杰鹏作品

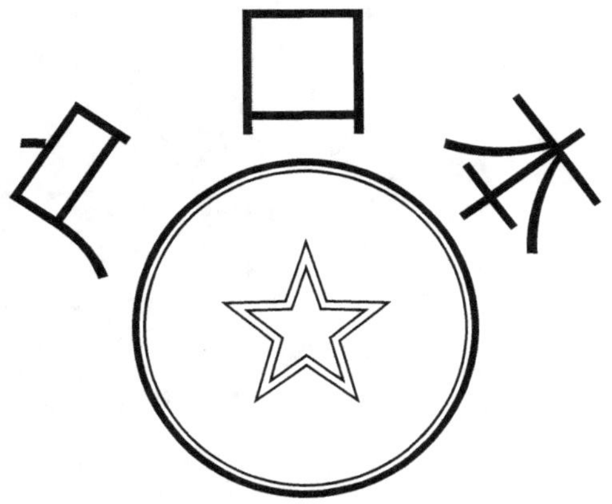

目录

一 相亲

1970 年代初，二十五岁的爸爸正焦急寻觅着配偶，他知道自己的时间不多了。在乡下，大家都要在交配的最佳年龄迅速结合，错过这个村，就很难有那个店。何况，除此之外，他还有生理需要。

好在媒婆很多，很快爸爸就相亲去了。有人给他介绍了一个三店大队的女人，住在三公里外。他上午精神抖擞出去，中午沮丧地推着二伯父的破自行车回来，分开迎上去叫唤的鸡，踏着一地的鸡屎，穿过天井，将自行车支起，拍了拍裤子的灰尘。

婆婆[1]正坐在灶边煮饭，用火钳夹着一小捆一小捆的干稻草，塞进炉膛，火光照亮了她半边皱巴巴的脸，红彤彤的，色调温暖，好像一幅古典油画的局部。看见爸爸，她马上站起来，急切问："怎么样嘛？"

天井对面，大伯母身材肥硕，牛高马大，挺着个大肚子，手里捏着一块抹布；二伯母则抱着出生不久的女儿，正要喂奶，一个乳房还耷拉在外面。她们都停下活，期待地看着爸爸，

---

1 婆婆：南昌人对奶奶的称呼。

眼神询问同样的问题。

爸爸的脑袋像摇头电扇那样转了一圈，说："你们都看过《鲜花盛开的村庄》哟？"

"前几日球场上还放过，哪个会没看过嘛。"大伯母回答。

爸爸说："那只女的，长得就像电影里头的六百工分哦。"

这是个典故，来自朝鲜电影《鲜花盛开的村庄》，里面女主人公身强力壮，和男人一样挣六百工分，是社会主义新农村建设的模范典型。

"六百工分几好啊！吃得，做得，娶过来，事事都不要你操心。"大伯母说。

"那是蛮难看哦，太胖了嘛。"二伯母表达了不同意见。

爸爸说："就是这话啰，硬是看不过眼哦。"

婆婆有点失望："算了算了，再等下，我不相信，像你这样长长大大，又有文化，会找不到人。"

过几天，大伯母的一个亲戚来了。一踏进门槛，老鼠似的四处张望，兼大呼小叫："金妹啊，你活得蛮不错哦。贵旺老实，不但是只闺崽子[1]，还有一份国营工厂的正式工作，城市户口，又事事都听你的。你硬是命好哦，这一生世，硬是赢到了哦。"又摸摸我堂兄的头，"小林啊，在新家还不错吧？你记到，要拿这里当自己屋里哦，以前的爷[2]，要抛到二十五里外去哦。"

大伯母打断她："是哦，是哦，你这么厉害，不如再帮我屋里一个忙嘛。"

"说这样的话，亲戚头上，这么客气做什么哦。"

---

1 闺崽子：南昌方言，指处男。
2 爷：南昌人对爸爸的普遍称呼。

"我屋里三叔，你晓得吵，今年二十五岁了，你给他介绍一个女崽嘛。"

"金龙是不，还没说人家啊？没有问题没有问题，包在我身上，我这里就有现成的一只。我屋里老头[1]，你晓得的，大队派他去城里金塔街推粪[2]，租住在金顺大队一家人屋里，那家人屋里有个女，属鸡，也没嫁人，比金龙小一岁，蛮能干，还当过女民兵排长。现在在村里做赤脚医生，是学雷锋积极分子哦。虽然也是农村户口，但人家落得地方好，不种谷，只种菜，住在金塔街，门口一条好宽好大的柏油马路，人来人往，汽车不晓得几多。还跟你城南这里样的？尽是煤炭渣滓路，骑只车子跑到来，隔夜的屎都要颠出来。一到夜晚，路上没有一只人毛，鬼打得人死……你问下三叔有兴趣不？要是愿意，我就联系他们见一面。"

大伯母说："这么好的条件，哪晓得人家看得上我侬[3]乡下人不啦？"

"人家那只女崽什么都好，就是没读过几年书，拖到现在，一门心思想找个有文化的。你三叔不是读过中专啊？现在又是小学老师，说不定谈得成哦。"

"听起来蛮好，那就劳烦你介绍一下啦。"婆婆放下手中喂鸡的碗，隔着天井插嘴。

三天后，一对乡巴佬男女在八一公园门口见面了。男乡巴佬上身穿一件洗得褪色的褐色中山装，下身穿一条同样褪

---

1 老头：南昌方言，妇女对自己丈夫的习惯称呼。
2 推粪：推粪车的简称，当时农民经常去城里厕所收集粪便，用车推回去给地施肥。
3 我侬：我们。此词来源古老，唐司空图《力疾山下吴村看杏花》诗："王老小儿吹笛看，我侬试舞尔侬看。"

色的绿色军裤，脚蹬一双解放鞋，人瘦得像根干芦苇，划根火柴就能点着，而且烧不了两分钟。他推着一辆二八载重车，车身黄泥星星点点，车杠和车把上缠了一圈又一圈的红色塑料，前后两个车毂中间，还套着自制的彩色塑料装饰，毛茸茸的，但不可爱。女乡巴佬身量矮小，乘船坐车似乎永远可以合法逃票。两个人一高一低，走在柏油马路上。爸爸推着车，走了几步，主动搭话："你住在金塔街是不？"

妈妈说："是哦。你住在城南大队？听说蛮远哦。"

爸爸想，不远我他妈的找你，又矮，小学还没毕业，就这样还能做赤脚医生，不晓得要害死几多人。他说："是哦，那明日你还继续在金顺大队做事？"

"什么明日？"妈妈有点摸不着头脑。

"就是结婚以后。"

"哦，你说怎样就怎样，户口迁到你们城南大队也行。"

爸爸想，迁到城南大队，那不成了脑膜炎。他说："我们国家，子女户口随母，你还是留在金顺大队比较好，虽然说也是农村户口，但毕竟属于郊区，地方也好，就在城里居民区，还发粮票。"

"毕竟。"妈妈回味了一下这个词，说："这是什么意思？"

爸爸怔了一下，迟疑道："毕竟，就是好歹。"

"哦，好歹属于郊区。意思是还不错？"

"差不多吧。"

妈妈有点不好意思："我没有什么文化，第一次听到这只词。听说你是学堂里的老师？"

"是哦。"爸爸回答，"赤脚老师。"

妈妈说："赤脚老师也是老师，蛮不错哦。我这只人，最怕读书了，读过一年半私塾，学不会，手心都被老师拿戒尺打得青痛，看到老师就怕。"她的眼光中充满崇敬。

爸爸很悲哀，想，看来这是一只尽料的扇头[1]，不晓得会不会影响后代。但她毕竟不用种田，是目前最好的选择。

他们绕着八一公园，转了一个圈。正是春天，百花齐放，妈妈不时地看看旁边围栏内姹紫嫣红的公园，但男乡巴佬视而不见，因为进去要花两分钱的门票，两个人就是四分，太奢侈了。一会儿，他们又转回了东门，已近中午，旁边一家国营馆子店门口排起了长龙，排在最前面的一个矮男人，双手高举着钱和粮票叫嚷："一碗肉丝面，一碗肉丝面，对，啊，就放那一点子肉啊？多放点子吵。"服务员回答："放几多肉，国家有规定，不是你想吃几多就有几多的。"矮男人说："国家，国家有几多事要管，会管你放几根肉丝？你硬是扯卵蛋[2]哦。"服务员说："我扯卵蛋？你就不说自己事多？到底吃不吃哦？不吃靠边站，不要挡到人家——底下。"他伸出食指，指着矮男人后面的那个。

妈妈停住了脚步，望着人群，咽了一口唾沫。爸爸觉察到了什么，赶紧说："我的脚踏车是借我二兄的，他下午要上班，必须按时还。我先走了。"说着已经飞身上车，没入前方一条小巷，眨眼就没有了踪影，像一只受惊的蟑螂。

妈妈呆呆站着，嘟哝了一句："看样子，是一只铁公鸡。不过长得蛮高，也蛮有文化。"又嘟哝了一句，"毕竟。"

---

1 扇头：南昌方言，指傻瓜。
2 扯卵蛋：南昌方言，指胡说八道。

二　结婚

爸爸推着自行车，走过天井，支起车，迎着大家询问的目光，说："好矮，硬是一只地梭梭。"

大伯母说："又没看上啊？你好挑哦。"

爸爸说："哪个说了没看上嘛。"

过了几天，他把妈妈带回了城南家里。那是一栋老宅子，青砖灰瓦，大门门券皆用红条石砌成，足有三四米高，两扇木门也因此显得巍峨巨大。门前还搁着两个红石的墩子，不知当时派什么用场，也许上面曾经蹲坐过石狮，但已了无痕迹。

妈妈站在门前，对爸爸说："这么大的房子！你屋里是什么成分哦？"

爸爸说："中农。其实应该算贫农，我小时间穷得连短裤头都没有穿，哪有资格当中农嘛。"

婆婆本来满脸笑容，听到这话，有点不高兴："没有短裤头穿的时间，你还在穿开裆裤。这家家户户，哪个细伢子不穿开裆裤，哪个穿裤头？"

爸爸尴尬地笑了笑，不说话。妈妈仰起头，说："这两扇门好大，看得人头昏。"

接着，他们去参观爸爸分到的小屋。那是整栋宅子里面积最小，也是位置最靠后的一间。虽然铺着地板，但经历几十年沧桑，色泽黯淡，木质磨损，萧然残破，看不出有油漆过的痕迹，也不知道本来如此，还是已被岁月的脚步磨光。隔三差五能找到一个老鼠洞，黑咕隆咚，手电筒也照不到底。走在上面，立刻传出一阵阵空洞的响声，仿佛鬼魂在地板下奔驰。

妈妈四处张望，说："好暗。"又仰头看着阁楼，"这半截楼有点子吓人，跟有鬼在上面吃饼样的。"

爸爸说："你胆子这么小啊？毛主席教导我们，敢同恶鬼争高下，不向霸王让寸分。再说，这世界头上，哪有鬼嘛。"

妈妈不好意思地笑了笑。

爸爸继续介绍："我大兄那间房，就没有阁楼，面积也大一些，家具也精致一些，椅子背上都镶满了彩色玻璃，还有好几只彩色的瓷瓶。"

"精致？镶满？"

"就是做工好。"

妈妈笑："你们有文化的人，说话都不同的。这栋房子原先是哪个的嘛？"

爸爸说："当然是地主的，我侬贫下中农还做得起这样的房子啊？土改的时间，民兵拿他牵到天井里枪毙了。有两个崽，自己找了块空地，搭了间茅棚子住。房子就分到我屋里了，但不是归我一家所有，比如那间厢房，是分给另外一个贫下中农的，去年我二兄才拿它买下来。"

妈妈说："哦，是地主恶霸的房子，剥削劳动人民血汗建的，怪不得这么好。"

他们很快结婚了，新房就是这间阴暗的屋子，床上叠着崭新的枕头，枕套上绣着葵花朵朵，金黄耀眼的花盘，碧绿的葵叶，一轮通红的太阳光芒四射，象征社会主义的美好未来。旁边绣着一列飞扬跋扈的红字：大海航行靠舵手。一切都花团锦簇，但并不能驱散屋子的阴霾。黑漆漆的半截楼，布满鼠洞的地板，灰扑扑的衣柜，油漆斑驳的椅子，隔着岁月朝他们窥望。

每天晨光熹微，妈妈就爬起来，要去大队上工。爸爸也只好跟着起来，打着呵欠，推出二伯的自行车。他必须送一送，因为金顺大队在七八公里之外，要先越过一段三公里左右的煤渣路，两边都是稻田，一望无际；灰扑扑的村庄三三两两，散落其间，像青草丛中一堆堆狗屎。不通车，三公里之后，才是柏油路，有公交，要坐五站，费用一毛五，来回就是三毛。这可不是一笔小数，何况来回颠簸，很不轻松。

送当然也只送煤渣路那段，碰到爸爸早晨一二节有课，送这点路也没时间。于是他们商量，要一劳永逸解决这个问题。男的说："在金塔街租得到房子不？"

女的答："罗细贱屋里有一间小偏房。"

"几多钱？"

"没问，五块钱一个月应该差不多。"

"那你就问一下，五块钱可以考虑租下来，能再便宜些当然更好。"

从此妈妈不再来回跑，罗细贱家，离妈妈的娘家，步行只要三百米。妈妈每天上工下工，再也不用急匆匆赶路。平日在娘家吃饭，本来也并没有分家。爸爸则留守城南，隔三差五进城和妈妈团聚。

那是一个非常狭小的所在，昏黄的电灯光下，妈妈给我喂饭，她小心翼翼跟我商量："我肚子痛，你自己吃好不嘛？"

我喉咙里哼唧："不好，要喂。"

"我当真肚子痛。"妈妈把碗放下，抚着腹部呻吟。

我哭了："不好，要喂。"

她捉过我，按到自己膝盖上，手掌没头没脑扇向我的屁股，但没有效果。我的哭声越来越大，她只好再次将我扶正，端起碗，舀起一勺饭，塞进我嘴里。罗细贱的娘听见，过来问："崽呀，哭什么嘛？"

妈妈说："老娘啊，我肚子痛哦，可能要生了哦，你帮我去叫一下我爷我娘嘛。"

老太婆答应了一声："好哦，崽啊，腊月天生崽，可怜哦。"迈起两只小脚，摇摇晃晃，像一只母鸡，往我外婆家跑。其实已经是初春，春节才过十一天，元宵节还没到。这个春寒料峭的夜晚，我外公挽起一辆板车，像运生猪一样，把妈妈送进了南昌第二医院。当天深夜，又一个可怜虫，我的妹妹出生了。

带着两个孩子，这样租住下去究竟不是长久之策，本来就穷，还要付房租。经过一番商议，爸爸带着一帮乡巴佬亲戚，像蚂蚁搬家，用独轮车、双轮板车，从城南乡下络绎运来了一些砖瓦，附着妈妈娘家屋子的外墙，搭建了个小房子。

小房子总共大约不到二十平米，铲成两间。靠北的那间，放着些箱笼杂物，一块麻石上，搁着妈妈的赤脚医生药箱。

卧室是靠南的那间，离马路只有十几米，好在那时车流少，晚上更是几乎见不到汽车，听不到什么喧哗。房子的地基极低，湫隘潮湿，一到下雨，就变成泽国。有一次雨后，我看见妈妈抱着一个大木端桶[1]，弯腰舀着雨水，奋力往外泼。两个裤腿高高卷起，小腿肚子肌肉虬结，异常饱满。

"该死的鬼天气，一日到夜就晓得落雨，硬是落去死。"她边戽水边抱怨。

我说："你的小腿肚怎么那么大，我从来没见过别人的有这么大？"

她不好意思地一笑："还不是矮得。我本来哪会这么矮嘛，你看看你太公[2]，你那些舅舅、阿姨，哪个不是好高一个？就我矮。我是老大，没足月份生下来的。我娘说，生我的时候，还在逃难的路上，日本人的飞机在天上轰炸。又没有吃，不晓得几可怜哦，要不然哪会长这么矮。"

1 端桶：一种短柄的木斗。
2 太公：太外祖父。

三　讲家史

　　晚上躺在床上，总要妈妈讲故事，但她只会讲一个故事：门闩子和门搭子是两兄弟，有一天，他们的妈妈去外婆家做客，回来已经是夜晚，走在半路上，碰到一个野人，就被野人吃掉了。野人没吃饱，冒充妈妈回家敲门。门闩子睡在楼下，一开门，也被野人吃掉了，手指头咬得咯吱咯吱响。门搭子睡楼上，问："妈妈妈妈你在吃什么？"野人说："从外婆家带回来的萝卜干。"门搭子说："我也想吃。"野人顺手就丢上去一截。门搭子一看，什么萝卜干，是哥哥的手指。吓得要死，赶紧把墙角一桶桐油往楼梯上倒。野人吃完门闩子，还有食欲，就爬楼梯去吃门搭子，爬到一半，脚打滑摔死了。门搭子就大声唱歌："天呐地呐，野人吃我亲姊妹诶。天呐地呐，野人吃我亲姊妹诶。"邻舍们都被吵醒了，从四面八方赶来，一起烧火，把野人煮着吃了。

　　连听了三个晚上这故事之后，我强烈抗议："你怎么只会讲这只故事，门搭子为什么要唱歌？妈妈和哥哥被吃掉了，他为什么还要唱歌？他不能好好说话吗？不晓得几难听。"

　　她只好改讲自己的家史。

　　"我屋里原先是岗上刘家的，我太公听说叫刘一贴，就是有一种祖传膏药，不管什么病，一贴就好。日本鬼子来的时候，一家人逃难，才搬到这里。那时间啊，这旁边尽是庙。我爹爹[1]，也就是你太公给人家当大师傅。大师傅啊，就是炒菜的。他学会了炒菜，吃得苦。庙里的大和尚好喜欢他，拿了一栋房子给他住，让他帮忙看管庙产。那只庙啊，不晓得几大，半日都走不完。庙里的老和尚，好喜欢写字画画，墙上挂满了毛笔字画；他也好喜欢细伢子，我每次去，都要给我吃点心。庙里有一间房，放了好多棺材，都是一些有钱人，夫妻双方，有一个死了，先不埋，存到庙里，等另一个也死了，一起埋。还有一些当官的外地人，屋里有人死了，也不埋，等官做完后，运回老家再埋。也有一些在这里做官的外地人，死了就埋到这里。解放后，修柏油马路，庙都拆掉了，就剩马路对面那只塔。我屋里也搬了，外公现在的房子，是政府赔给我们的。墓啊，都挖掉了哦。"

"那么多棺材，你不怕啊？"

"怕哦。有一次，我跟元生两个人跑到庙里玩，他比我大两岁，突然一把抱起我，拿我搁到一副棺材上，自己就跑掉了。我的魂都吓脱了。元生就是我三爹的孙子，他是元宵节生的，所以叫元生。他的女菊花、金花，你认得的。你那只太公，重男轻女，反而拿我骂了一餐。"

"太公这么坏啊？"

"是哦。我跟你现在一样大，就日日要到地里去摘草喂鹅，屋里养了好多鹅哦，下好大一只的蛋，一只有鸭蛋的两只大，有鸡蛋的三只大。有一次一伙坏细伢子唆使我说：'你

---

1 爹爹：南昌人对爷爷的称呼。

屋里好多鹅蛋，偷两个出来煮了吃哟。'我这只人老实，马上跑回去，偷了两只鹅蛋，就在野地里煮。你太公不晓得听哪个说了，跑得来，一巴掌打得我滚了几丈远。那只老棺材，你说他可怜？他走得动的时候，不晓得几凶哦。屋里那么多鹅，都是我喂大的，下了那么多蛋，我偷吃一只都不行。他身体不晓得几好，六十多的时候，还拿你外公追得围到屋跑。"

她又说起看电影的事："电影都不准我看，但我就是想看。庙还没拆掉的时间，我们还住在庙里的老屋里，周围都是坟山，好长的草，比人还高。夜晚跑到城里去看电影，回来要经过一堆坟山，好多坟里面埋的还是生生鬼。什么叫生生鬼？生生鬼就是生崽没生出来死掉的妇女，听老人家说，那是世界头上最凶的鬼。我每次跑过那些坟，都差点吓脱了魂。又怕，又喜欢看，《锦上添花》《我们村里的年轻人》《野火春风斗古城》《渡江侦察记》，都是那时间看的。"

我问："街上这些人家，当时也住在坟山里啊？"

"他们，鬼晓得是从哪阴间里搬来的乡下人。我都不认得，都是拆了庙之后搬来的。"妈妈轻蔑地说。

她说着说着，语速逐渐降低，随即悄无声息。我则辗转反侧，想象那时寺庙的院墙外，坟冢累累，树木参天，蓬蒿蔽路，各种野生动物巢穴其间。又想起寺庙里一堆堆的棺材，想到自己将来一天也会死，也会被装进棺材，埋入地下，从此再也看不到这个世界，又恐惧又伤心。我摇晃妈妈，没有效果；再次摇晃，很用力，这回她终于爬到了梦乡门口，听我讲述完这个忧虑，含混不清地应付道："不要紧，等你死啊，还不晓得要几久哦。"随即脑袋一歪，又坠回了梦乡。

从此以后，元生这个人也变得鲜活起来。其实小姨经常去元生家，因为她和菊花是同班同学。元生家在金塔街的对面，一个小坡上。穿过池塘、菜园和野地，往坡上走，小姨会马上紧紧攥住自己的头发："有四脚蛇，快，捉紧头发，不要被四脚蛇把头发算清了，算清了你有几根头发，你就会死。"一只蜥蜴从草丛中一闪而过，像电抹一样。我也吓了一跳，赶紧死死攥住自己的头发，一口气冲上坡，逃离那个充斥着各种邪恶小动物的是非之地。

四　狗

　　一个精瘦的中年男人站在柴门外，用手指关节"橐橐"敲击柴门，问："请问，这是刘招发老人家屋里不？"他长得乌头黑壳，一看就知道是远郊的稻农，南昌话所谓"作田的"。

　　太公拄着拐杖走到门前："我就是哦。"

　　农民的脸笑成一朵黑菊花："太好了，我听说你老人家诊病厉害，特意从罗家集找过来的。你老人家仙风道骨，跟电影里的太上老君样的，一看就晓得是神医。听说你老人家可以起死回生，我没找错哦。我啊，头发晕，没有力气，吃不进饭哦，有上个月[1]了哦。"

　　太公拉开柴门，放他进来，命令道："面朝墙壁站到，扎起裤脚，我跟你扎几针就好。"

　　农民依言站在墙角，两条裤腿高高卷起，腿肚子乌黑壮实，青筋绽露。太公从身上掏出一支钢笔，旋开盖子，却不是钢笔，只是个空腔。他抖一下，倒出了几根亮晶晶的针，犹豫片刻，选了最粗大的一支；俯下身，左手按了按那作田

<hr>

1 南昌话里，"上个月"既可以指"上一个月"，也可以指"差不多已经有一个月"，但是两个"个"的发音声调不一样，前者的"个"读轻声，后者的"个"读去声。

佬的腿肚，右手银针猛然扎入。作田佬顿时体如筛糠，颤抖个不停，好像挨了一刀的猪。

我突然觉得肚子很胀，跑到门外，蹲在墙角拉屎。旁边就是厕所，但蹲坑的空隙太大，我的腿还掰不了那么开。附近的儿童都是在自家门口的墙角拉屎，心照不宣。拉完了，也不用管，巷口有一条黄狗，早已欢天喜地跑来，在我屁股边徘徊，摇头摆尾，显得心绪很焦急，生怕吃不到热的。这司空见惯，但是这回我吓了一跳，我发现自己竟然拉出了一堆透明的虫子，赶紧慌张地挪了一个位置。那条黄狗看着那堆包裹着虫子的屎，凑近闻了一下，又忽地向后跳开，大概个性保守，或者少见多怪，暂时还无法接受这种新生事物。我没有心情理会它，因为我发现，有一条虫子还死死攀住我的肛门。我当即尖叫起来："太公，太公哎——"

太公颤颤巍巍走出来，一边走，一边撕着一个新的香烟盒子，抖落里面的烟草屑，准备给我擦屁股。我撅起屁股，他弯下腰，用纸裹住蛔虫，一把扯了下来，安慰我："莫怕莫怕，你昨日吃了宝塔糖，是打蛔虫的哦。"

我惊魂稍定，提上裤子，跟着他走进院子。那个男人还面对墙壁站着，腿肚上两条暗紫色的血迹蜿蜒流淌，眼看要淌到脚跟。太公俯下身，用剩下的香烟盒子纸给他擦干，说："好了，过几天就会好。没好再来。一般扎一次就会好哦！"

那作田佬回过头，对太公千恩万谢，太公送他到门口，说："下次来，也不要带什么，一包子藕粉，或是一包子点心，足有了。"那人笑容中断了一下，好像错拉了灯绳，又马上恢复了光亮："晓得晓得，我懂我懂——你老人家留步哦。"

这时房间里突然传来大舅的笑声，太公朝房门看了一眼，哼了一声，有些不快。

我走到门口，看见那农民打下裤脚，跨上一辆永久牌载重自行车，咣当咣当远去。金环似的太阳明晃晃悬挂在东方的天空，阳光像山间溪水一样清澈，我站在人行道上，四处张望。不远处，裁缝家的孙女小菊也蹲在路边拉屎；再过去一点，板车修理店门口，一个浑身排骨的家伙，蹲在板车旁补胎，补得热火朝天，大家都称他"鸦片烟缸子"，我能闻到隐约的胶水气息。但注意力没持续多久，我很快被一辆速度极其缓慢，但噪音极其巨大的破车吸引了，我们这里的人叫它"起风土"，确实很形象，它永远喷着乌黑的烟，好像大风掀起了尘土。好在黑烟旁边的天空，照旧蔚蓝蔚蓝。我正在想，它每走一步都那么大声，多累啊，突然胳膊被一只手抓住，拉着我就跑。我不得不跟着跑，跑得上气不接下气，一直跑到一个院子里，那人指着一个矮凳，命令："坐到，不准走。"原来是狗。

狗姓朱，有三兄弟，他是最小的那个，就住在外公家东边，一墙之隔。三兄弟中，老大做交通警，一天八小时站在某个街口，指挥交通，我妈妈称他为"站街的"。老二绰号叫"气鼓卵"，喜欢来找我舅舅闲聊，有时也不聊，就是闷闷坐着，一起听收音机。有一天，听了一会，气鼓卵大惑不解："那德国和日本，硬确是厉害啊，二战打败了，一下子就起来了，又成了发达国家，这是怎么搞的嘛？"

我的舅舅们差不多也都是文盲，回答不了这么高深的问题，含糊道："鬼晓得，搞得了侵略的国家，本来就蛮厉害吧？！”

气鼓卵显然不满意，嗟叹两声，又说起台湾："蒋介石死了，蒋经国就接位，我们中国人，看来就只晓得搞皇帝那一套哦。"

照旧是含糊的回答："是哦，这是传统哦。毛主席可惜了，一个崽牺牲在朝鲜战场，要不然，我们现在肯定也是毛岸英的主席哦。"

在他兄弟三人当中，气鼓卵为人不错，最为随和。每次看到他，我都会大呼小叫，奔走相告："气鼓卵来了！"妈妈就斥责我："一点子礼貌都没有，没大没小，有你这么叫人的吗？"气鼓卵倒是淡然一笑，一点也没有生气的意思。当然也没有很开心，就是很恬淡，毫不在乎，大概觉得名字叫熟了，仅仅是个符号，不代表什么意义。气鼓卵，和"梅兰芳"没有区别。

什么是气鼓卵呢？我是后来才知道的。有一天，我和留级生小饶勾肩搭背去上学，忽见路边有一个傻子，坐在一张快塌方的椅子上，裤裆大开，露出一条硕大的阴茎，色泽深厚。我不由得暗赞，希望自己日后也能长一根这么大气的阴茎。那个傻子一边用手拨弄自己的龟头，一边对着路人傻笑，好像对祖国的前途充满信心。小饶用一种医学教授的口吻说："看，气鼓卵。"还进一步补充："气鼓卵看上去很大，但是不中用，硬不起来。"仿佛我是他的研究生。但是，这种实物教学确实有效，直到现在，那场景还宛如昨日。

气鼓卵是如此和气，而"狗"则是一条如假包换的恶棍。狗的脸型尖长，和圆脸庞的气鼓卵大异其趣，绰号叫"狗"，确实名至实归。他很早就辍学了，天天坐在家里，负责做饭。

我尝试反抗，但总被他一把按住。三个回合之后，我绝望了。他扔给我一个木头做的棋子，当我忘却耻辱，开始在地上滚那颗棋子玩的时候，他突然走近，一手攥住了我的裤裆，很淫秽地说："小鸡鸡蛮好玩，你晓得不，玩两下就会硬的。"我感觉一阵剧痛，裤子已经被他剥下，包皮被他翻了上来，裸露在空气中，热辣辣的。我不知所措，又仿佛有些新奇。

金塔街附近，有一个幼儿园，在旭日商店旁边。铁门上方是一排箭似的铁签，挑起五个圆形的铁板，上书"向阳幼儿园"五个大字。铁门后是一栋两层的楼，外墙上涂着一轮鲜红的太阳，和几朵葵花。我偶尔跟着小姨路过，有一次问她："什么是幼儿园。"小姨说："就是你这样大的细伢子一起玩的地方。都是居民上的子女，有专门的老师带，唱歌跳舞，不晓得几好。"

我似懂非懂，后来才知道，所谓居民上，指的是有城市户口的居民。而我们是菜农，没有资格上幼儿园。如果我能上幼儿园，大概不会遭到狗的猥亵。

过了一会儿，狗看着钟，突然跳起来："要做饭了。"跑到灶边，在矮凳上一屁股坐下，伸出长长的火钳，将一些木材塞进炉膛，点上火。我很纳闷，这个恶棍竟然也有点家庭责任感。我又蠢蠢欲动，站起来想溜，他真的像狗一样警觉，喝道："坐到。"我马上又坐下来。

再过一会儿，来了几个和狗一样大的少年。有的我认识，比如对面理发店的春宝；有的我不认识，但看着也面熟。还有一个女的，说："狗啊，你拿人家细伢子关到你屋里做什么嘛？放人家回去嘛。"我仰头看着她，眼泪汪汪，充满感激和希望。但狗又是一把攥住我的胳膊，发出天问："为什么？"接着，他似乎想了想，说："回去叫你的太公，叫他老棺材。你要是敢策[1]我，下次捉到就不放了。"

我不知道"老棺材"是什么意思，但一刻也不愿呆在狗身边，当然爽快答应。我像劳改释放犯一样兴奋，往家里跑去。

大舅也上班去了，只有那白胡子老头端坐在桌前，像一尊雕像似的，动也不动。旁边墙上，悬挂着他的黑白瓷板像。我走到他面前，嘴里响亮地蹦出三个字："老棺材！"

他像触电一样弹起，满面怒色。我大吃一惊，转头就跑，很快跑到了院门前。篱笆门上插着一个用粗铁丝弯成的 U 形插销，我停下脚步，踮脚去拔那插销，由于急切而紧张，我没能成功。老头已经追到了身后，我惊慌回头，却只看见面前金星嗡嗡闪烁，同时一阵尖锐的剧痛，仿佛被鲜红的烙铁烙了一下，我本能发出了洪水般的嚎哭。

与此同时，院墙上传来一串串大笑。我透过泪珠望去，只见以狗为首，几个变形的少年男女正笑得前仰后合，说不出的开心。太公转过身体，用拐杖指着院墙，画了个扇形，诅咒道："短命鬼耶！你们这些短命鬼，教细伢子骂自己的太公，不得好死哦！"

少年们更是乐不可支，大叫："老棺材，你才不得好死！"

多年后的一天，我从报纸上看到迈克·杰克逊的罪行，原来他是恋童癖，曾经挟持好几个儿童到豪宅，尽情猥亵。

---

1 策：南昌话，指"骗"。

这新闻像一阵狂风，把我脑中的历史书卷哗啦啦展开，我仿佛看见那个叫狗的家伙从书中站起，一边拍着身上的尘土，一边茫然朝我张望，脸上依旧挂着下贱的淫邪气息。我蓦然醒悟，狗原来是个童叟无欺的变态，中国七十年代"恋童癖"活生生的标本，但他生在金塔街这个龌龊地方，不会有人来采集他，反而在不久以后进了军队，成了一名解放军战士。他参军那天，惊动了四邻。他的父亲老朱，就算放在猴子群里，也算瘦的。他站在自家门口，用一根画叉[1]挑着一挂爆竹，放得很欢。我看见狗的胸前戴着一朵红花，被人群簇拥着走出，爬上一辆解放牌汽车的车斗，站在上面向群众招手。小姨仰面望着他，兴奋地评价："好厉害哦，没想到狗会成为一位光荣的革命战士。"

我大惑不解："这么坏的人，怎么能当解放军战士？"

小姨说："人家哪里坏嘛。"

我没好意思说，他几次把我抓到他家，玩我的鸡鸡，但有一条是可以说的："他唆使我骂太公是老棺材，搞得我被太公敲了一棍，敲出了一个好大的包，不晓得几痛。"

小姨说："金无足赤，人无完人，只要改了，就是好同志，要不然国家也不会吸收他参加革命军队，对吧？国家，是不会看错人的。"她指着狗家门前崭新的对联，说，"你认得门上的字不？一人参军，全家光荣，那是毛主席亲手写的。你要向狗学习，长大了也当上兵，那样，我们全家就光荣了。"

---

1 画叉：把衣服挂的高处的辅助工具，通常是一根竹竿，顶端分叉。

五　分家

晚上，我们一伙人坐在堂屋里吃饭。房梁上悬着一盏十五瓦的灯泡，到处似亮非亮。太公和外公两个人面对面坐在桌边，我们其他人则盛了饭，夹上几筷子菜，各自找地方坐着吃。太公很快吃完了，抹抹嘴，走到厨房，随便倒水洗了两把脸，回了自己房间。大舅指着紧闭的房门，低着声音笑：“这只老头，嘴不晓得几好吃[1]。今日有个乡下人来看病，他问人家要藕粉跟鸡蛋糕，当真羞死人哦。”又指着我，“枕石在也旁边听到的，我没乱说吧？咦，你头上怎么有只好大的包嘛，在哪里撞到的？”

我点点头，默然不言。

妈妈代我回答：“太公拿拐棍敲的哦。”

大舅说：“他敲你做什么嘛，莫非得了脑膜炎啊？”

妈妈说：“隔壁的那只狗，唆使他叫太公老棺材，太公气得就拿拐棍敲到他头上去了。”

“老糊涂了。”大舅说，“跟三四岁的细伢子较劲。”

外公咳嗽了一声，说：“该敲，三岁看大，七岁看老，从小不打，长大了，那教得乖啊？”苋菜的汁液从他一个嘴

---

1 几好吃：多馋。

角流下来，像喝了血。

吃完饭，我坐在竹制交椅上，妈妈用脸盆打来水，给我洗脸；然后把水倒入木质的脚盆，把我的脚按进去。洗完后，让我站在交椅上，还没来得及擦干，她突然回头和外公吵了起来，开始是互相谩骂，十几个回合过后，进展到肢体冲突。两人面对面，十指相扣，推来搡去。外公是雄性，虽然年纪大，力气依旧大一些，于是推着推着，妈妈就嚎哭起来，但并没有停手，箭在弦上，也不可能停手。

我站在交椅上，不知所措。外公大义凛然的声音轻易穿透了妈妈的哭声屏障，他说："你还好意思问我讨粮票，我爷[1] 跟你带崽，看到了你一分钱不？"妈妈哭着左右寻求帮助："看哦，世界头上还有这样的爷哎，顺便照看一下自己的外孙，还要提钱！再说你这只人，干指头还能从你这里蘸到干盐啊？我一年三节，没送你烟酒？一年三节，哪次少了你的？"

外公反唇相讥："积德积德，以后不要送，两瓶烂三花[2]，一条烂壮丽[3]，我头世没吃过哦。你长这么大，是风吹起来的？不是老子养大的？我一贯话了了[4]，我的就是你的，你的我没有份。老子吐痰给你洗脸哦！"

妈妈不甘示弱，嚎哭着陈列功劳："我白吃你的，白穿你的？我三四岁就帮屋里摘草喂鹅，带老弟[5]，七八岁就跑到

---

1 我爷：我爸爸。南昌人把"爸爸"称作"爷"。
2 三花：南昌产的一种中等价格的白酒，三块人民币一斤。
3 壮丽：当时南昌产的一种中等价格的卷烟，四块一人民币一条。
4 话了了：说清楚了。前一个"了"念 liǎo，指清楚、明白，后一个了念 le，轻声，语气词。
5 老弟：弟弟。南昌人习惯把弟弟称为"老弟"。

十字街去挑潲水喂猪，潲水比我人还重，砸得我这么矮。卖猪的钱，我得到了一分不？有一次你说，卖了猪给我买一条红围巾，结果到背后[1]，一茎[2]卵都没看到，策谎打骗，策谎打骗哦。"

他们绞尽脑汁，互相诘问，堂屋里人还不少，我几个舅舅和姨妈都在，但都如雕像一样坐着，我则雕像一样站着，面前的两个人，好像在寺庙的大殿上打架。

第二天，金顺大队的妇女主任把妈妈找了去，她是管户口的，说："崽呀，听说你昨日夜晚又跟你屋里的爷打架，到底为什么嘛？为了粮票啊？那不如分家。分家好哦，你明日[3]就晓得哦。听我一句，还是分家单过，自立门户，省得跟你屋里的爷打来打去，就这样。"妈妈说："好哦。但我身上一分钱都没有，每个月关了饷，都直接交到他手上，只留三块钱零花，讨不回来的。"

妇女主任说："想下子办法，总会解决的。"

果然有办法，妈妈及时获得了一脚[4]"会"，这个"会"，是一种民间的互助方式，入会者都交一点钱，按时间轮流获得整笔钱的利息。妈妈就靠那从天而降的三十块钱会钱，重新置办了厨房用具等生活物品，和外公正式分家。

接着她从村里领回来一个小册子，长方形，外套一层红色塑料皮，上印烫金的三个字"户口簿"，下面一个括号，括号里有三个字：（农村户)，再下面又是一行较小的字：

---

1 背后：后来。
2 一茎：一截，一段。
3 明日：将来。
4 一脚：一次。

南昌市公安局。

据说城市户口，没有"（农村户）"三个字，但我很晚才知道。

我们不再跟外公一起搭膳，而是借用他们的厨房，自己单做；同时，我也开始了帮妈妈买菜的生涯。金塔街上，猪市旁边，有一个很大的国营菜市场，走进去，迎头是两行巨大的红字："发展经济，保障供给。"门口各种蔬菜相拥成丘。印象最深的是蕹菜、番茄，夏季的时候，堆在菜市场门口，论锹卖。递给营业员五分钱，她弯下腰，奋力一锹，将红的绿的倾卸到我篮子里。菜市场里面，地上常年湿漉漉的，浅浅的一层污泥上，粘着各种各样的菜叶。左右还有两排玻璃柜台，柜台上，坛坛罐罐摆成一排，里面塞满榨菜、什锦菜、腌萝卜、泡尖椒之类；柜台下，则是一些塑料袋装的东西，味精、盐、胡椒粉，甚至还有辣椒饼。买菜后，如果偶尔剩下几分零钱，我会买一点泡尖椒，味道不只是又酸又辣，还有别的描述不出来的味道，总之五彩纷呈，像礼花一样在舌尖绽放，真有无法形容的满足之感。

妈妈对蕹菜似乎也有很深的感情，她喜欢描述太公去世的那天清晨："我当时正在厨房炒菜，谁知一锅蕹菜还没炒熟，就听到他死了。"在后来的岁月中，她总是不厌其烦复述这个细节，想必在她心中，蕹菜是一个重要的参照物，它代表季节，气候，青春，以及关于生死的回忆。

六　城南旧事

我并不总是呆在金塔街，而且也并不愿意呆在金塔街，我喜欢的地方，是爸爸所在的城南乡下。

乡下没有狗，也没有气鼓卵，婆婆会按时给我做饭，虽然每餐的菜总是园子里种的。堂姐堂妹堂弟们会围着我，听我描绘新看的电影。在城南，没有电影院，他们只有等待大队部巡回放映露天电影，可那样的机会不多。

爸爸那间阴暗的屋子，即使是大白天，我一个人也不敢进去。我害怕那油漆剥落的衣橱，那素色陈旧的太师椅，那模糊黯淡的床，疑心上面附着陈旧的鬼魂。不得已要进去，我会叫上我的堂弟，二伯的儿子小鹅陪我。太师椅放在床边，椅子上堆满了杂物，还有一些散乱的硬币，污秽不堪。一个破破烂烂的半导体收音机，躺在杂物中间，只巴掌大小，身体不具备插放电池的空间，只好牵出一根电线；有两节大号电池，正头靠脚躺在一个长方形的木头盒子里，等待和它碰头，仿佛一个病人的外接尿袋。电池我捏过，浑身松软，稍微用点力，就会挤出内脏。爸爸每天晚上拨弄着它听一会，播音员的声音伴随着电流嗤嗤声，给阴森的屋子带来了一点活气，但时不时中断。于是他把乱七八糟的电线左边拉一拉，右边拉一拉，声音又会重新响起。他就这样乐此不疲。

那天，我和小鹅蹲在煤渣路旁池塘边的红石上玩，不知怎么就滑了进去。我呛着水，绝望地想，这就是淹死的味道了。突然脚踝一紧，感觉被一只手握住，随即恢复了呼吸。我的救命恩人，是塘边洗衣服的一个妇女。我惊魂未定，听见有人叽叽喳喳："赶快去叫会生婆[1]来。"婆婆闻讯赶到，对妇女千恩万谢。妇女说："没事没事，赶快带你孙子去收吓[2]哦。"婆婆抱着我，跑到爸爸那间阴暗的屋子里，把我放到床上。后面络绎跟了一堆人看热闹。她将一把小石头扔到床底，嘴里念念有词：

观音老母保佑，不要拿走我孙子的魂哦。

观音老母保佑，保佑我屋里平平安安哦。

我躺在床上，瞪大眼睛，张望着黑漆漆的阁楼，有一种很温暖的感觉。

夏夜，大队政府门前的简易篮球场上，偶尔会放露天电影。迷迷糊糊中，我的眼皮就黏在了一起，恍惚中感觉爸爸站起来，跟人说："不看了，细伢子熬不住，带他回去困觉。"随即一上一下，我被他抱着，离开了熙熙攘攘的人群。我极力睁大眼，瞥见了银幕背面蠢动的绿装战士，旋即拐入一条小巷。左边是土筑的菜园围墙，右边是灰色的砖墙。四下一片黑暗，唧唧的鸣叫声在夜幕中跳跃，好像已经叫了几万年，

---

1 我爷爷叫"会生"，乡下人一般这样称呼男人的配偶。
2 收吓：收走惊恐。一种迷信仪式。

和不远处电影的台词声遥相呼应。他们都说，这是寒蜂子（蚯蚓）在叫。菜园的土墙上，火红的南瓜花似乎隐约可见；几棵榖树，直挺挺站在夜幕里，安静贤淑。榖树，我们称为牛奶树，折下一片树叶，断口处会溢出白色的树汁，特别逗引金龟子。白天我时不时会来看一眼，看是否跑来了新的金龟子。我又极力睁眼，想看看晚上是不是也有。但爸爸抱着我，已经一阵风似的过去。吱呀一声，他推开门，毫不理会黑暗中跳跃的鬼魂，一脚迈进自己专属的阴暗房间，把地板踏出一个个空洞的响声。他放下我，点亮了煤油灯，火焰吞吞吐吐，摇摆不定，把他瘦弱的身影放大在墙上，像一头起伏的野兽。而我瞬间彻底跌入了梦乡，将他一人扔在油灯下恐怖的古屋。

冬天早晨，晨光熹微的时候，我和爸爸并肩躺在枕头上，不愿起来。窗外飘来稻草燃烧的味道，家家户户都在做早饭。爸爸开始考问我数学题："七加八等于几多？""十五。""八加七等于几多？""十五。"朝三暮四，这是我记忆最深刻的加法。后来的题目就开始复杂了："假如辣椒一毛三分钱一斤，那两斤半辣椒几多钱。"当然这也不难，在不断听到正确答案后，他无言以对，从被窝里爬到冷气中，飞速套上衣服；又一把揪出我，给我穿上臃肿的棉袄。冬天的早晨真冷，我们走出鬼屋，瑟缩着，不停地呵手。堂姐们正在踢毽子，看见我，叽叽喳喳："快点子快点子，吃了饭跟我侬一起聂，跳房子。"她们把"我们"说成"我侬"，把"玩"称为"聂"，好土，金塔街就不这么叫。跳房子是一种游戏，在地上画一个长方形，分成八个小格子，然后单腿跳跃着，将一块瓦片从一个格子踢入另一个格子，直到踢出八个格子为止，全程必须保持金鸡独立的姿势，否则就算输。

这种邀请让我兴奋，我总是希望赶紧把饭吃完。

从爸爸房间里出来，得穿过天井，才能到达婆婆所住的那边。天井对面右侧是间小屋，大概原先是地主家的猪圈，现在则是爹爹和婆婆的卧室。房外的小厅，沿着墙壁砌了一个土灶，婆婆正坐在灶前烧火，她握着修长的火钳，将干燥的稻草捆一个接一个强行塞进炉膛。看见我出来，她高兴地说："起来了，倒热水洗把脸，马上就吃饭哦。"灶上砌了两个灶眼，稻草被炉膛里的火焰纠缠，发出轻微的叹息声；火光从两个灶眼里探头探脑，飘忽倏闪。一大一小两只锅被烧得吃不消，同时吐着一串串热气。这总是让我惊奇，感叹人类的巧思。

透过天井，能看见上面四角的天空。春天，燕子经常从空中掠下来，衔着泥，落在房梁上，蹦蹦跳跳，总不安分。筑巢的房梁只选最靠近天井的那根，因为光线最为明亮，最能沐浴骀荡的春光。一宅子的人都怔怔地望着燕子，说："奸雀子来啦。"诗词里有一种"乾鹊"，就是喜鹊，但我们南昌话"奸"和"乾"发音不同，也许不是一回事。

堂姐们曾经在一个温暖的春夜，架着梯子上去，想掏捕几只奸鹊的雏鸟。我仰头看着她们，说："有多的给我一只。"但似乎没有如愿，因为从未有过玩鸟的记忆。在金塔街，有一次燕子也来外公屋里垒巢，小舅二话不说，伸出画叉将它捅成了碎屑，二鸟惊啾而逃。我连连嗟叹。小舅心灵贫瘠，缺乏诗情画意，还洋洋得意："不晓得几腌臜，屙屎屙尿，作得屋梁屎臊尿臭。"不以为耻，反以为荣。

天井的地面，由一块块红石头拼成，有泄水孔。有一次似乎堵塞了，几乎变成了池塘。我赶紧折了几只纸船放上去，随波荡漾，好不妖娆。雨还在淅淅沥沥地下，二伯父和我爸爸两人隔着密集的珠帘对望，却并不懂赏雨，而是发愁；最后他们披上雨衣，卷起裤腿下去抒浚。非常成功，满满一天井的雨水，瞬间泄得一滴不剩。他们松了口气，我的纸船则歪歪斜斜搁浅在泄水孔边，和一堆湿漉漉的垃圾粘在一起，猥琐不堪，这让我十分难过，由衷鄙夷面前的两人。

哈着白汽，吃完冬日的早饭，就可以跟堂姐们一起跳房子了。按顺序，她们比我大一岁到四五岁不等，其中大伯家三个，二伯家一个，年纪大到可以一起玩，但几年后，两位伯父携带各自的老婆在门前大打出手，这种鹡鸰在原之情就消失了。

婆婆偶尔会给我炒个鸡蛋，因为她养了几只母鸡，对我这个孙子又格外优待，让其他两家非常艳羡。就连和她关系较好的二伯母也控诉过多次："只有枕石是你的孙子哦，我屋里的就是外姓哦。"堂姐们见了我，也总是一头栽入记忆之河："婆婆呀，只有你这个孙子算孙子哦，饼干都弄在铁筒子里头，专门给你吃。我们这些人，连一粒饼屑都沾不到哦。"仿佛心灵创痛颇深，脸上却是笑着的。

玩跳房子的时候，堂姐们一般会让着我一些，因为她们喜欢听我讲述在城里看过的电影。每讲完一段，总要感叹一声："桑里人真好。"她们有些话，总是和金塔街有所不同，"城里"念成"桑里"[1]。玩泥巴的时候，把黑泥巴称为"缁泥"[2]。

---

1 "城"念成"桑"，是较古的读音。

2 缁，黑。《论语》："磨而不磷，涅而不缁。"

临近有一个姓万的村庄，她们都称为"慢家"[1]。她们爱用雄鸡的尾羽自制毽子，将羽根绑缚在清代制钱的方孔之中，这种制钱，她们称为"民钱"[2]。"蹲着"，叫做"苦到"[3]；"站着"，叫"器到"[4]……

我总是学她们说话："苦到，企到，真好聂。"她们也微笑着："我侬乡下就是这么说话的啦。"一个大点的堂姐说："你不晓得，李家巷的话，才当真土。早晨困一下懒觉，屋里的爷娘就会揪到你的耳朵大叫：'妻（起）累（来）妻累妻累，居（猪）拖掉来的。'"还没说完，她自己笑弯了腰。

夏天的傍晚，整个村庄好像覆盖在一个蒸笼里。夕阳如一个快要熄灭的灯笼，恋恋不舍地悬挂在天际，竭力将它最后一点橘黄色的热量抛洒在枝柯之间。知了依旧声嘶力竭地嚎叫，仿佛父母双亡。暮色打着呵欠，蹑手蹑脚起床，接替太阳留下的岗位。它踱着步伐，每来回一圈，万物的轮廓就模糊一点。乌黑的盐老鼠们在空中飞掠，好像蒙面暴徒。蚊子成群结队，忽而来忽而去，似乎一簇被无形魔棒指挥的沙粒。草木们凝立着，静静释放自己特有的气息。电线杆和屋檐间，蛛网密结，灰扑扑、圆滚滚的蜘蛛在上飞渡。我们搬出竹床，摆上菜肴，坐在旁边吃饭。南瓜、丝瓜、蕹菜躺在各自的碗里，听天由命，任人翻检。我皱眉苦脸地嚼着，突然爸爸低吼一声，手中的碗欲放不放，手忙脚乱，筷子从指缝间坠落。于是干脆将碗重重顿在竹床上，朝腿上胡拍一气，

1 "万"念成"慢"，是保留了古音。
2 "民钱"，应即"文钱"，古代把一枚铜钱称为一文钱，"文"读成"民"，是保留了古音。
3 "苦"，即古书上"蹲踞"的"踞"。
4 "器"，即古书上"企望"的"企"，或写成"跂"。

同时发出难解的悲呼："怎么搞的，连蚊子也欺负我侬乡下人？"但似乎没什么用，蚊子纤细的喙穿透裤子，刺入他的肌肤，狠狠吸了一口血，早逃得无影无踪。

我忍不住笑了："你说话好土。"随即大腿也传来一阵锐痛。

七　小菊

裁缝家的孙女小菊，老披着金色的阳光来到外公家的院子里，找我玩耍。她比我大一岁，尖尖的下巴，肤色很白，头发稀疏，是我接触的第一个年龄相仿的异性。

小菊的父母是干什么的，我不知道，仿佛她天生就该和裁缝祖父祖母在一起。此外，她还有个叔叔，一家四口挤在一间不超过十五平米的破屋里。

一天清晨，我蹩进大姨的屋子，看见瘦弱的二舅静坐桌前，正倾耳聆听，桌上摆着一个巴掌大的半导体，一个个沉痛的汉字伴随着哀乐，披麻戴孝，缓缓走出喇叭："伟大的无产阶级革命家、军事家、政治家……朱德同志逝世，终年九十岁……永垂不朽！"

啊，九十岁，这么整齐的数字，这么大的年龄。我惊讶地想。前不久太公死了，他活了八十三岁，老得像一段长满灰蘑菇的枯木。我无法想象，世上还有更老的人存在。我朦胧地想：这世上，人和人是不一样的，有的人死了，要上广播，要播哀乐，要让很远的人都知道；有的人则默默无闻，比如太公。那段时间，广播上接二连三播放哀乐，也许受这个影响，太公死时，我随小姨去亲戚家报丧，每到一处，她总是挤出几滴眼泪，带着哭腔："太公，他老人家逝世了哦。"逝世，一般人不会说这么怪异的词，两个字又接近同音，用南昌话念起来特别滑稽。

外公家有四间房间，靠东那间最大，西边同样大的面积，却被铲成了两间。另外还有一间，位于堂屋后面，很小。院子里用红色的大石头搭建了一个厨房，很矮。厨房筑有一个大灶，可以烧木头和稻草，比较乡土。一口大缸搁在墙角，从街对面挑来的自来水，就灌入里面储存。缸的上面，用铁钩挂着一个瓢形竹筒，谁渴了都可以摘下它，从缸里舀起一筒水，和上别人的陈旧唾沫，喝进肚子。厨房边是乱石和烂木围成的一个猪圈，两头猪成年累月躺在里面，闷闷不乐。身边潲水纵横，湿的掩盖干的，层层累积，幸好它们都用不着终其天年，否则就这种卫生条件，也休想长寿。

房间很少，外婆却生了九个，一个刚落地便夭折了，另一个长到五岁，由我妈妈带着，肛门老掉下来，总是用手托回去，掉下来，托回去。终于有一天，又染上肺炎，生活本艰苦，谁也没当回事，等想到送医院，已经来不及，死在半路。

就算剩下七个孩子，屋子也远不够住，何况太公还得占一间。太公本有三个儿子，我外公只是老大，这意味着房子还要分成三份。好在老二和老三都招工走了，前者去了上高县，竟做了官；老三也去了国营大厂，洪都机械厂。他们不需要住这个房子，但名义上，仍拥有主权。

这么小的房子，我那些舅舅、姨妈们，只能像猪一样挤在一起。发育后，实在没法挤，就只好在堂屋里搭铺，白天再收起。夜里如此热闹，白天却没几个鬼影，所有人几乎都去了菜地上工。

那天早上，朝阳照在旁边公厕的屋顶，我正在看一本连环画，连环画是最后一个出门的大姨塞给我的，让我自己消磨时光。这倒不难，我早已习惯自娱自乐。我坐在堂屋前，无聊地翻着书页，里面红军和白军打得不亦乐乎，我凝神研究连环画上的弹道轨迹，这时小菊披着几根黄毛推开柴门，走了进来，问："你在看什么，借我看一下吵。"我摇头："是我大姨的。"她似乎想了想，突然说："你借我看，我让你看我的别（屄）。"

我愣了大约几秒钟，满口答应。她二话不说，爽快地扒下裤子，蹲下来呼唤："快点子看嘛。"我立刻蹲下，侧头窥视她的下体。在金色的朝阳下，我看见了一条肉色的沟壑，沟壑当中似乎还有点什么，但无法确定。在她蹲着的上方墙上，张贴着草原英雄小姐妹的宣传画，白白的羊群，红红的脸蛋，非常朴实。左边还有一张毛主席的标准像，右边，则是一群农村妇女爬在树上摘苹果，苹果又红又大，妇女们的脸蛋也又红又大。我感觉自己走了神，她已经站起来，拉上了裤子："拿图书来。"她伸出手。我说："没看清，再看一下。"她略有迟疑，马上接受了我的讨价还价："就看一下，不许再耍赖了。"再次褪下裤子，蹲了下去……

有一天，我和大学同学老龚去青山湖电影院看电影，一路上聊起童年趣事，他突然问："你小时候玩过戳别（操屄）的游戏不？"

我立刻想起了小菊，感觉满面羞惭，无地自容。我期期艾艾地说："没——没有，难道你玩过？"

他点点头："玩过，跟邻居的一个女崽子，就是不记得，当时有没有戳进去。"

我吃了一惊："还来真的，你们也太流氓了。"我去过老龚的家乡一次，离城中心大约几十公里。坐在城郊列车上，肮脏的玻璃窗将一根根电线杆快速抛向身后。纵目远方，一片平芜，视野开阔，丘陵稻田犬牙交错，看不到尽头。突然，一些青灰色的建筑撞入眼帘，有砖砌的，有土夯的，歪歪斜斜，不成体统，好像一堆被列车卸下的垃圾，随意抛洒在草丛之中。而那里面竟住着一群人类！老龚就在那堆垃圾中茁壮成长，怪不得会这样。我曾和另外一个同学方子郊在老龚家住了一夜，当我们的聊天声停止，周围就像墓地一样寂静。早上起床，他站在灶前，给我们准备早饭，我看见三个破碗摆在棺材板一样的灶台上，碗里各插了一双筷子，筷子下端各粘着一坨牙垢似的东西。我胆战心惊地问："这是什么玩意？"他说："猪油，饭拌上猪油更好吃哟，你没吃过啊？"我说："猪油难道不是白的？"他说："我家这个猪油，里面有油渣。"我差点叫起来："这个，我不要。"如果我是来相亲的，马上就会下定决心：可怕，跟喜欢吃这玩意的人，绝对活不到一起。

我叹口气："你们那里的乡巴佬太恶心，太不要脸了。"

他倒也不生气："没有什么玩的，还不就只能玩玩自己的肉体？"

从此再想起小菊，我的羞耻感减弱了，原来这世界，就是那么回事，比我更猥琐的人，星汉灿烂，车载斗量。

曾几何时，小菊开始发育，长成了一个含苞欲放的小姑娘。她偶尔还来外公院里，我们从不提起童年时那些下流的往事，她兴许也已经忘了。她也早就不念书，总是高高兴兴，但好像也走不上生活的轨道。"我没有居民上的户口。"她说，"算不上待业，要是户口在你们金顺村也好啊，至少可以去种菜。"她的脸蛋越发雪白，这大概是遗传特征，虽然五官并不非常好看，但年少，光滑粉嫩，却也别具风味。她的眼睛露出一丝茫然，但转瞬即逝。

据说她的父母也在乡下，而且那地方恐怕比城南也乡得多，大约因此，她宁愿跟着祖父祖母在金塔街混。祖父戴着眼镜，风度翩翩，终年在工作台上忙碌，用扁平的粉饼在各种衣料上划线；祖母尖嘴猴腮，脸皱得像一枚干枣，带着两个很小的金耳环，和和气气。旁边的炉子上，终年搁着一只铁质的熨斗，依偎在几块气息奄奄的暗红煤炭之间。这对乡下老人，从哪里学会了裁缝的手艺，又怎么来到了城里？其过程肯定也像丰富的矿藏，但没有人来挖掘，都只能被带进坟墓。

上初中的一天，我放学回家，看见裁缝铺门前围着一堆人，交头接耳，觉得奇怪。回到家，小姨就说："你看到了不？裁缝铺里的小菊，吃了敌敌畏，刚送到医院去了哦。硬是可怜诶，好离离的（好好的），吃什么敌敌畏嘛。"

二舅母说："听话她被间壁的气鼓卵强奸了，驮了肚[1]，怕屋里晓得，吓得吃了一瓶敌敌畏。"

我一阵茫然，气鼓卵，就是那个我叫他气鼓卵的时候，恬淡微笑，毫不在乎的人？

---

1 驮了肚：怀了孕。

八 鱼刺

每年春节，我多半在城南度过。

除夕之夜，煤油灯挂在墙壁的铁钉上，不停吐着黑烟，顺带照耀着桌上的鸡鸭鱼肉。空气中弥漫着细细的煤烟味，菜肴们静静卧在碗里，轮廓模糊不清，但煤油灯已经尽力了。婆婆蜷着腰，来来回回摆放着碗筷，呼唤着："你们老的少的，一个个都搁手放脚，一动不动。还不快来吃？菜要冷了哦……尝下那只鸡汤看嘛，看咸不咸。"

隔着天井，也有两张桌子，左边，是大伯一家；右边，是二伯一家。他们毗邻桌子的门壁，也各悬挂着一盏煤油灯，也不停吐着黑烟，竭力照耀各自的桌子。丰盛的晚宴开始了。这边，我爸爸随着他的父母一桌；那边，分别是大伯夫妇和他们的七个子女，二伯夫妇和他们的五个子女。孩子们仿佛一群饥饿的，但已看见潲水送达的猪群，精神大振，如果有尾巴，我想他们一个个会甩得啪啪作响。

我最喜欢的是鱼，它焦黄焦黄，躺在盘子里，身体带着四五道深深的平行刀痕，辣椒丝、姜丝、葱丝一齐撒上，也掩盖不了它生前遭受的虐待。鱼的身体没有肥肉，我不喜欢肥肉，但肥肉便宜，如果平时偶尔能吃上一点肉，那多半是肥的；而如果不吃，铁公鸡可不会客气。有一次我想偷偷把碗里的一小块肥肉扔掉，被他及时发觉，当即扇过来一巴掌。我噙着眼泪将肉吞下，喉头一收缩，感觉仿佛一条肥大的蚯蚓滑下喉管，差点呕吐。但鱼身体的每个部位都是瘦的，唯一的缺点，就是有刺。

几小块鱼肉下肚，我正满足着，咽一回口水，突然感觉不妙，一缕纤细的疼痛，轻微，隐秘，迅疾，羞涩，从喉头传来；再咽口水，又是一下。果然被鱼刺卡住了，这该死黯淡的煤油灯，让我看不清鱼身体中的细节。婆婆手忙脚乱，说："吞一口饭，不要嚼，直接吞下去。"

我照做了，梗着脖子，夸张地咽了一大口涎水，纤细的刺痛依旧一掠而过；再咽，又一掠而过。我摇摇头，满脸苦相。婆婆倒了一碟醋："慢慢喝下去，刺就会变软，要慢慢喝。"

遵命咽下一口醋，酸涩刺激，但比鱼刺友好。我畏畏缩缩，又一次尝试收缩喉头的肌肉，仿佛去踩地雷阵。喉咙毫不含糊，立刻做出了不适的反应，那根细细的鱼刺没有屈服。我哭了出来。

婆婆显然很心痛，她从口袋里掏出一个小塑料袋，从中抽出一张绿色钞票，递给我，劝慰道："不哭不哭，婆婆给你发压岁钱。"我瞥了一眼，周边满是绿色的花纹，中间画着一座大桥，上下两层，桥头插着两面红旗，一列火车正行驶在上层的铁道上。她把钞票塞进我的棉袄口袋，我抽抽噎噎的声音减弱了，继续吞咽着饭团。婆婆对铁公鸡说："你这只当爷的，就不跟帮[1]拿点压岁钱啊？"铁公鸡怔了一下，

---

1 跟帮：指效仿。

无奈从口袋里摸出一张钞票，递给我："拿到。"那是一张红色的钱，看上去比绿色的小一些，背面画着一群妇女，扛着锄头、铁锹及其他什么农具，三三两两，似乎刚刚收工，正倦鸟归林，走在回家的路上。这生活我很熟悉，就是妈妈所干的工作。我接过红色钞票，抽抽噎噎，塞进口袋，心里仿佛有一些高兴。

还好，再一番吞咽过后，喉头细细的不适终于消失。我不放心，又连续吞咽了几下，终于喜上心头。那些饭团，不知是哪一团，终于成功簇拥着那根该死的鱼刺离开了我的喉咙。它兴许并不甘心，但被饭团七手八脚抬起，也由不得它，最终无法避免坠入半池胃酸的命运。我破涕为笑，开始有心情环顾四周。我看见天井对面我那些堂兄弟堂姐妹们，都一个个仰起脖子，露出艳羡的目光。我的手伸进口袋，摸到两张硬硬的纸片，心情好得无可挑剔。

第二天清晨，我在鞭炮中醒来，伴随着鞭炮，外面拜年声也不绝盈耳。铁公鸡说："起来，给爹爹婆婆拜年去。"一把将我扯离温暖的被窝，套上棉袄。我将小手伸进口袋，想把玩一下自己的财富，却空空如也。我的心一沉，鼓起勇气问他："我的压岁钱呢，婆婆昨日夜里给的。"

他恬不知耻道："什么压岁钱，你一点子大的人，要钱做什么？"

我的眼泪流了下来，却感到脸颊一痛，挨了一巴掌。委屈加上疼痛，让我哭得上气不接下气，铁公鸡怒道："住嘴，还想驮打是吧？我看你是打不死的李逵，要打得你有酒没菜解。"他扬起巴掌。恐惧像鬼火在我心头闪烁，我尽力发出最后一次抽噎，止住了哭声，虽然很不情愿。

　　"一点子大的人，这样娇气。"他愉快地总结，"你看嘛，就是没驼得打的病。"

九　画鸡

　　暑假，我独自一个人登上公交车，下车步行五六里，到了城南。婆婆正请了工匠在镦[1]鸡，见了我，欢天喜地倒水，又递给我一把小小的油纸扇子，上面鬼画桃符，抹了几笔花鸟，她说："晓得你要来，专门给你买的。"我贴着脸闻，一股清新的桐油味，说不出的欢喜。

　　"一个人来的。"婆婆又对着天井两头大喊，"你们看，这么小的人，就自己认得路，硬当真聪明哦。"

　　真是过于夸张的言辞！据说我诞生时，她第一时间赶到医院，送去了鸡汤。我爸爸虽是老三，我却是长孙。第一次看见孙辈中出现一个男孩，大约很开心。另外，就是她和爹爹一向跟我爸爸一起生活，没有分家，对我自然要亲些。

　　但我妹妹可不这么想，只要提到她，就会数落："那只婆婆啊，不晓得几偏心。我刚生下来的时间啊，她走到医院，看到是女的，马上就回去了。"

　　爸爸马上苦口婆心教育她："这好正常啦，哪个不重男轻女呢？在中国，尤其我们乡下，一家人屋里没有崽，活得下去啊？我们国家，是很自治的，只要不涉及政治上的问题，

---

1 镦，阉割。

都靠拳头说话。如果没出条把人命，你去找公检法？到阴间去找，哪只鬼会答你哦？在乡下，哪个屋里崽多，哪个就有发言权。你晓得村里的米椒婶不，她生了七个崽，走到路上，身子都是横的，巴不得面前有点障碍物，可以挑战一下。生女有什么卵用嘛？嫁出去后，除了过年过节，连个面都见不到，等于白白给人家屋里养了一个劳动力和生育工具。这世上哪个都不是活雷锋，哪个都没有那么高风亮节。戏曲里，只有王侯将相的女儿才有亲情价值。在乡下，女嫁出去，当真就像泼出去的水。当然，如果那只女考上了大学，或者招上工，成了城市户口，也有用。你看你婆婆，她的亲女嫁到李家巷，也是农民，你见到过一面不？顺英姑姑，是她的养女，嫁到城里，隔三差五来乡下接她到城里去住，一住就是十天半个月，生只这样的女，当然也划得来。但就算这样，也是断了香火。你看你婆婆，最终还不是要依靠我们几个崽。"

说得妹妹哑口无言。

我捧着茶杯，骄傲地站着，看工匠镦鸡。他用皮带将鸡固定在膝上，扬起锋利的小刀，轻轻一划，鸡腹皮开肉绽。我不自禁抖了一下。他迅疾用特制工具扒开那伤口并行固定，然后一根细线伸进，七勾八勾。鸡显然很痛，但被死死按在他的膝盖上，动弹不得，只有骨碌碌转动的眼珠，可以看出它在顽强忍耐。工匠终于勾出两颗绿豆大小的睾丸，用线勒断，扔到地上，一伙鸡扑了过来，只有一只捷足先登，将它们啄进嘴里。工匠给膝盖上的鸡喂了两小口水，松开固定，刚才还烦躁不安的鸡，立刻欢快地在地上跳跃，好像手术从未发生。我惊奇表示不解，婆婆说："鸡就是这样的嘛。你还不是一样，小时间生病，我给你喂药，开始不晓得哭得几伤心，死活不肯吃，捏到鼻子硬灌下去，一松手，你就住嘴了，细人子（小孩）就是鸡哦。"

我不好意思地笑了笑，一时兴起，摸出一根粉笔，在大门的红色门券上画了只大公鸡，昂首挺胸，神气活现。婆婆吃了一惊，啧啧称赞。这个鸡，是我前不久从一张玻璃糖纸上摹会的，形体线条记得很牢，惟妙惟肖。我的堂姐堂弟们也马上包抄过来，惊叹我的才艺。又七嘴八舌，给我介绍一些新生事物："这只狗，是婆婆养的。""那几只鸡崽，也是婆婆的。"我耳不暇给。那条高大的黄狗一头朝我蹭过来，摇头摆尾，仿佛宣告是我的财产，让我顿生怜爱。一个堂妹又说："这两只母鸡，是婆婆去年养的，会下蛋，你有蛋吃了啦。"语调热烈，倒也没有一点嫉妒的意思。大伯母也隔着天井跟我打招呼："你这只真正的孙子来了啦。"她的腹部高高隆起，看来离分娩不远。

夕阳西下的时候，大伯挑着一担柴火回家了，胡子拉碴，满面菜色。柴火丛中传出知了的鸣叫，显然是他砍柴时顺手捕的，带回家以娱子女。这头老牛进屋，将柴火一扔，几个女儿小鸡似的跑过去，争先恐后献着殷勤。但他满面愁苦，盯着大伯母隆起的肚皮，叹了口气。大伯母会意，安慰道："老头哇，不要着革[1]哦，这只肯定是崽，我找瞎子算了命的哦。"大伯的眉头稍稍舒展。

二伯母倒很得意，她生了三个儿子，最后一胎是双胞胎，两个男的。夫妇俩都要上班，没人带，不得不把娘家的外婆

---

1 着革：思虑。

请来。老媪已近半盲，我时常隔着天井，听见两个堂弟像中弹的狗一样哀嚎。曾好奇趴上窗台窥视，见瞎媪用调羹死死抵住堂弟的颈子，不住地劝慰："吃嘛吃嘛吃嘛！"堂弟拼死不从，滚烫的粥从调羹倾出，落在他们肮脏的胸脯上。盲妪笑着颔首："吃进去了哈。"再舀起一勺。十勺中，倒也有两三勺能顺利进嘴。

这种场景，经常被大伯母拿来当成笑料，加上其他因素，两家终于打了起来。大人们把战场围成一圈，挡住了我的视线。我只听见声色俱厉的吆喝声，突然一只青蓝边饭碗从人缝里飞出，摔在青石板路上，碎片四溅。人群吃了一惊，像集体舞那样四处散开；我才看见二伯母手里捏着一双筷子，头发死死被大伯母握住，想挣开又负痛，神色狼狈，溃不成军，但嘴里依旧壮气凌云："你好了不起，你这只绝户的，等我崽长大了，看你还敢欺负我屋里不。"

大伯母也不示弱，她像逗引猴子一样，揪着二伯母的头发不停地转圈，肥胖的肚子尽量后缩，以防被二伯母袭击，嘴里也不依不饶："像你那些鹅里鹅气[1]的崽，鬼看在眼里哦，有还不如没有。"但语气显然不壮。她本是很蛮横的人，一个淫雨霏霏的下午，我曾见她和婆婆隔着天井争吵。婆婆晃着一头花白头发，摇头晃脑，"观音老母"四个字时不时从她嘴巴里祭出，大概想请来作证；大伯母则对其建议由衷欢迎，有恃无恐。可是，二伯母"绝户的"三个字，将她击溃，她色厉内荏，过了几天，她站在天井下，自豪地拍着肚皮宣称："这第六胎，我就不相信不是个崽。老娘我的肚子不是没生

---

1 鹅里鹅气：南昌方言，指愚蠢。

过崽，如果这只还不是崽，那只能怪你们褚家老大屋里没有这样的命。"

第六胎果然让大伯达成了夙愿，他有了个亲生儿子，从此成了这寒家的宝贝。有一天，他最小的女儿，不过两三岁，偷吃了弟弟的饼干，还不小心打翻在尿桶里。大伯母呆呆望着在黄色尿液中静静躺着的饼干们，愣了好久；然后一把将堂妹牵到天井，手一松，手指就搭上了她的脸皮，猛一使力，伴随一声火烫般惨呼，堂妹的一侧脸皮就改变了形状。大伯母又从头上麻利抽出一针，朝堂妹的脸鸡啄米似的刺去："叫你虽[1]，还虽吧？还会偷吃吧？"堂妹嚎叫："再也不虽了，再也不偷了……"

这可怜的堂妹很快又活蹦乱跳，像一直刚被镦的鸡，跟着我们去池塘、小溪边的灌木丛里，捉熟睡的蜻蜓。

乡下的池塘多在田间，往往大半部被菜地包围，那是各家的自留地，有的菜园用竹子搭建了架子，支柱立在水里，架上爬满藤，沉甸甸的南瓜、瓠子、丝瓜悬挂着，水光潋漾在架上，参差错乱，永不宁静。没有人种西瓜，也没有人会种任何一种摘了马上可以吃的瓜。夏天的傍晚，夕阳斜照在架上，黄灿灿的，好像铺了一层金粉，偶尔有金龟子停在藤蔓上，背上的红色或者绿色的甲片，被映照得光芒熠熠。空气中弥漫着暑湿，以及蔬菜纤维们混杂的气息。

离家门不远的一个池塘比较独特，既不在道边，没有妇女去那里洗衣；周围也只有稻田，没有菜园，无人会去洗澡。大概是特意挖了，用来收集积潦，枯水时则可以灌溉。塘边

---

1 虽：南昌方言，指馋。

岸堤高高的，估计就是挖塘时的积泥，上面蓬蓬勃勃，都是野草。夏天的傍晚，霞光还布满西天，空气中漂浮着炊烟的气息。我们走到堤上，在淡得像鸡蛋清一样的暮色下，捉野草上停留的蜻蜓。

不需要用网兜。蜻蜓都是淡红色的，也有焦黄色的，静静地泊在草枝上，任你伸手去捉。堂姐弟们说，这些蜻蜓都睡了。蜻蜓没有眼皮，我无法确证它们是不是睡了，如果是真的，也睡得太早了，天还远没有黑；但如果不是睡了，又无法解释它为什么不动，任你去捉。蜻蜓的生物钟真的很怪，过早向世界道了晚安，却不知危险将至。

捉的时候有一种快感。大概因为这种平日飞翔极灵动的东西，突然可以手到擒来，未免自负。另外，就是它们长得好看，那薄而透明的翼，用手指撚住，能感觉到玻璃碎裂般的纹路，真是造物主的杰作。我们还小，不会去责怪自己手指的唐突，以及对造物主杰作的毁坏。

平时，我是和婆婆同床睡的，她的床上，总是一股膏药的味道，但更加觉得温暖。捉回来的蜻蜓，就放在蚊帐里，随它们飞。那些红蜻蜓们在蚊帐里乱飞，最后各自筋疲力尽，横七竖八躺在床单上，婆婆说，蜻蜓死了会发臭。

于是只好都放生。我再次一个个把它们拈起来，装在塑料袋里，来到门口，捏住袋底的两个角，双手振了几振。它们跌跌撞撞从塑料袋里出来，有的直接飞起，有的快掉到地上才反应过来，也赶紧振翅疾飞，在朦胧的月光下，瞬间消失在四十多年前乡下茫茫的夜色之中。

我喜欢睡在靠墙壁的那边，感觉特别安全温暖。隔墙是大伯家所属的一间厢房，睡着几个堂姐们。我们经常隔着墙对话，讲故事，唱歌，释放着简单的快乐。有一天，爸爸说："你年纪这么大了，要开始自己困了。"指着他那间鬼屋。但他好夜游，吃完晚饭，就像鬼一样到外面晃荡，很晚才回。我怎敢一个人睡？某个晚上，铁公鸡中途跑回来，怒不可遏，一把将我揪到门外，几个耳光扇过，我在自己的哭泣声中，隐约听见他语重心长的教诲："还跟婆婆困，她那么大年纪，一身的病，等下传染给你啰？"

看来这家伙还真是为我考虑，像个慈父。

暑假过完，我又回到了金塔街，有一天爸爸来，笑着说："婆婆这几日都在说你，说你在她门壁上画了一只鸡，搞得她今年养的鸡全发瘟病死了。"

我哈哈大笑："这有什么道理嘛。"

他说："她说啊，你得罪了鸡仙哦。"

这件事也许影响很大，以至于过了好久，只要那些堂姐妹们见到我，一定会说起这件事："你在门壁上画了一只鸡，婆婆气都气死了，说你搞得她养的鸡全都瘟死了，不晓得几好玩。"

她们已经变得臃肿不堪，但记忆还是那么嫩绿修长。

十 宝莲灯

天气很热，爸爸搬张竹床，搁在天井边上睡午觉，命令我也睡："今日夜里球场上放电影，你现在不困觉，到夜里你眼睛睁不开，电影都看不成。"

我只好装模作样躺下，但怎么也睡不着，只能瞪着黑漆漆的房梁发呆。再看看爸爸，他裸着上身，嘴巴歪斜，早已不省人事，鼻孔里有节律地喷出细微的鼾声；手里的蒲扇，早跌在地上。我坐起来，感觉头皮一痛，原来头发被竹床的缝隙夹住了，我骂了一句："戳他娘的别。"这时堂弟小鹅走过来，说："你也困不着啊？走，我侬去大队里看一下，看到底夜里有没有电影。"

小鹅是我二伯的儿子，只比我小几个月，在城南，称呼有点傻乎乎的人，有两个词："扇头"和"鹅头"，前者应用更广，但并不真的精确。撇开我这位堂弟不说，婆婆家隔壁还有一个男孩，比我小两个月，他的绰号也叫"鹅头"。为了有所区别，这位鹅头叫"大鹅头"，简称"大鹅"；我堂弟叫"小鹅头"，简称"小鹅"。那位大鹅应该有普通智力，所以他的绰号名不副实；我这个堂弟，可能比普通人智力略低，我只说可能，其实也不肯定。世上有一类人，智力其实是正常的，但大脑里或者有哪根神经搭错了，总是略微与众不同。如果其他方面智力超常，就是天才，否则就仿佛弱智。我这位堂弟，其他方面和常人无异，可惜有些方面更差一些，不过生活完全能够自理，也学会了认字，念到了小学毕业，金庸的小说看一本迷一本。我说不清楚，他到底有哪些地方不对头，总之比正常人多少要憨一点。

我跳起来，跟着他往大队部跑。趴在窗口往屋里看，一个村干部穿着一件白汗衫，坐在办公桌前写着什么。汗衫上印着一个大大的"2"字，红色。他旁边的地上，扔着一团黑白相间的东西，显然是银幕。小鹅很兴奋："幕布都拿来了，夜里肯定有电影，太好了。"脑袋像拨浪鼓似的摆动，又对着村干部叫，"今夜里放什么电影哦？"村干部站起来，走到窗前，扬起手，像赶苍蝇："去开去开去开，不要在这里吵得卵断。"我们苍蝇一样散开，看着他坐回去，又重新飞回窗前，脸贴着玻璃。小鹅指指点点："幕布上面的箱子，就是装片子的。上面有红漆写的字，你看得清不？"

我歪着头看，说："《宝莲灯》上下，是上下集呀。"

村干部抬头看了我一眼，说："你这只老短[1]，眼睛硬是好，快回去困觉，不困觉夜里要打瞌，电影看不穿。"

我们满意的走回去。小鹅说："《宝莲灯》你肯定看过的，你在城里，什么电影没看过？"

我没有说话。走了几步，小鹅又说："讲什么的？"

"好早以前看的，忘了。"我说。

大伯母站在天井对面，对我说："看到了幕布不？"

---

1 老短：南昌骂人话。

小鹅说:"看到了哦,枕石还看到了箱子上的字,写着《宝莲灯》。"

大伯母有点失望:"《宝莲灯》啊,以前聂家放过一次,我去看过,看是蛮好看。你看过不?"

所谓聂家,就是距离城南五六百米的一个村庄,但很奇怪,这么近的地方,即使难得放露天电影,城南的孩子却不被允许去看。我经常听见大人奔走相告:"今夜老洼放电影""今夜南方放电影",可堂姐妹们都没有欢呼雀跃,非常奇怪。问原因,说是路远,小孩子不能去。但有一次,"老洼"放电影,我执意跟了爸爸去,大吃一惊,那地点竟只在城南小学内,距离正宗的城南村放电影的旧球场,不过两三百米的距离;那个"南方",也顶多相距四五百米。乡下人的世界,真是太小。

堂姐兰兰说:"枕石肯定看过,他是城里人啦。"

我支支吾吾:"看过,是蛮好看的。"

夕阳还挂在半天,小鹅说:"走,去看挂幕布哦。"我们又飞奔出去,跑到破旧的篮球场。村干部们正在挖洞,将三根修长的毛竹绑成一个"门"的形状,栽进两个洞里。又派一个人爬上楼梯,将银幕拉好。一伙小孩围着张开的银幕跑来跑去,叽叽喳喳。这真像一个节日。

一会儿,几个堂姐也来了,她们扛着长凳,占好了座位。兰兰说:"枕石就跟我俩坐到一起看嘛。"我说:"好啊。"跟她们一起回家,焦急等着吃饭。

夜色终于全面接管了大地,我们也不计较菜碗里都是南瓜蕹菜了,三下五除二扒到嘴里,就赶往球场。球场上尽是游魂一样的人影，直到放映机架好，在银幕上打出一束雪白的光，才各归座位。我听见放映机发出动听的嗤嗤声，银幕上亮堂堂的，突然闪出一个妇女的头像，彩色的，还没看清，就隐没了。有大人在呵斥孩子："开演了，闭嘴。"人群顿时安静下来。

正放映到坏蛋偷走了好人的宝莲灯，电影中断。放映员忙着换片子，人群仿佛遭到驱赶的苍蝇，恋恋不舍离开大便，但又都舍不得远离，只是悬在半空，聚在一起，嗡嗡响成一团。兰兰问我："下面都讲什么的哦，宝莲灯有没有抢回来？"

我说："当然抢回来了。"

"怎么抢回来的？"

这我哪里知道？我说："好早看的，早忘了。"

兰兰说："你不是记性蛮好的嘛，以前每部电影都讲得好清楚。"

大伯母插嘴："问老娘啊，老娘我看过嘛，后来沉香又得到神仙帮助，搞到一把仙斧头，劈开了华山，拿宝莲灯抢回来了。"

兰兰说："哦。"

摄影机又嗤嗤响起来了，我的脸有些发烧，还好是在黑夜中。

十一　上海小女孩

　　婆婆屋里隔壁有一户人家，男主人叫九子；有个独子，叫小华。九子的弟弟叫八狗，生了三个儿子。不过九子并不眼馋，总是指着婆婆菜园泥墙上盛开的南瓜花，轻蔑地说："一篮茄子，当不得我一个北瓜[1]哦。"意思是，儿子养得再多，如果没出息，也没什么卵用。

　　九子有资格说这句话，因为他的独子小华擅长读书，高中毕业，以数学满分的成绩考上江西大学数学系；毕业分配，竟去了上海，在一所中专教书。我不知道上海在哪，但我知道，那是天堂一样的地方。我听过的好商品，全是上海产的：爸爸花大半年工资买的二八永久载重车，二舅母的蜜蜂牌缝纫机，只耳闻没有亲尝的大白兔奶糖，以及我一个堂姐梦寐以求的白回力球鞋，等等等等。二伯有一个黑色提包，大约是人造革的，上面用白色线条画着几栋高楼大厦，大厦顶上，是行书的"上海"两字。这一切，加上那些反映旧社会上海灯红酒绿的革命电影，群策群力，赋予我一个牢固的印象：上海，就是传说中的天堂。

　　寒假很快又到了，我照例来到城南，绘声绘色，给堂兄

---

1 北瓜：即南瓜。

弟姐妹们描述半年来城里的所见所闻，及所看过的电影。我说："《保密局的枪声》你们看过没有，太好看了。开头就是一只地下党员在敌人的保密局里翻看情报，被敌人发现了。那只敌人还是个头头，穿着呢子料的黄军服。地下党员手疾眼快，拔枪对准他，那只敌人哈哈大笑，说：'你一扣动扳机，枪声就会引来卫兵，那时你插翅都难飞了，哈哈哈哈。'你们知道地下党员做什么了吗？"

"做了什么？"他们屏声静气。

"地下党员果断对敌人开了一枪。"

"啊，那枪声不是引来了敌人？"他们惊了。

我摇摇头："没有，地下党员怎么会那么扇？他开枪之前还说了一句话，敌人听到这句话，马上就瘫倒了。"

"说了一句什么话哦？"他们凑上来，求知若渴。

我慢条斯理："他说：'哈哈哈，堂堂的军统保密局的处长大人，竟看不出我握着的，是无声手枪？'"

"啊。"他们欢呼起来，"好厉害啊，还有无声手枪。"

这个桥段对我也影响深刻，搞得我很长一段时间，都不相信手枪上要装什么消声器。我坚持认为，无声手枪本身就是无声的，它是一个枪支品种。

在我的堂兄弟姐妹眼里，金塔街已是无比繁华的所在。我不会告诉他们，在金塔街我过得像丧家犬一样，经常没有早饭吃，也没有人玩。我只告诉他们，金塔街上有小人书摊，门口有大马路，有络绎不绝的汽车，不远的地方，有电影院和书店。即使不一定会去，而想到步行也走不了多久，就感觉自己拥有它们似的。金塔街上，一到夜幕降临，路边就华灯闪亮，好像天上的街市；而在城南，就只见煤油灯的鬼火瑟缩。

"有一个电影，是恐怖片，叫《画皮》，不晓得几好看，在江西影剧院放映的时候，当场吓死两个人，听说都是有心脏病的。后来省市的领导专门下了一个命令：有心脏病的不准看。"

"啊。"他们又是一惊，"怎样个吓人嘛？"

"一开始，银幕上就是凤凰两个字，曲里拐弯，篆书的。然后是半夜，一只书生骑着马，路过一个荒郊野外，看见一只浑身白衣服的女的，长得不晓得几好看，坐在一块石头上哭。书生停下马，问她：'小姐，你哭什么嘛？'那女的回答：'家父要将我卖到妓院去，我就偷偷跑了出来，现在无家可归，呜呜。'书生就说：'小姐若不嫌弃，不如到我别墅将就住一阵。我因为准备科考，为了清净，家眷都住在别处，没有外人打扰。'女的很高兴，千恩万谢，男的就把她带回到自己的屋里。"

"这个就是鬼吧，荒郊野外，哪来的女的嘛，何况还是那么漂亮的女的？"他们倒都不傻。

"是啊。接下来啊，就是这只书生困在蚊帐里发抖。但没有用，那只女鬼还是来了，走路跟风筝一样飘，飘到哪间屋前，哪间屋的门就自动开了。很快，她就飘到了书生困觉的房子前，但是这次，门没有自动打开。"

"啊，为什么哦？"

我笑了笑："因为啊，门上挂着一把宝剑。那把宝剑，是一个道士送给书生的老弟的，老弟告诉书生，他的法力对付不了女鬼，他决定去请道士来帮忙，目前只能先把剑挂到门上，鬼就不敢进门。"

"哦，那只女鬼就只好走了？"

"没哦，你听我说哟。一开始啊，那把宝剑发出闪亮的光芒，女鬼被闪得转了两个圈，大叫：'好道士，竟敢吓我，让你看看我的厉害。'然后转过脸，晃了一晃，就变成了一只可怕的鬼，青面獠牙，披头散发，张牙舞爪，一身癞蛤蟆，不晓得几吓人。她鼓起眼睛，努起嘴巴，对着大门一吐，吐出两条血水。那把宝剑被血水一冲，咣当一声就跌下来了。"

"啊，然后呢？"她们齐声惊道。

我做着手势："然后可怕的鬼就举起两个爪子，手上的指甲有这么长。她慢慢走进房间，书生用被子蒙着头，浑身发抖，跟打摆子一样。恶鬼走到他床前，一把掀开他的被子，伸出尖利的爪子，一下就插进了他的胸膛，掏出了一颗血淋淋的心，就飞走了。我告诉你啊，如果怕鬼，用被子蒙着头，也是没有用的，鬼会掀开你的被子……"

这个电影我讲了好几遍，他们怎么也听不厌。那天下午，我又在重复，门外走进来两个人，一个老的，很胖；一个小的，不胖不瘦。都是女的。

婆婆立刻迎上去寒暄："豆芽菜，你崽回来了啊，什么时候回来的？"胖老媪说："上昼[1]来的哦，一家人都来了。"她指着婆婆对小女孩说："这是会生婆婆。"婆婆夸赞道："这就是小华的女啊，好漂亮的女崽。"

56

胖老媪说："是哦，特地回来过年哦。"又说，"我们

---

1 上昼：上午。南昌人把白天称为"昼"，早上叫"上昼"，下午叫"下昼"，中午叫"当昼"，午饭叫"昼饭"。

屋里没有细伢子，我跟她说，会生婆屋里孙子孙女多，到这里来玩没有错。"

小女孩抬起头看看我们，她穿得很洋气，眼睛很大，神态和我们这些小孩有点不一样，但我也说不出来哪里不一样。她仰头对胖老媪说："呢鹅哦白象故来。"

我们莫名其妙，不知道她讲什么，胖老媪却赶紧点头，去了，一会儿捧过来一个塑料箱子，小女孩打开盖子，掏出一堆五颜六色的锅碗瓢盆，塑料做的，都很小。我的堂姐妹兄弟们顿时陷入了疯狂，围着她不停询问，有一个东西我们都不认识，她就解释："这是煤气灶。煤气灶都不懂啊，就是一拧开，就有火，就可以烧饭。"她说的是普通话，我们的话她听不懂，胖媪在旁边翻译。我婆婆说："豆芽菜啊，上海话你都会了啊。"豆芽菜说："哪里哦，就只会一点子哦。"我有点失落，站在旁边观看，其实我并不喜欢那些塑料的锅碗瓢盆，但我隐约知道，它代表远远高于我的生活水准和身份地位。

晚上，我躺在婆婆温暖的、夹杂风湿膏药气息的被子里，翻看爸爸仅有的连环画《小蚂蚁搬家》，这本书我熟得甚至知道每页画了几个蚂蚁，包括其中多少只工蚁，多少只兵蚁，但因为是彩色的，还能看下去。这时婆婆走进来，扬着手里的彩色小人书："《小号手》我帮你借到了，赶快看，明日上昼还给人家。"我欣喜若狂，一把抓过来，快乐地翻看。翻到背后，我对婆婆说："敌人的黑马，怎么跑得过我们的白马嘛，白马是世界上跑得最快的马。"《小号手》是一部革命动画片，结尾是坏人骑黑马逃跑，少年英雄小号手骑白马追，山道崎岖，追了好久，坏人时时朝后开枪，小号手也时时向前开枪，但都没打中。最后坏人逃到悬崖边，勒不住马，连人带马栽下悬崖，大快人心。

我不知道自己为什么只关注马的颜色，而且会推出这结论：白马跑得最快。我曾经在爸爸的房间里，找到了一本老语文课本，五年级的，有篇课文是《生命不息，冲锋不止》，讲珍宝岛之战，英勇的人民解放军战士于凤至怀抱火箭筒，一连击毁了苏修军队好几辆坦克。课本有插图，于凤至横眉怒目，双手紧紧握着一个头部硕大粗壮且尖锐的东西，瞄准前方，仿佛无坚不摧。我也同样就此推断：世界上最强大的武器，名叫火箭筒。我曾多次跟差等生小罗、优等生小吴、优等生老鼠等争论，在我的坚持下，最后他们都无可奈何承认：火箭筒无可争议是世上最强大的武器。

我捧着《小号手》，翻来覆去，爱不释手。那些彩色的画面，本来只在银幕上才能看到，如今活生生就在我的手上。我多么希望自己能够拥有它，但看封底，书很贵，要两毛五分钱。我的两个堂妹，一个堂弟，也坐在床沿，和我一起欣赏。门突然开了，胖媪和她的上海小孙女走进来，胖媪对婆婆说："不好意思哦，我这只孙女，听说图书借出去了，硬要我讨回来，不懂事，没有办法。"婆婆赶忙说："不要紧不要紧，细伢子就是这样，枕石他也看完了。"

小女孩接了书，却站着不动，左顾右盼，突然说："你们来吧，到我那里去玩，还有小火车和小汽车，你们肯定没玩过。"我的堂弟堂妹们立刻跳起来，叫我："一起去吧。"我突然升起一阵无名火："不去不去，我要困觉。"

　　我缩进了被窝，感觉婆婆小小的房间里，忽然变得那么寒冷。

十二　照相

　　一大早，我就被妈妈从床上揪起来，套上棉袄，外面再套一件罩衫，蓝底白圆点。因为家里来了一位亲戚，我妈妈和小舅要带他们去八一广场照相。

　　那是一个平平常常的南方冬天，没有风，朝阳灿烂，但寒气袭人。我们向广场方向走，走了大约半个小时，就远远看见主席台。小舅向亲戚解释："我们这只广场，是仿照北京天安门广场建的，主席台的位置，就相当于天安门，坐北朝南。人民大会堂的位置，就是万岁馆，走近了你们再看，好高好大，楼顶层的门上，有好多浮雕，雕的是韶山、井冈山、延安，都是革命圣地，都是伟大领袖毛主席战斗过的地方。"

　　很快我们到了万岁馆，确实很高大，几根粗大的方柱，支撑着整栋大楼，让楼显得更加巍峨。我仰着脖子看上面的浮雕，有点心惊胆战。又走到楼前，左右两边各盘踞着一组群雕，都是工农群众，每个人的身体都做出向前倾斜的姿势，有的握着锄头，有的扛着枪，还有的搬着石块，个个怒气冲天，仿佛随时准备寻衅滋事。

　　我们随着小舅，穿过马路，到了主席台的正对面，那里矗立着一尊高大的石质旗帜，旗杆是一枝上了刺刀的步枪形状，这就是八一南昌起义纪念碑。纪念碑前，有四大块方方正正的草地，小舅招呼我："来，坐到草地上来，和赵支一起照相。"

赵支是那位亲戚的儿子，一位和我同龄的小男孩。他走过来，在小舅的安排下，和我并排坐在草地里，等待拍照。我头上戴着人造革的帽子，帽额上别着一颗鲜红的五角星。小舅歪着头左看右看，突然走过来，一把摘下我的帽子，将帽额的五角星卸下，这让我不知所措，不知道他想干什么。他没有解释，淡然将失去了五角星的帽子扣回我的脑袋，我摘下帽子，看着它，感觉光彩尽失。我说："把五角星还给我。"小舅好像聋了，没有搭理我，又摘下那位亲戚小孩的帽子，将那颗五角星细致地别上去。妈妈在身边观看，一句话也没有说。我很想哭，但忍住了。一个三四岁的小孩，大人决意要凌辱他，他能有什么办法？我知道在那个时候，哭无济于事。

后来我曾经质问妈妈，但她早就忘了这幕。我只好把细节原原本本描述了一遍。她说："还有这样的事啊，他为什么要那样做嘛？"

我说："其实我可以理解，他不过想拍马屁而已，那只小孩的身份和我不一样，他是城市户口，而且是大城市西安的城市户口。你说过，他的爷娘都是西安飞机制造厂的工人。"

她说："是哦，早先是在沈阳国营松陵机械厂，文革的时间，他们两只人，一个拥护造反派，一个拥护保皇派，打得不可开交，差点子就离婚了，最后又好了，调到了国营红安机械厂，就是西安飞机厂嘛。那个时间，各种军工厂都叫机械厂。”

我说：“对，你老弟就是想拍马屁，虽然他晓得，这种拍马屁很难说能换来什么好处，但依旧被本能驱使着去拍。国营大厂的工人，在他看来，简直就是贵族。”说到这里，我感觉南昌话不足以畅快表达，换了普通话，“在他看来，那个小孩简直就是天潢贵胄。国营大厂的炫目光辉，像一块巨大的磁铁，吸引得他跌跌撞撞，身不由己，跟在他们屁股后面一路小跑。他非得做点什么，以表达自己的敬仰不行。于是，我就成了牺牲品。”

妈妈哈哈大笑：“你说的我听不太懂，什么天皇鬼舟？日本人啊？不过他拍的那两只人啊，是一对尽料的绝物，世上少有。我结婚的时候，你猜他们送了什么礼？一塑料袋子毛主席像章。”

爸爸在旁边附和：“那两只人啊，是有点子神经病哦。一个人一生世就结一次婚，哪有这样送礼的？简直没花一分钱呐。那时候毛主席像章到处都是，走到路上，一下昼可以捡一麻布袋。”

妈妈不服气：“那是不要乱嚼（瞎说）哦，还一下昼可以捡一麻布袋。毛主席像章，哪个敢乱抛哦，不怕被捉去枪毙？再说有一只像章好大，跟一只脸盆样的，到哪去捡？要是保存到现在，说不定蛮值钱的？”我说：“放到哪了？我看下。”她说：“早就被元生那只扇头拿去了。”我沮丧道：“那说个屁。”又问了一次，“你当时在旁边，看见你弟弟摘我的五角星，怎么不说话。”

她说：“我说了一点都不记得嘛，要是真的，可能是我晓得说也没有用。我这只人，不晓得几老实。"

我说："那家伙后来到底是怎么混到国营工厂去的？"

爸爸笑道："他二叔帮他找的啦。二叔在上高县当官，本来要拿你娘弄去做官的，你娘实在是智商太低，稍微高一点，还用卖一辈子劳动力啊？早就吃上剥削了。"

妈妈说："是哦。四清的时间，我二叔就在上高县当官，叫我去，要推荐我当妇女主任。我没去。社教的时间，还特意派了一只小车，要接到我去，推荐我上共产主义劳动大学，我又没去。硬是后悔呀，要是当时去了，早就入党了，现在起码也是吃香喝辣。"

爸爸说："做梦，就你这个智商，没有吃剥削的本事哦。人家那些吃剥削的，眼眨眉毛动，你晓得几会来事？你会啊？你倒是当过村里的保管，叫你下乡跟村干部一起去吃剥削，你还不舒服；连做账都会做错，死活辞了不做，你这个智商，当得干部成啊？"

"是哦。"妈妈惭愧地说，"那次跟干部一起下乡，白吃白喝，还发十块钱。我觉得好奇怪，跟干部说，我们来这里白吃白喝，还发钱，这不是剥削劳动人民吗？后来上面搞运动查账，我就响应号召，揭发他们。我确实好扇，没有当官的命哦。"

我说："好了好了，你的事我晓得，你继续说。"我把脑袋转向爸爸。

他说："你那只小舅舅，不晓得几会拍马屁，混了个两年的高中毕业，水平差得吓人，一封信都写不了的。只好跑到他二叔屋里去，日日大清早起来，挑水做饭倒马桶，得心应手。做了两年，二叔硬实在过意不去，就跟他找关系，安排到江西纺织厂。在二叔屋里，他就相当于仆役，连古戏里演的门客都不如哦。"

"这样啊。"我说，"他刚到江纺上班，还带我到他厂里玩过几日，好大的厂啊。"

妈妈说："他对你算蛮好的。"

于是想起每次见了面，小舅总会对我说："你是我带大的，还记得不？"

我确实记得一些和他在一起的场景，大多很庸俗。比如有一个端午节，他坐在堂屋竹床上，蚊帐低垂，头顶上一根绳子横亘半空，一颗颗粽子像死尸一样吊在上面。他指着我的生殖器问："这是做什么用的？"所有的答案都不满意，唯有等我说出"做种的"，他才会顿时爆发出爽朗的笑声，像一位风趣的首长，我真不知道这有什么意思，但每次想起这场景，就不由得感慨万千。我主要是想起外公家那个屋子，它阅人无数，变幻过那么多场景：家具不停地移动，墙壁上的戏曲片画纸不断更换，人不停地长大，变老，岁月倏忽而又漫长，迤逦几十年。我有时看见一个老人，也会油然感慨，这支大型细胞联合舰队里面的细胞们，已经孜孜不倦分裂更新了七八十年，不管世道如何变迁，它都没有兴趣，只管闷头分裂它的……于是，一种生命的荒诞感油然而生。

在江西纺织厂，小舅恋爱了，对方是同厂一位女工，长相普通，但毕竟是城里人，这点远胜大舅母和二舅母。大舅母娘家在南昌城几十里外的杜家村，口音都和南昌不一样。在一个天上飘着零星雪花的日子，大舅雇车将她接来。她高大健壮，没过多久就显示了和身材匹配的魄力。我外公号称阎王，家人无不忌惮，但在这位新来的儿媳面前，几个回合就威风扫地，乖乖卷起铺盖，将主卧拱手相让。这意味着在一个家庭中，领导地位从此失去，岁月推搡得他跌跌撞撞，从家主的席位上落荒而逃。在窄小的西厢房中，外公开始了一个人和一座黑漆漆棺材相伴的生涯，和当年他父亲一样。他再也不和外婆同床共枕，虽然那时他并不很老。据说外婆非常畏惧他凶猛强烈的性欲，很不情愿地怀过九胎，如今她终于可以大胆宣布，就此告别苦难的繁殖生涯。当然，我这是在代她思考，也许她自己并不以此为苦，有一次她看着自己寥寥可数的三个孙子，慨叹道："这计划生育政策确实恶哦，崽都不准人生，多子多孙，不晓得几好。"

暑假的一天，小舅从厂里回来，说："走，我带你去江纺玩。"我跳上他的凤凰自行车后座，颠簸了近一个小时，到了厂里。他要上班，吩咐女朋友家的一个亲戚少年："你带我外甥去游戏室玩，渴了就买冰棒吃，冰棒票拿到。"把一张券塞给那个男孩。

我和那个男孩打了一个下午的桌球，期间，他提着一个保温瓶出去了一会，回来时装了满满一瓶冰棒，让我惊喜交加。但最触目惊心的是晚上，我跟着他，走进了厂里的阅览室，面前顿时涌来一片浩瀚的书海，宽大的书桌宛如列肆，日光灯管悬在头顶，灿如白虹；书架、阅览架上，花花绿绿，期刊杂志琳琅满目，目不暇接。我像猴子掰包谷一样在架前彷徨，无论哪本也舍不得放下。可惜光阴荏苒，两天后，小舅骑车带我回金塔街，我依依不舍，那种可怕的城乡差别，如此逼真地呈现在我面前，我霎时理解了小舅的得意，也许这种生活，真值得用人格去换取。我坐在自行车后座上，默然不言，眺望右边翻滚的赣江，内心也像江水一样，翻滚不止。

十三 捡钱

　　我们捉蝴蝶，和科研没有关系。科研那种，在宣传画里，都是用网兜扑的，保证可以捕到健康的蝴蝶，但我们是用胶水黏。胶水归小罗亲手熬制，他是我的小学同学，成绩烂得像一泡稀屎，心不灵，但手很巧。他的胶水神奇无比，原材料是废弃的轮胎皮，粉红色，加上煤油，火上烤好，放置几天，颜色变得黄黑，黏性极大。我们挖出一坨，固定到竹竿尖，扛在肩上，兴冲冲向菜地进发。

　　正值春阳高照，菜地里油菜花开得正艳，形形色色的蝴蝶在菜花间翻飞，最常见的是那种白色，两边翅尖上各有一个黑色圆形斑纹的。飞得并不快，翅膀颤动的频率太高，仿佛一直在空中打摆子，但还是看得出来，它们非常健康。这样的目标，本来是不容易瞄准的。好在小罗这种独门胶水极为霸道，他伸出竹竿，迅疾点击，哪怕沾上一点翅膀周边的空气，蝴蝶的噩梦就算来临，它们疯狂在竹竿尖上挣扎，却是徒劳。我们憨笑着将其一把扯下，大多时候，一片翅膀就会永久留在竹竿尖上，让它沦为残废。但即使全须全尾，又能怎样？反正它们最后都要死。

　　菜地位于原先千佛院的旧址，背依壕沟，平坦如砥，实在是上好的附郭良田，种的只是蔬菜。它们都属于金顺大队，也是我和小罗的妈妈平时上工之地。菜地中间，零星点缀着一些粪坑，那些晒得乌头黑壳的男社员们，个个挑着一对粪桶，奋力将长长的粪勺没入粪池，舀起一勺勺纯度极高的粪便，在壕沟里兑上水，然后折回菜地，朝菜地尽情泼洒。但那天，这片菜地一个人也没有，大概社员们都去侍候另一处菜地了。

我们工作了一上午，喉咙干得好像刚烧过饭的炉膛，各自提着一袋子蝴蝶，快快的准备回家。绕过一个个粪坑，沿着菜畦前进，那些粪坑个个面黄肌瘦，藏货不多。坑壁上色彩斑斓，作业本、报纸、草纸、烟盒纸，各种大小、颜色，应有尽有。经过粪坑的浸泡，它们变得稀烂，横七竖八附在坑壁上。但是，在其中一个粪坑的壁上，我的眼睛依然瞬间锁定了那张绿色钞票。这并不是奇迹，对于钞票的花纹和色彩，恐怕人人都有着异乎寻常的敏感。

我并不是第一次被自然环境中的钞票吸引，在金塔街，有一次我正走着路，突然瞥见人行道阶石下，躺着一张绿色钞票，它泡在水里，浑身精湿，面值很高，不是两毛，而是两块。我一阵晕眩，站住、弯腰、伸手，所有程序一瞬间完成。我没思考这笔钱该怎么花，但小人书、糖豆子、五香蚕豆，肯定在我脑中闪过，否则我的手指不会颤抖。可是，当我的手指正要触到那张贵重的湿纸之时，它突然发生平移，让我扑了个空。利令智昏的我，竟没想到纸币没有脚，不可能会跑。我像一头低智两脚兽，本能地碎步追逐，每次眼看要捕获，它又迈动步伐，似乎在逗弄一个傻瓜，直到我听见不远处响起了爽朗的笑声。马路对面有几个金塔街青年，他们并排坐在一张烂竹床上，脸上葵花朵朵："钱会长脚哦，没见过是不？"其中一个家伙手里牵着一条细细的钓鱼线，钓鱼线的另一头，正是那张钞票。这些该死的流氓。我暗骂了一句。脸上火辣辣的，尴尬地走了过去。

但这回肯定是真的，谁也不会选择个粪坑玩恶作剧，何况面值也不是很大。我正要叫一声："看，钱。"谁知面前身影一闪，小罗已经一跃而起，跳到粪坑边上，趴下，伸手，以一种挽救落水者的姿势，从粪坑壁上把那张纸币抠下。他站起来，双手一阵揉搓，鼓起两颊，将钱上残留的干燥粪屑吹回粪坑，表示粪坑的归粪坑，钱，则归人民群众。他开心地吹了一声口哨，把钱塞进口袋。

我心中连呼遗憾，却只能叉腿站在阳光下，装作毫不在乎，还不由衷地祝贺："可以买五六根冰棒吃哦。"。

几年后，我终于还是如愿捡到了钱。那大概是小学三年级，放学路上，阳光酷烈，两边的梧桐树下，三三两两躺着毛毛虫，大约一个手指关节那么长，红绿斑斓。我很害怕它们会掉进脖子里，总是特意避开树荫。人行道上，每隔几百米，就有一个老太婆坐在树下卖凉豆腐，那是一种用某类淀粉磨的豆腐，透明的，五分钱一碗，泡在薄荷水里。吃完后可以问老太婆加水，管饱。我买过一两回，很好吃，可惜太贵。离我最近的老太婆身边，正围坐着几个少年，脖子上缠着红领巾，他们吃得兴高采烈。我咽了一口唾沫，为家里的贫穷难过。我记得有一天中午，也是阳光酷烈的日子，妈妈在睡午觉，糙布的上衣搭在交椅上。我很想在图书摊上租一本小人书看，因壮着胆子，在她上衣袋里搜索，只搜到一枚两分的硬币，心中好一阵悲凉，但依旧没有放过。上工的时间到了，她打着呵欠爬起来，披上那件糙布的上衣，戴上草帽，走进了烈日。我实在无法理解，一个这么勤劳的大人，口袋里怎么只有两分钱？

忍着焦渴，我继续奋力行进，眼光突然被地上一团绿色的纸黏住，从色泽来看，那是一张两元的巨款。我的心脏砰砰乱跳，一眨眼时间就将它攥在手中，这次它没有飞走，真的在我的拳头之内。我不敢张开拳头，生怕它长着翅膀。我紧张地四下张望，恍如梦境，但是真的，人行道上并没有坐着几个嘻嘻哈哈的流氓。

我攥着它，几乎小跑着回了家，一路上胸腔七上八下，仿佛路上所有人都发现了我的秘密。我害怕一旦走到卖凉粉的摊子上，就会遇上老太婆义正词严的目光："捡到的钱是不，要拾金不昧哦，你们老师没教啊？"

下午是我的饕餮之时，校门口有很多挎着篮子的老太婆，她们成天叫卖自制的辣椒饼、辣藕片，还有冰棒，我平时只能旁观，现在都吃了个饱。但意犹未尽，我还有精神需求。下课后，我独自一人步行两三公里，走到了胜利路上的知青书店，精心挑选了两本彩色的连环画，一本叫《大闹天宫》，一本叫《伤逝》，这种拥有自己连环画的感觉，一定和旧时代地主拥有第一笔田产的感觉相同。我还想起那位上海小姑娘的《小号手》，一路上，我回溯了和小人书的一系列交往。金塔街有好几个图书摊，守摊的不是老头就是老媪。很小的时候，小舅和小姨就带我光顾，根据厚薄，一分钱或者两分钱租一本，坐在小长矮凳上看。小舅喜欢看打仗的，抗日战争、解放战争；小姨，有一天租了一本《李自成》，我并不喜欢，好不容易等她翻到最后一页，是一个跃马提枪的大头像，头像四周线条四射，好似井冈山上的光辉，小姨叹了口气，沉痛地对我说："你晓得不，李自成为革命牺牲了。"我于是也难过起来，想起了电影里的地下党。

我喜欢跟着小姨，我上一年级，她才上五年级。学龄前，我就经常跟着她和她同学，游走于大街小巷。那时五步一墙，十步一板，大字报铺天盖地，曾经的中央首长们丑恶的漫画头像活灵活现。小姨还会解说："这几只坏蛋，就是四人帮，想篡党夺权，差点把我们国家带入灾难，不晓得几坏。"

有一段时间，小姨和同学沉浸其中，一人抱着一个硬纸壳夹板，仰头抄个不停。之后轮流到其中一个同学家，集体学习。有一次，黑胖的聂老师家访，她郑重视察了学习情况，起身离开。小姨和同学们站在菜地的陇上，踮脚目送。聂老师肥胖的身子一晃一晃，晃到一个变电箱下，突然停住脚步，仰头望着变电箱上垂下来的一根铁条，凝神发呆。突然她伸手摸去，旋即身体像大小便失禁一样，剧烈颤抖。小姨她们笑得差点从陇上滚下。周围人都知道，那是一根漏电的铁条，我也曾经摸过，有一种麻酥酥的感觉，但并不至于把人电得那么夸张。"聂老师肯定是吓到了。"小姨理解地说。

认了字后，我偶尔会自己租书看，苦恼的是没什么钱。但凡有个一分两分，一定是扔在书摊，最感兴趣的是《三国演义》和《东周列国志》，最崇拜关羽，虽然他的字比较奇怪，叫什么"云长"，起初我以为是一种官职，像"团长""旅长"

那样。看《走麦城》，关羽被捕获，送到孙权跟前，孙权下令，拉出去"行刑"，我高兴起来，原来只是行刑，不是斩首，关羽不会死。再翻过一页，却是"关羽死后，荆州重新回到孙权手中"，原来行刑就是斩首。

一直到初中，我依旧会在小人书摊上看书。有一天，租了一本《不断复活的伙伴》，说是有两个人登雪山，被暴风雪困住，躲在一个帐篷里发信号求救。由于缺吃少穿，其中一个连病带饿，死了。另一个噙着热泪把朋友埋葬，独自一人过夜。谁知第二天早上，他发现死去的朋友又回来了，就躺在他身边。他吓得半死，以为自己忘了给朋友下葬，又扛走尸体，再次掩埋。而次日清晨，尸体照样回到了帐篷。如是三四次，他崩溃了，在救援人员赶到之前的不久，吞枪自杀。

我感觉自己的脸也吓得煞白，把书摊于膝盖，四下张望。朝阳依旧精神抖擞，斜射在对面污秽的红砖墙上。柏油街道好似天花患者，伤口嶙峋；几摊臭水波澜不惊，横卧在人行道下，睡得正香。一个一个的老头子、老太婆和红男绿女来来往往，一只打着呵欠的青年妇女，披头散发，提着马桶，一路小跑穿越街道，奔向对面的厕所。生活一如既往的庸俗、生动而安全。我松了口气，又叹了口气，手指一捻，翻到下一页。

我买的两本彩色连环画，《伤逝》很贵，价格三毛三，这让我悔恨，因为完全看不懂，不好看。只记得是讲一个人丢了一条狗，到处找，后来那狗自己跑回来了，我不知道那竟是鲁迅的名著；《大闹天宫》便宜些，两毛九，则真百看不厌，没多久书脊就贴上了加固胶布。有一天放学，我捧着这本伤痕累累的书，边走边温，突然身后一阵凉风掠过，我目光所及，只剩自己的手掌。愣了两秒之后，我发足狂追。那小流氓跑得飞快，我累得上气不接下气，这种疲累加上对世道人心的憎恨恐惧，让我号泣起来。但我仍旧坚持追赶，虽然明明知道没什么希望。转眼跑了两条街，突然发现班上的一个女生倚户而立，正看着我，面容悠然而惊奇。这让我无地自容，一个趔趄，那小流氓已消失在巷口。

十四　金顺小学

　　我念的小学，叫金顺小学，是金顺村办的。那时，金顺村还叫金顺大队，生源大多为村民子弟，因为村属地和城市居民区犬牙交错，所以也有一些城里孩子借读，比如留级生应新生、优等生严俊、优等生王志刚等。他们家，都在学校对门，公路管理局的墙内。

　　自小学三年级开始，我才隐约感觉，有些同学的生活和我不同。比如说，到留级生应新生家，发现他屋里竟有厕所，还铺着瓷砖。使劲吸一下鼻孔，也能闻到些许臭味，可已很不简单。我不是每天早上一定要拉屎，但有几次憋不住，只能在家门边的公厕排队。那臭气真可谓飞扬跋扈，脚一迈入，立刻遭它一记重拳，下意识捂着脸想退到墙角；就算只是路过，也会被它推搡得跌跌撞撞。尽管如此，谁又离得开它？

　　男的这边有十个坑，还是十二个，忘了。没有隔断，蹲坑的人可以互相轻松借火。南昌多雨，地上总是粪水纵横，上厕客们用拣来的一堆砖头，歪歪扭扭杀开一条血路，通往厕所深处。没有它们，根本寸步难行，无处下脚。蹲坑踏板的位置，当然也有砖头。只在炎热的夏天，地面才是干爽的，有时洒满了六六粉，于是成蛹和未成蛹的蛆们躺满一地。臭气也变得燥热，略显友好。但也别想安生，一些蛆劫后余生，探头探脑，从坑里爬出，肆无忌惮在人脚边游弋。我经常不断挪动脚掌，躲避它们没头没脑的冲撞。

平时还行，总能找到坑位，但要是大清早，想都别想：公厕门庭若市，队伍能排到马路上，每个人都睡眼惺忪，穿戴不整，手里攥着一两张纸，报纸、草纸、作业本纸、马粪纸、香烟盒子纸……不一而足，好像凭票抢购年货。有的弯腰驼背，很明显频遭体内那条圆滚滚的食物残渣刺激，生不如死。它们在肛肠跃跃欲试，可文明准则在，不容许它们不分场合夺肛而出。它们的主人也有忍无可忍的，干脆冲进去，一脚踩在小便池窄窄的堤上，反手扶墙，再将另外那只脚小心翼翼挪上，脚掌抠稳，呼出一口浊气，开始放心排泄。但这样的机会，也不是一去就有。因为勇于这种实践的人，不是一个两个，稳定有一排，像鹭鸶们企在船舷。年老体弱者，全程反手撑住身后焦黄的墙壁，防止自己一屁股坐入。他们究竟并非真的鹭鸶，如果有便秘毛病，只怕不敢尝试。

初一时，班上有位大个子插班生，叫吴俊。教英语的工农兵学员詹老师常数落他："你爷爷身为老红军，他老人家参加革命，为我们打下壮丽河山，你却这样吊儿郎当，对得起他吗？"吴俊就低垂着脑袋，越来越垂，好像稀薄的牛粪，随时要掉下一大块。平时他简直是嚣张，有次对一个同学嚷道："中午如果我不在，你就拿书丢到我家厕所。"我条件反射想起那些鹭鸶们，忍不住笑了，谁知我的表情被他捕捉，他也蛮知民间疾苦，教育我道："你晓得我屋里的厕所是什么样子吗，你以为跟你屋里旁边那些公厕样的？告诉你，我屋里的厕所，比你屋里的床都干净。"我那时还比较敬仰老红军，一句话不敢说，他又营养充足，膀阔腰圆，两个我也打他不过，只好又尴尬地一笑。

其他的不同还有。应新生家做饭竟然不用生火，而用液化煤气罐，这是什么生活质量？我家做饭，生火是一项艰苦的工作，弄得不好，要花上半小时。先把煤球炉倒空，将一根根干柴横七竖八架在炉膛里，上面撒些刨花，点燃。干柴燃得正旺，再将煤炭一个个放在上面，轻手轻脚，不许压塌。就这样也浓烟滚滚，却不能躲开。我经常噙着热泪，把蒲扇摇得呼呼响，朝炉底的矩形口鼓风。风不能太大，也不能太小。太大，木柴迅速燃成灰烬，刚加热的煤炭，就像早产儿，还不能自主呼吸就被割断脐带，当场断气；太小，炉膛缺氧，也会窒息而亡。炉火熊熊燃起时，固然有种成就感，可是，之前的道路多么艰难。我经常因为缺乏生火的耐心，命令小我三岁的妹妹生火："还不去斗炉子啊？"南昌话生火，说成"斗炉子"，真实语义肯定不是和炉子做殊死搏斗，但想想那过程的艰难，又觉很贴切。

妹妹比我还懒，总是很干脆拒绝："我不吃。"一把抓过书包，和同学刘小红勾肩搭背，扬长而去，这家伙好像铁打的。有一回我气急了，追上她，跳起来踢了一脚，这很无耻，我知道，但谁的成长史，都不可能一直伟大光荣正确，是吧？她哭了，但并没妥协，带着抽泣声照样跑掉。我灰心丧气，只好饿着肚子去了学校。当然，这不仅因为对生火的畏惧，还因为米缸里，只有正在噼啪生虫的糙米，没有一棵菜。想起只能往嘴里扒无味的糙米饭，还要辛苦生炉子去煮，就觉志意萧索。如果像应新生家那样，手腕一扭，炉子就呼呼喷出淡蓝色的火苗，那我也会将就，没有菜就没有菜……总比饿肚子强一些。

我比应新生他们强的，只有学习成绩了。三年级时，应新生留级到我们班，很严肃地传授经验："四年级的课程非常难，所以我想三年级再打打基础，你们要是直升，基础不好，四年级就困难了，五年级更是赶不上了。"说得我忐忑不安，可是四年级很快就来了，课程还是简单得一塌糊涂，才明白这家伙不但有私家厕所，有煤气罐，还有弱智。

但他性意识发育很早，有时走在路上，会突然反手指着自己感慨人生："人活到世上，就是为了这张嘴哦。"有时又突然一把攥住我的裤裆，淫笑道："发性了？！"南昌话的"发性"，就是书面语的"发情"。性是天生的，情是后天的，在这方面，我觉得南昌话的表述更精确。后来每当他说起和女人有关的事时，我就像兔子一样警觉，生怕他突然抓我裤裆。

那时唯一能跟我竞争的是优等生猪皮，猪皮本姓朱，不知从哪转来的插班生，有点胖，所以我给他取了这外号。教数学的蒋老师特别喜欢他，经常软语温言夸奖："这道数学竞赛题难是难，但你会设 X，难不倒你。"又转向我们："设 X 的解题方法，初中才会教，人家爸爸是大学生，工程师，早就教了他。"蒋老师对大学生非常崇拜，常常嘲讽我们："大学生，晓得不？考上了就是国家干部，可以吃香喝辣，你们这种乡下小学的，想都不要想哦，可能性可以说无穷小。"说着在黑板上画了个躺倒的 8，又指着猪皮："你不一样，你爸爸就是大学生，龙生龙，凤生凤，老鼠的儿子会打洞。你就是一条龙。"有一天家长会，我终于看到"老猪皮"了，五短身材，戴着一副硕大的方框黑边眼镜，像报纸上的讣告似的，显得很庄重。蒋老师却不庄重，和他面对面站着说话，时不时点头谄笑，让人看不下去。我心想，如果我妈妈看见，一定会说："这只女人的别，肯定又发痒了。"

蒋老师的老公是邮电局的工人，她本人大概也是农村户口，矮墩结实，骑一辆二八的自行车，因为腿短，左脚踏下去，右脚总是悬在半空，等待右踏板在惯性下回归脚底。我见过一些矮人，为了脚板能永远不离踏板，只好麻烦屁股在车座上扭来扭去，很不安分。蒋老师没有那么粗鄙。

她儿子小黄，就是给我解释"气鼓卵"的那个，成绩中下。他本来姓饶，但因为牙齿和江老师一样黄，我们都叫他小黄。有一次蒋老师的课，班长叫完"老师好"，大家落座。蒋老师却没有开讲，而是扫视着我们，脸上表情复杂。突然，她竦身窜下讲台，从座位上把小黄拖出，拖到讲台上，反臂往后一抓，掌上已经多了一把笤帚。接着，就在众目睽睽之下，她把小黄打得哭爹叫娘。这让我们悚然为戒，感觉千万别惹恼蒋老师，她可是六亲不认的。

蒋老师治理我们恩威并用，又打又拉，永远不会黔驴技穷，某日收作业时，她郑重其事宣布："你们给我听到，以后不交作业的，全部死爷（爸爸）！"这真是立竿见影，此后除个别丧尽天良者之外，同学们交作业普遍踊跃了不少。有一天清晨早读时分，小组长挨个收作业，我突然想开个玩笑，嘻嘻哈哈说："我没做。"小组长大眼睛忽闪一下，迸出几粒欣喜的光芒。她说："站到墙角，等蒋老师来。"说着伸手来扯我。我一看不妙，赶忙从桌肚里把作业本掏出："其实我写了，你看。"小组长接过作业本，看也不看，随手扔到地上，仍来扯我："出来。"

我慌了："什么意思，我不是写了吗？"

她正色道："你刚才说没写，你这叫欺骗组织，耍弄组织。"

我胁肩谄笑："开个玩笑嘛。你想，蒋老师都说了不交作业死爷，我敢不交吗？"

"你的意思是，蒋老师很恶毒？"

"不，我没这么说。"我感觉自己笨嘴拙舌。

正在僵持，蒋老师进来了。"怎么回事。"她问。小组长向她报告原委，倒是没有怎么添油加醋。我想蒋老师应该认为小组长是小题大做，谁知蒋老师走到我面前，突然伸手，啪啪在我脸上印了两掌："人还没有卵子大，就敢耍弄老师，滚到我办公室去。"我知道厉害，只好捂着脸照办。

办公室里，我一到三年级的班主任郑老师正伏在桌上备课，她头发花白，身材肥胖，戴副老花镜，抬头看见我，惊奇地说："你也罚站？"我羞愧地垂着脑袋，一言不发。这时蒋老师进来了，郑老师又问她："这只小鬼原先在我班上是尖子生诶，现在也罚站了，怎么回事哦？"

蒋老师说："他呀，不交作业，还敢耍弄小组长，不晓得几坏。"她顿了一下，又说，"其实这只小鬼，学习成绩倒是不错。"她说完，拿起黏满茶垢的杯子喝了一口，埋着头改作业，没有让我回教室的意思。

十五　猪市

那天妈妈上工回家，还没走进院门，就被妹妹拦住："妈，过来吵，我有事跟你话哦。"她低低地说，同时拉住妈妈的衣角，就往房间里走。妈妈想挣脱她："做什么嘛，吵得卵断。我累得死，回来还要弄饭到你们吃，你不想吃饭啊？"

妹妹不松手："有好事情，你来嘛。"

妈妈这才停止了挣扎，半信半疑跟着她进去，我本来趴在地上玩画片，听到这话，也站起来，奇怪地望着她们走进房间。过了一会，妈妈出来了，笑逐颜开，叫住我："枕石，去，到菜市场买半只卤鸭，再买四只鸭蛋，今日夜晚，我们要吃餐好的。"

我接过钱，走到妹妹面前，问："刚才你们进去说什么哦？"

妹妹说："没说什么，没说什么，快去买菜吵。"

我在她毛茸茸的脑袋上敲个一个栗凿，说："你还保密啊，我总问得到的。"撒开腿，向菜市场跑去。

但吃完饭也忘了问，稀里糊涂就睡着了。第二天一早，我一个人在阴暗的房间里醒来，听到门外吵吵嚷嚷，像菜场一样热闹，那是一伙中老年男人在商谈猪仔的生意。

　　离我家不远的地方，原先有个猪市，半人高的笼子摩肩接踵，有的笼子是空的，有的笼子里，则躺着一至几头蓬头垢面的猪，眯缝着一对猪眼，茫然看着笼外。每天朝阳初升，无数乡下人从远方辐辏而至，他们怯生生和驵侩讨价还价，手伸到驵侩的袖子里交流。不知什么时候，这个交易市场就挪到了我家门前。生活真是热烈火爆，骗子成群，经常有农民被骗得哭天抢地，还被驵侩称为"猴子"。隔我家不远的一个中年男人老邓，就是驵侩之一，他身材高大，一件破旧的老棉袄披在身上，也不掩风度翩翩。有一次他目送一个刚买走两头猪的农民离开，得意地说："又杀了一只猴子。"把一卷十块的钞票塞进口袋，又掏出一瓶三花酒，一口将瓶盖咬下，噗的一声吐到大街上，仰脖喝了一口，满意地咂咂嘴，感慨地说："这金塔街，猴子当真是杀不完哦！"二伯父就曾经成为他的猴子，两头猪崽买了回去，不吃不喝，两三天后相继去世。我爸爸用自行车载着猪的尸体，带着二哥来找老邓理论，老邓递过来两根烟："你是明玉的郎[1]唦，我认得，我认得哦。这邻邻舍舍的，我跟老弟你说句实话。猪要还是活的，我老邓今日破例，钱拿还你，落[2]你一分都会死爷。但现在你看，都膨肚了，我卖到哪个去哩，你说是不？你不吃烟的啊，还是你们好，一看就是有文化的。"他把伸出去的烟插回烟盒，"对不起哦，老弟哎，这是生意场上的规矩哦。"转身走了。爸爸和二伯面面相觑，自认倒霉。

　　此刻我躺在床上，能听见老邓的高门大嗓，但不算真切。我望着蚊帐顶发呆，奇怪妈妈和妹妹去哪了。今天是妈妈轮

---

1 明玉：我外公的名字。郎：南昌人称女婿为郎。
2 落：南昌方言，指吞没、侵吞。

休的日子，她在酱油厂拖酱油，没有周末，只是半个月还是一个月，才能轮休一次。往常轮休，我都能获得一口早饭吃，今天怎么回事？

我爬起来，倒不怎么觉得饿，可能是昨晚丰盛的晚餐还没完全消化。我只是觉得脚趾和脚板边缘痒得难受，摸上去肿胀肿胀，温热温热的。一到冬天，必定如此，它的名字叫冻疮。这真是一种讨厌的病，虽不会危及生命，却会让你觉的动作不便，从而讨厌自己。后来我来到北方，呆在暖气充盈的屋子里，再也不见它的踪影。不过，身体还是留下了一些痕迹。不知什么时候开始，我发现手背上长了一些红色小点，三五成群，大杂居，小聚居，不痛不痒，只有碍观瞻。我由此养成了一个不好的习惯，写字时别人左手按纸，右手握笔；我也左手按纸，却是手心朝上，手背朝下，开始很不习惯，不久也就习以为常。

也不是没去看过，有一年的暑假，外面阳光灿烂，蝉声沸腾，我躺在铺着竹席的床上，身边红灯牌录音机正播送靡靡之音，叶倩文、张洪量、童安格……我正在向往异性，突然眼光掠过自己的手掌，当即跳起来，三步并作两步跑下楼，推着自行车就跑。我决定去皮肤病医院看看。

医生仔细看了几分钟，打开抽屉，埋头翻了起来。那是一本教科书，印了不少彩页。过一会，他抬起头，对我腼腆地笑了笑，干脆把书放到桌上，明目张胆查阅，突然停住，指着一个图，说："你看，是不是这个，扁平疣。"我的心早凉了半截，但还是客气地说："好像是。"他合上书："这种病，一般是激光治疗，你天气凉点再来吧，以免感染。"

　　下一站是第五医院，号称皮肤病专科厉害，接待我的是个中年矮子，穿着一身满是污迹的白大褂，他也认真看了一分钟，摊开处方笺，鬼画桃符。我交钱领药，回到家，急忙掏出装满药丸的小纸袋，纸袋上写着"抗病毒"。我撕开封口，摸出几粒白莹莹的药片，当即开吃，然后满怀希望。半个月过去，毫无起色。这一回我去了最好的二附院，挂了个教授号。老态龙钟的教授只扫了我的手背一眼，当即大呼小叫："过来过来，快看哦。"一群实习生立刻像麻雀一样围过来，好像我是晒着的稻谷。"你们记住，这叫海绵状血管瘤。"我一听"瘤"字，感觉不妙，好在老头马上指出病源："你是不是每年生冻疮？哦，那就对了，这是冻疮造成的。不用治疗，也就是难看一些而已，又不会死人。"我喜滋滋出去，在炎热的太阳底下，骑着车回家，好像劫后余生，却忘了根本没有达到此来的目的。

　　我推开门，耀眼的阳光让我差点睁不开眼。驵侩们还在和潜在的猴子们讨价还价。我看见老邓朝我走来，手上马粪纸托着几只白糖糕，他一边嚼着白糖糕，一边把马粪纸递到我跟前："吃一只不。"我奇怪地看着他，非亲非故，毫无道理。我咽了口唾沫，没有接。他说："吃嘛。不吃啊？好吧，老弟啊，问你一件事哦，你昨日有没有听说哪个细伢子捡到过钱哦？"他指了指旁边，"就在这只地方，夜晚边上，看到哪个捡到了钱不？"

　　我迷茫地摇摇头。旁边一个驵侩叫道："老邓啊，丢了的钱，还想找回来啊。这世界头上，哪有那么好的事哦？不要说细伢子，就是我捡到了，都会弄起来买糖吃哦。"

　　"四十块钱，买糖吃，撑死他。"老邓骂道："戳大他娘，老子这个礼拜白忙了，是给他做崽哦。我戳大他娘。"他骂骂咧咧，扔下我，走了。

　　我站到人行道上，望着马路发呆，思量妈妈的下落。站了一会，缓缓迈开脚步，沿着人行道走去，漫无目的。太阳渐渐升高了，我走到老猪市所在的地方，突然看见妈妈和妹妹迎着阳光走了过来，朝阳在她们脸上闪烁，使她们神采奕奕。她们身边似乎还跟着一辆板车，我欣喜地跑过去，叫道："你们跑到哪里去了嘛？"

　　妈妈说："我带你妹子去买了四只杌子哦。"她指着旁边的板车，上面整整齐齐，正绑着四只杌子，上着棕色的漆，油光铮亮。她又掏出一包马粪纸，"给你买了早点，还是热的，赶快吃啦。"我欣喜地揭开包装，四个麻圆浑身喷香躺在里面，这是我最爱吃的东西。

　　我嘴里嚼着香甜的麻圆，跟着妈妈和妹妹，以及板车，回到了家。老邓站在那里，一直看着我们从车上卸下杌子，他问妈妈："这杌子不错嘛，几多钱一只哦？"

　　妈妈说："八块。"我看见她的脸似乎红了一下。这时外婆走了出来，说："大清早跑去买杌子，你身上有两个劳铜（钱），就留不住，见什么买什么。"妈妈说："不买东西，钱也不晓得跑哪去了。买了东西，钱总看到在这里。"

　　老邓转了一圈，说："这杌子不错。"咬了一口白糖糕，见没人搭理，悻悻地走了。

　　我踱到妹妹身边，问："妈奖励了你几多钱哦。"

　　妹妹说："就只给了我两角钱，妈这只人啊，不晓得几吝啬哦！”她似乎想了一下，又惊奇地问，“你怎么晓得的哦？”

十六 报仇

　　那个早上，我大约十岁，躺在床上，空着肚子，没有人为我留下哪怕一个红薯。凛冽的寒气扇着翅膀在被窝外来回翱翔，寻找扑击的机会。我不会让它得逞，裹紧被子，仰头望着屋顶，憋着满满一膀胱尿，就是不下床。这是白天，我并不害怕。墙壁上贴着妈妈从村里叶子厂[1]弄来的课本纸，没裁开的。我头边的壁上，糊的是音乐课本，上面画着五线谱，抬头是"金蛇狂舞"四个字。对面墙上，糊着一个身穿绿色军装的胖老头，侧影，胳膊上套着一个红箍，上面写着"红小兵"。我呆呆看着那张画纸，回味着胖老头的丰功伟绩，尿意又来了。我夹紧双腿，突然感到一种从未谋面的快乐，和以往任何快乐都不相同。我正在诧异，这时门推开了，小龙走了进来。

　　我家的木门很简陋，实际就是两块粗糙的木板，装了一对木轴。有一次，租住在外公院子里的老姜自杀了，妈妈吓得半夜跑出去，找外婆挤着睡。她以为我不怕，但我半夜醒来，找不见她的踪影，魂飞魄散。还好有妹妹，她睡眼惺忪跟着我滚下床，不知所以。我几步跨到门边，蹲下来，双手

---

1 叶子厂：装订厂。

端住门板，使劲往上一抬，它就离开了门轴，咧开一道斜缝，足以容我们的身材出入。我们像狗一样爬出，哭着大叫："妈啊——妈诶——"妈妈事后经常解释："半夜想起老姜，我吓得汗毛直竖，实在没办法。"但是嬉笑着，看不出一丝歉意。

当然，这事在妹妹嘴里有另一种版本："妈不晓得几重男轻女哦，老姜死了，她半夜跑出去，把你带到身边，只留下我，当真吓脱了魂。"也许她是对的。不过那扇木头门，我确实抬过它无数次。

"蒋老师叫你去上课，赶快去。"小龙并不看我，梗着脖子斜朝着屋顶，甩下这句话，就出去了。他曾经是我开裆裤时的密友，爷爷曾做过金顺村的党支部书记，肯定也是穷鬼出身，那时候不是穷得够狠，当不上书记。爸爸招工，当了工人，但他妈妈还是菜农。我们两家算是世交，小时候，我也经常去他家玩，有年冬天，玩得正起劲，裤带松了。我想系好裤子再玩，手却冻得不听使唤，总是眼看要拉紧，突然一泻千里，力气无影无踪。我呼哧呼哧吸着鼻涕，想哭，一副蠢样。小龙的爸爸站在旁边，实在看不过去，走过来，伸出一双粗瓷般的大手，轻松地帮我系上了裤带。他让我第一次对大人的力量产生了崇拜。

我和小龙是为什么反目的呢？还是为了猪皮。我不明白他采用什么手段，让班上男生几乎都不和我说话。也许因为蒋老师特别喜欢他？我和小龙反目的细节，还历历如新，四年级暑假补课的时候，快要上课，我和小龙正在热烈聊天，坐在他身后的猪皮插了进来，他就转头和猪皮聊。我有些生气，等他再来叫我，我劈头就给了一句："你去找猪皮吧。"

话一出口，我就后悔了。因为我知道，生活中失去了小龙，完全是对自己不负责任。可在类似的场合，我总是约束不了自己。

蒋老师真无聊，还特意派小龙来叫。我有点惊慌，神速穿起棉衣棉裤，肿胀的脚使劲套上湿润的棉鞋。拉开门，金色的阳光蜂拥而入，像在剧场外等了很久的观众。外面静悄悄的，猪市已经结束，猪粪和垃圾星罗棋布。我二舅正蹲在墙根下，吸着热腾腾的豆腐汤，像个华北农民。我眼馋地看了他一眼，他有点不好意思，说："吃了饭不？还没去上学啊？"我说："这就去。"裹紧了棉袄，肚子又咕噜噜响了两下，只有我自己能听见。小龙不紧不慢在前面走，我在后面跟。也许我该上去，拍拍他的肩膀，主动跟他和好。可惜我做不出。

不消十分钟，已到了学校门口。近校情更怯，我的脚步放慢了，小龙的身影鬼魂样一下隐没。学校的房子很破，一排低矮的平房，原先是大队部，窗户上虽蒙着塑料薄膜，却已被寒风粗暴撕开了一个个口子，余下的部分仍拼命抠住窗框，殊死顽抗。我远远绕开，生怕被蒋老师从窗口看见。等磨磨蹭蹭蹩到教室门口，蒋老师已经疾步迎上来，伸出食指，在我的额头上点点戳戳："还要我派人去叫你？在床上困觉，好舒服是吧。你这次又有什么理由，什么？脚冻了，走路很疼。你以为自己是哪个？旧社会的少爷。要不要我找顶轿子来抬你哦？还不快滚到座位上去。"她有一颗牙齿特别黄，剩下的还好，不知怎么回事。我正琢磨这问题，忽然耳朵一痛，原来蒋老师揪着它，以便让我归位。我坐下来，反而开心起来，因为我知道，她再也不会追究我的旷课之罪。我愉快地打开书包，取出文具盒。

让我尴尬的是，圆珠笔写不出来，嵌在笔尖上的细小圆珠没了。蒋老师察觉到我的异样，走过来："怎么不写。圆珠笔坏了？哪位同学有笔，借他一支？"

可是没有回音。蒋老师只好走到讲台上，把她的钢笔拿给我："你看看你，都成瘟神了，全班都没人愿意搭理你了。你该好好反省一下自己，做错了什么？"

我心想：我戳你妈，你也配叫老师。他们天天欺负我，不见你说句公道话。但我也不敢回嘴，摊开试卷，开始做题。

这是一张铅印的考卷，进入五年级以来，这样的测验比大便还频繁，接近小便。我倒是一点都不怕，因为我好歹算个聪明孩子，有一次爸爸看见我和差等生小罗趴在地上弹酒瓶盖，立即气愤地加以没收，但当他翻到我的成绩单，又默默把那袋酒瓶盖放进了我的书包。这么说吧，我就是那种书上叫做"高材生"的东西，它在不同时代有不同解释，如果在恢复高考不久的那段日子，特征大致是这样：在一辆晃来晃去的破公交车上，一个戴着厚啤酒瓶眼镜的家伙，倚着铁杠，颤着瘦腿，用古怪的读音背英语卡片，旁边坐着一位漂亮姑娘，爱慕的眼光象两摊浓鼻涕一样粘在他身上，那么你可以赶快抢答：他就是"高材生"！当然，也可以有其他形象，比如中文系里最会装神弄鬼的家伙，琼瑶小说中最富有又最帅的主人公等等，都算正确答案。

我很快就把试卷做完，稍微需要动点脑筋的，是最末的附加题，讲龟兔怎么赛跑，要求算出各自跑的速度。题中给出的已知条件很少，超出了五年级的范围，但最终还是败在我超强的大脑之下。我东张西望，看见小龙、猪皮等人都在抓耳挠腮，顿时喜上心头。但脑壳上突然又挨了一栗凿，蒋老师站在我桌前，严肃而困惑："你好象蛮快活！拣到了十斤粮票是吧？什么，做完了，我看下。"

虽然她对我有看法，但知道我还是有点本事。我突然怀疑，她特意派小龙去叫我，就是为了这个测验。她看完试卷，轻轻放回我桌上，又在我后脑勺上拍了一掌，叹着气走开了。

放学后，我走出校门，喜上眉梢，因为蒋老师竟然忍不住夸奖了我，说我是班上唯一采用传统方法做对"龟兔赛跑"的人；猪皮虽然也做对了，可他投机取巧，设了 X，"这说明什么呢，说明褚枕石有可能是我们班上最聪明的学生。"她说，当然，也没有忘记敲打我一下，"可惜他自暴自弃，不学好……"

我正回味着，突然被重重撞了一下，差点摔倒。我回头，看见了猪皮和小龙。猪皮嘻嘻哈哈对小龙说："你推我做什么嘛？"小龙也嬉皮笑脸："哪个推了你哦，是你自己撞到了人家，不要拿人家的乌龟壳撞散了。"

乌龟壳是蒋老师给我取的绰号，因为我冬天怕冷，恨不能把脑袋缩进棉袄，看上去确实很不成器。我知道惹不起，撒腿想走，猪皮双手一张，将我拦住，他对小龙说："乌龟壳借你的图书没还，你就算了？"小龙好像恍然大悟："是呀，我还没想到，《大禹治水》，乌龟壳，什么时间还我？"

所谓图书，就是小人书，小龙的爸爸早早招工当了工人，家境一向不错，收藏了一些图书。我借来看过，他说的那本《大禹治水》，低年级时代就弄丢了，都不知道他怎么想起来的，我嗫嚅道："好早的事了，你爷娘都说算了，不要我赔的。"

"哪个说算了？"小龙说，"现在要还我。"他脸色有些不自然，因为他本来不是一个霸道的人，当然，也许他的良心也在受折磨，毕竟跟我是开裆裤时的友谊，猪皮那是什么时候出现的东西？

"不还就打嘛！这种乌龟壳，跟他讲什么客气。"猪皮煽风点火。

很快围上来一群人，个个幸灾乐祸，有的还起哄："看乌龟壳喽，看乌龟缩头喽。"几个女同学也停住脚步，朝这边探头探脑，这让我更加羞愧，特别是其中还有美女小红。一年级时，班主任郑老师安排小红和我同桌，我瞥了小红一眼，差点惊呆，真是国色天香啊！小菊要是看见她，会哭得泣不成声的。我爷爷要是老红军，我一定会起今生非她不娶的念头。我深知自己配不上，这才没想法，如今被她看见自己遭凌辱的丑态，我无地自容，赶紧求饶："好吧，我下午就赔你。"

得了这许诺，小龙无话可说，猪皮不大满意，但实在也找不到借口，只好说："下午不赔，再打哦。"

我没有给猪皮机会，下午把舅舅买的两本图书偷来，一早就在学校门口等到了小龙，我点头哈腰："那本图书老早就丢了，你晓得的。这两本是新的，就抵那本吧。"落单的小龙一向比较憨厚，他接过图书，一挥手："算了算了。"我像释放的囚犯，一身轻松地跑了。

新学期的到来，给我的生活添上了一点亮色，这个说法是比喻，我知道自己看上去还是邋里邋遢的，一点也不亮。如果硬要找亮点，我的领袖部位勉强可以算上。但生活的亮色是精神的，和物质的无关，和一个叫小童的人有关。

小童是新来的一个插班生，我的偶像，他经常在学校破烂的操场上和老师们打羽毛球。那个满口黄牙的江老师，被小童娴熟的球技逗得左蹦右跳，小童却玉树临风，好整以暇，一边潇洒挥拍，一边哼着台湾歌曲：

> 晚风倾覆棚户完，
>
> 白狼猪傻蛋
>
> 没有夜灵追斜阳，
>
> 只是一片嗨烂烂。
>
> ……
>
> 那是外婆猪折掌，
>
> 酱莴笋亲亲玩。

歌词好像是讲狼外婆的童话故事。据说小童的叔叔是体育健将，搞体操的，曾得过世界锦标赛铜牌，难怪这般了得。江老师是民办教师，不当陪练还想当什么？他们的较量，在破烂的校园是一道风景。我们班大部分是乡巴佬户口，除了应新生等少数几个。但应新生们的父母，也就是蓝领工人；猪皮爸爸是大学生，算不错，可猪皮也不会打羽毛球。

每天下午一放学，江老师就会粗暴拨开我们这帮小土包子，走到小童面前，用近乎乞求的语气说："去打一场吧。"

小童漫不经心点头。接着，我们就站在一旁看他们厮杀，对小童充满崇拜。这有什么办法，人家小童有能耐。就象晋朝一个叫王羲之的，那家伙肩不能担手不能提，只会写几笔破字，就被提拔为将军，专门管右边的那部分军队。大家艳羡是艳羡，却只能干瞪眼。

只有蒋老师是脑力劳动崇拜者，对小童依旧看不惯，说他成绩一塌糊涂，脑袋绝对是牛粪做的。从第一次测验之后就经常批他，批得他面无人色，有一次刚批完，猪皮带头笑了起来，还好，没有多少同学附和。

五年级的生活，就是由测验编织的，我当然一点都不怕，因为我是"高材生"，是一枚编织能手。我甚至想，一天到晚让我们做些这么简单的题，到底是何居心？但绅士小童可不这么认为，那天又是数学测验，我正写得起劲，突然腰眼被小童捅了一下，接着收到一张纸条，上写着一串阿拉伯数字。我懂得他的意思，受宠若惊，赶忙把答案写了递回去。下课后，小童拍拍我的肩膀："兄弟，够味。"

一股暖流从我心头涌起，我差点想哭。小童把我叫到操场的角落，亲切地说："我听说那些别崽子都欺负你。不要紧，以后我帮你。"说着递给我一包糖豆。

整个早上，我都心潮起伏，没想到举手之劳，就得到了小童的赏识。这堂课我根本听不进去，手一摸，触到了口袋里的糖豆子，虽然才四分钱一包，但也很少能吃到。我忘乎所以，撕开纸袋，一粒一粒偷偷往嘴里送，每粒糖豆子都被唾液充分泡烂，咀嚼成豆浆咽进肚里。我以为这样做得很隐秘，谁知背后突然响起一个炸雷般的声音："报告老师，他上课吃东西。"我颤抖了一下，回头，看见一只有力的手指着我，原来是差等生应新生。我曾经和他勾肩搭背，走在大街上，互相抓裤裆，可他很快也被猪皮蛊惑了，成了我的敌人。

那节课是《自然》课，老师大踏步下来，揪住我的红领巾往外拉："上课还吃东西，好吃的鬼。"她诅咒道。同时把我的口袋翻了个底朝天，白花花的糖豆子扑通扑通掉在地上。她有些悲伤："你看你，荷包都黏成什么样了？洗起来有几难，你晓不晓得？你娘硬是碰到了鬼哦。"简直离题万里。

我羞愧得抬不起头来，不是为了老师的慨叹，而是怪自己太馋嘴，让小童见笑。老师翻完口袋，突然扯过我的的书包，倒提着抖了几抖，嘴里嘟哝："我看书包里还有没有，有的话，书包也要洗了。"书本洒了一地，把灰尘惊得活蹦乱跳，袅袅升腾。她把书包往地上一扔，径直走上讲台，好像什么事情都没发生。我知道风暴过去了，快活地收拾地上的东西。

放学的时候，小童和我勾肩搭背出了教室，应新生、猪皮嬉笑地看着我，我有些羞愧，又有些得意。小童从口袋里掏出一包五香蚕豆塞给我，我有点不敢相信自己的眼睛，因为蚕豆比糖豆贵得多，要一毛四分钱一包。小姨曾经给我买过一包，我曾经强迫自己，每小时只许吃一粒，因为舍不得一下子吃完。

因为我，蒋老师很久没有骂小童，小童的试卷经常都是七八十分，当然九十分的情况也没有。小童不会那么贪婪，想成为"高材生"，那是很容易暴露的。还有一个情况，就是我手里经常有小人书看，而且很少重样，今天是《三国演义》，明天就是《东周列国志》，等到收音机里播评书《岳飞传》，我手里又出现了《牛头山》。我能感觉到，周围的空气开始充满善意。他们虽然还不和我说话，但我再也不怎么受到骚扰。有一天课间，我坐在座位上，翻着小童新带来的《孙行者》，我能感觉到，留级生小应、高材生小严、差等生小张在我桌前一个劲地晃，时不时窥视一眼。最后高材生小龙也终于忍不住弯下腰，想看看图书的封面，猪皮讥笑他："乌龟壳的东西，有什么好看嘛？"小龙恼羞成怒，喝道："关你屁事，给老子滚蛋。"猪皮脸一阵红，一阵白，可忌惮小龙的强壮，不敢回嘴。

那天下午，小龙背着书包路过我家，我站在门前，看了他一眼。他对我笑了笑："去看图书不，我带了钱。"他举着一张两毛的钞票，在我面前晃。我心中狂喜，赶紧迎合："好，同去。"但表面上装作不露声色。我和他肩并肩走在街上，脚步像风一样轻快，我听见他说："枕石，你会打羽毛球了吧？"

一个阳光灿烂的中午，刚刚放学，我带着小龙，急匆匆地尾随着猪皮。这时的猪皮已经今非昔比，班上男生大多已经不理他了，课间对他来说简直度日如年，就像我当年一样。放学后，他更是一只游魂野鬼。我和小龙跟着他，走了一条小街，又一条小巷，一直追到公共汽车站。猪皮背对着我们，歪着脑袋远望大街。一辆公共汽车过来了，猪皮挟着书包，正要跑向车门。哪知背上一紧，已被一只有力的手抓住，他回过头，正好和小龙的拳头不期而遇。只听得噗的一声，他的脸皮红了一霎，好像血液荡漾起来，随即向鼻孔夺路而出。他惊恐地站着，偷偷尝了一下鼻血。我嬉皮笑脸地对小龙说：

“听说这块猪皮该[1]你一本《岳云》，你不要他赔啊？”猪皮使劲吸了一下鼻子，忙不迭点头：“我赔，我下午就赔。”

在小学毕业前的将近一个学期，我如鱼得水，过了一阵快活日子。我的成绩比谁都好，又有小童罩着，这让我显出一种小人得志的心态。蒋老师看出来了，有一次她终于在课堂上大发雷霆，她说：“有的人，人还没鬼大一点，就学会了玩阴谋，拉帮结派，搞小团伙，孤立别的同学。这种行为，说严重一点，就是地地道道的流氓行为。褚枕石，你看什么看，说的就是你。你不要以为班上同学都跟你说话了，就尾巴翘上天了，你该屙泡尿照照自己了。我老实告诉你，你再怎么蹦，也就是一只乡下人；而人家小朱同学的爸爸，可是响当当的大学生。”

---

1 该：欠。

十七 蚊帐

　　我家墙壁上有很多蛞蝓，它们总是不安分地爬来爬去，一点都不安静，以致糊墙的报纸上，银迹纵横，正如李贺的诗"木窗银迹画"。我常常担心睡着后，它会爬到我的身上，那该有多么恶心。好在有蚊帐隔着，用不着太担心，它顶多能爬到蚊帐上，透过细细纱孔，幽怨地朝我窥视，却永远也无法接近。

　　之所以有蛞蝓，是因为房子简陋，尤其地基太低，比室外还低。仿佛原始时代的穴居人，住的是半地下室。在古代，文明稍微进步一点，都会把房子建筑在地势高敞的地方。实在没条件，也会运几车土，夯筑一个较高的地基，再开始砌墙。我家，住宿条件相当于甲骨文时代。

　　江南多雨，因此屋子的墙壁似乎总是湿淋淋的，像夏天成年人身上的汗渍。尤其春天，淫雨下个不停。街道对面有一个自来水站，水站隔壁是一个理发店。理发店的男主人矮小瘦弱，像根发霉的短木板；母亲和儿子，则胖得像气球。我每次去提水，都会下意识瞟一眼理发店的后墙，看墙角处是否趴着鼻涕一样的蛞蝓，从未失望。蛞蝓们很文静，很长时间都凝立不动，仿佛在思考着什么问题。我家的蛞蝓，则要活泼得多。

妈妈喜欢挂蚊帐，除了蛞蝓之外，还有别的原因。简陋的房屋没有天花板，仰脸只能看见嶙峋的房梁。但一挂上那种粗纱线织成的蚊帐，就好像身处一个温馨的世界，陡然增添了一些安全感。

夏季那么多蚊子，肯定是要挂蚊帐的。一个夏天的晚上，妈妈又给我讲老套的《门闩子和门搭子》的故事，还没讲完，突然头一歪，就失去知觉。我及时摇晃，也没能把她救回，只好独自呆在暗沉沉的夜里，思考起人的生死问题来。那时刚刚亲眼看见太公死去，躺在门板上，脸上盖着一块红布，一动不动。大人们还吓唬说，要日夜守灵，避免猫狗老鼠之类爬过尸体，否则会诈尸，也就是说，尸体会蹦起来，无论见到什么，都会张开双臂紧紧箍住，真让人毛骨悚然。我那时深信不疑。后来又听爸爸讲过一个类似的故事，说是一个医学院的学生，晚上去太平间，一拉灯，床上的尸体突然弹起，和他对面而立。他知道厉害，一动不敢动，和尸体僵持了整夜，直到第二天清晨，同事上班开门，才获得解救。我惊讶道："天啊，吓死人，他为什么不跑呢？"爸爸说："这你就不懂了。在黑暗中，尸体和屋子的环境达成了一个恒定的磁场。一旦开灯，就破坏了这种磁场，就会诈尸。除非拉灭灯，让磁场回归平衡，尸体才会爬回床上。但他的手没有那么长，摸不到灯绳。要是硬跑，一下就会被尸体箍住，死路一条。只能站到哪里，跟尸体对望，才可保命。"

除了怕诈尸，也有别的恐怖。我亲眼看见太公被装进棺材，吹吹打打，搞了很多仪式。我当时茫然望着屋外，看见猪圈里那对胖猪，突然想，如果它们死了，我们不是煮来吃，而是也给它的猪脸盖上一块红布，给它发丧，给它烧纸，给它吹唢呐，为它装殓、跪拜、啼哭、埋葬，甚至把它的遗容挂上墙头，想想也蛮可怕的。如果停电，妈妈也会吓得丢下儿女，落荒而逃吧。

爸爸在城南，总是不经常来。每天晚上，我和妹妹就要商量，今天谁跟妈妈睡一头，最后达成的协议是，轮流。她大概是从没想过我那些问题吧，因为她从未失眠过，在十几年后，一个春天的夜晚，皎洁的月亮铺在我家灰头土脸的破厨房上，我从妈妈手上接过一碗熬好的石木耳，黑色的药水泛着涟漪，差点要溢出碗沿。我闻着它浓郁的馊臭味，咬着牙，一口气灌进肚子。妹妹仰着头，迎着月光，很同情地望着我："为什么睏不着呢？你就死劲睏啰。"让我哭笑不得，这他妈的怎么使劲？

在冬天，我们大多时候依旧挂着蚊帐，外面寒气凛冽，躲在里面，似乎就神秘而温暖了，其实可能是错觉，至少是差不多冷的。有时候睡得迷迷糊糊，突然身上一寒，温暖的被窝已被掀开，我一惊，本能往屁股下一摸，一片湿凉。妈妈一边絮絮叨叨咒骂着天地，一边撤下床单。在黄色的白炽灯下，我瑟缩在冬夜的寒气里，只盼她赶紧把床单换好，能重新睡觉，什么想法都没有。有些时候尿得不多，床单上湿地面积不算大，妈妈也就敷衍塞责，翻出一件旧衣服，覆盖上那块尿渍，继续睡觉。

在蚊帐中，我思考过很多乱七八糟的问题，比如：我们不满意某个人，为什么想打他呢？打在身上，为什么就会疼呢？把人家弄疼，自己就觉得高兴，这又是一种什么心态？许多看上去理所当然的事，细想起来总不那么理所当然。就像死劲盯着一个汉字看，渐渐就会怀疑，自己是否认识这个字一样。

那是一种粗粝的生活，只是回忆起来，粗粝总会被下意识过滤，以一种温馨的状态呈现。在后来的岁月里，有时候睡梦中，会出现那个破屋子里的温暖灯光，以至于我现在认为最温馨的生活场景，就是在一个下着雨的早晨，外面灰蒙蒙的，门窗紧闭，帘幕低垂，我打开电灯，坐在温暖的被窝里看书，或者经典的电影。

十八 游泳

夏季到了，有一天中午，天气晴朗，万里无云，差等生应新生说："走不？到壕沟去游泳哦。"

几乎所有的人都响应："去哦。"

壕沟在江西印刷厂的西墙外，离我们学校不远，早先是南昌城的城壕，后来填塞了一部分，剩下的就像一条狭长的池塘，大约有几百米长，二三十米宽。壕沟旁还残留着一座高高的土堆，是早先埋人的地方。那附近的地貌变迁，我妈妈最有发言权。她亲眼看见一座豪华的坟墓被民工挖开，说："棺材不晓得几大，木头崭新，一点都没坏。里面睏了两个人，是一对夫妻，穿着戏台上的衣裳，肉色鲜红鲜红，跟活的一样哦……都说是南京人，在南昌做过官的……手上戴了好几只金戒指，一只起码二两重。那些民工跟强盗贼样的，拿他们身上的金银财宝全部扒下来，死人就抛到了壕沟。"

我们成群结队，向壕沟走去。没有走大道，而是从公路管理局的围墙，翻越到印刷厂内，这样可以节省很多路途。也没有什么游泳裤，把蓝色短裤一扒，个个一丝不挂，面对一片浩荡的水，就像公鸡见到了母鸡，兴奋得不得了，一脚跳了进去。

　　小龙不会游泳，这倒也正常，城里很难找到池塘，一般人没机会学。离金塔街西部不远的抚河，倒是不错，偶尔有一些金塔街的人跑去游泳，但抚河面上貌似平静，底下却暗流汹涌。河面上浮着很多竹排，几个大的竹排，都固定在河面，上面还搭建了竹制的房屋，完全一副居家架势。有些人游着游着，手脚一阵酸麻，就被暗流拉到了竹排底下，头盖骨把竹排碰得砰砰响，没有用，只有变成水鬼一途。

　　因为用自来水太贵，也不方便，妈妈很喜欢去抚河洗衣服，她把河边称为"河下"。有一天我放学回家，她有气无力，一副霜打了的茄子模样，说："崽啊，你差点子就没有娘了哦。"我吓了一跳，说："怎么啦？"她说："今日我到河下去洗衣服，从竹排上跌下去了，还好，我一只手扒到了竹排。"

　　我想安慰她几句，却不知道怎么说，我不懂得怎么表达温情，这是天性，总觉得表达起来有点肉麻。尽管表面显得很冷酷，心里确实是很害怕的，我无法想象没有妈的惨状。她有点不高兴："你一句话都没有啊？生了你这样的崽，等于没有哦。"

　　看起来她似乎吓破了胆，但这是错觉。过了不久，她又故态复萌，频繁去河边洗衣服了。

　　我的游泳则是在城南学会的，城南没有自来水，喝水得去井里打，井很深，相当不便。乡下人都是去池塘洗澡，没有人不会游泳。为了学会游泳，我差点被淹死两次。

　　小龙蜷缩在离岸边不远的水里，不停练习狗刨。我也尽情施展自己浅薄的泳技，却不敢横渡，怕游到中间体力不支，或者腿脚抽筋。应新生一个猛子扎进水底，一会儿露出水面，举起手，大叫："看我捞到了什么？"我哈哈大笑："肯定是死人骨头。"他火烫似的将那节骨头甩了出去，正砸中蒋老师的儿子小黄的脑袋。小黄尖叫一声，破口大骂："我戳大你娘。"

忽从土山后窜出一群少年，领头的对着我们大叫："上来上来上来，哪个叫你们跑到这里玩水的？"另一个少年卷起应新生的衣服，作势欲扔："不听话，就抛到水里去。"

我们赶紧连滚带爬上岸，凑近一看，我感觉那伙少年大多面熟，应该都是金顺大队菜农家的。领头的名叫大板，长着一对大板牙，还是我妈妈干娘的儿子，他显然认识我，也认识小龙，朝我们俩一挥手，说："你们两只人可以走，剩下的，都给我站到，不准动。"

我瑟缩地穿上衣服，小龙虽然个子大，也没敢理论，闷头套上短裤。我们惭愧地看了看应新生等人一眼，想说两句轻松的话，却实在不知道怎么开口，只好默然离开。走了两三百米，我说："小龙，就这样走，有点不够朋友哦，要不，我们就站到这里等他们？"他表示同意。我们停下来，爬上菜地的畦陇，遥遥张望。我望见他们似乎在交涉什么，到底是什么，也实在猜不到。我看见小黄似乎跪下了，但又不确定。过了大约十几分钟，他们好像都获得了自由，五六个人络绎而回，小黄走在最前面，一脸沮丧，其他几个人也好不了哪里去。我硬着头皮迎上去问候："没有什么事吧。"

他们低着头，谁也不理我。我和小龙对望了一下，跟着他们往学校走。走了约莫几十米，突然小黄叫了起来："是你先叫他爸爸的，是你。"他指着差等生应新生。

应新生恼羞成怒："放你娘的紫花屁，分明是你先叫的……"

优等生小严也指着小黄："就是你先叫的，还赖别人，你要不要脸？"

小黄又马上换了息事宁人的语气："算了算了，你们公路管理局的人多，我说不过你们。不管怎样，我们都叫了。"

我忍不住笑了起来，仿佛刚才的内疚都跑到爪哇国去了。应新生转过头面对我，愤怒地呵斥："你笑什么笑，肯定是你们金顺村的小流氓，要不怎么会只放你们两个人走？你们这些死乡巴佬，当真太他娘的无聊，太他娘的不要脸了。连卵毛都没长出一根，你们就那么想做爸爸？！啊？！"

十九 小柳

有一天晚上，外公突然宣布："吃了饭，大家一起去工人文化宫看电影哦。"那个时代，有电影看，是一件让人无比兴奋的事，而且突然宣布，更让人惊喜。但这不是外公的本事，电影票是小柳带来的。

小柳是我的大姨夫，个子矮小，其貌不扬，不过，这并没有妨碍他最后把我大姨娶走，因为他是工人。我们有个邻居，他家是收废品的，似乎大门从来不开，门前永远堆满了废品。全家出入，都走小门。他家有三个女儿，其中老三和小姨年龄相仿，常来找小姨玩。她的绰号叫"三钉头"，我也不知道为什么有这个绰号，她的头盖骨倒真是挺尖，从侧面看，说它像颗钉子倒也贴切。那时一脸青春痘，也没多少姿色。穿着长裙，坐在交椅上，低下尖尖的头盖骨，开始聊男人。

"你找了个省建（江西省建筑公司）的，几好。出国回来，可以带八大件。"我的小姨用一种吹捧的语气对她说，不过显然不够诚实，因为从她的语气中，听不出什么艳羡。我也不知道小姨一天到晚在想什么，她本来和我一起上下学，我上一年级，她上五年级。我下课早，就会到她的教室门口去等她。教室里齐刷刷坐着一群大人，个个都像该结婚的样子。后来我自己上了五年级，才发现这是一种错觉，在更小的人眼里，比他们大上四五岁的人就仿佛大得可以结婚了。第二年，小姨小学毕业，就辍了学，顺理成章去生产队种菜。她的辍学不存在重男轻女、贫困交加等外在因素，只是纯粹的读不进书。于是从二年级起，我只好独自一人上下学。

小姨这时还青春正茂，我不知道她到底多大，在我眼里，她永远都处在该结婚的年龄。两年后，她被一个长得有些姿色的临时工骗走了，她和他租了个房子，过着冷暖自知的生活。她打胎，结婚，挨揍，打胎，挨揍，离婚，外公开始很生气，最后还是淡然接受了这些现实，他又不是乡绅，讲不了也不懂得那么多排场。我那位曾经的小姨夫不是善茬，外公虽然经常对着自己的儿女们发酒疯，在小姨夫的流氓气面前，却一筹莫展。

扯远了。面对小姨的吹捧，三钉头照单全收："那是哦，他要不是省建的工人，吃商品粮，哪个会找他哦。"她的表情骄傲而自豪。

三钉头的选择，也是我大姨的选择。对女人来说，嫁人是上天赐予她们的改命机会。就连我的妈妈，也是看中了我爸爸有文化。他说话会用"毕竟""精致"这类词，上衣口袋里永远别着一支钢笔，手指肚长年浸染着批改作业的红墨水，这些，对于我的文盲妈妈来说，都有莫大的吸引力，连这人拥有作田的农村户口都顾不得了。

106

我们拿着小柳的电影票，集体去了工人文化宫。我不知道小柳为什么有那么多电影票，后来才知道，是厂里发的票，他从同事们手里要来的。但工人一样爱看电影，为什么会给他？

谜底很快就揭晓了。

一家人到了电影院，坐定，电影不久就开演了。第一束灯光打到银幕上时，我们本能进入了节日状态。银幕、电影院这种设备，具备将人立刻拖入幻魅状态的能力。

但看着看着，我有些不安了。银幕上没有展示别的，只有一个接一个的老头鱼贯而上，个个穿着笔挺的中山装，油光满面，乐呵呵的，双手握着一个大信封样的东西。他们走到台上一个邮箱似的玩意跟前，煞有介事地将大信封样的东西投进去。后来我才知道，他们在投票、选举。他们一个接一个地投，没完没了。起初我还以为，他们总会投完，接下来就会放一场好看的打仗电影，却没想到，这些胖老头们根本没有停下来的意思，银幕上闪烁着走不完的胖老头，扔不完的信封。我忍无可忍，终于眼皮耷拉，进入了梦乡。

朦胧苏醒后，我发现自己已经趴在二舅的肩上，一会高一会低，在井冈山大道上移动。突然二舅惊呼了一声："那车上有猪肉跌下来了，去捡哦。"

没多久，二舅等人就站在一大块冷冻的猪肉面前，那是半片猪，硬邦邦地躺在马路上，上面还盖着青色和红色的圆印章。这时人群蜂拥而至，把猪肉围了个水泄不通。小柳说："是前面那只卡车上跌下来的，不要抢哦，肉联厂会报案的，哪个抢回去都要坐牢的。"

第二天，全家人都嘲笑小柳，外公说："硬是一个没卵用的人，那也叫电影？我还说呢，同事怎么会把电影票都给他，原来都是人家不看的，当垃圾一样塞给他。”

大姨有些不服气：“你们这些种菜的，连这样的电影票也不会发哦，你们起什么劲？”

说归说，不久以后，大姨还是幸福地成了工人小柳的老婆。不过没有房子，暂时租住外公所在的村里。我去过大姨的新家，是一间院子里搭的违章建筑。我看见大姨满面尘灰，弯着腰站在门口烧饭，用的是一口煤油炉，很让我新鲜。我蹲下来，认真看了一会，又跑到旁边的菜地里去玩了。

后来有一段时间，外公经常去找小柳谈话，请小柳不要打大姨。他说：“我屋里爱珍是农村户口，你开始又不是不晓得，有哪个骗了你啊？你也不过是只普通工人，长得又矮，有什么了不起哦？你以为你是当官的？我屋里爱珍如果不是农村户口，不一定会嫁你哦。”

小柳就闷着头不说话，三句才答一句：“上一日班回来，累得死，开水都没一口。不打不得乖哦，哪个屋里有这样的女人不驮打哦？”

外公这下怒了：“我吐痰给你洗脸哎，你老婆坐在屋里吃你的喝你的？你一个小工人，那点工资养得起老婆不？要是养得起老婆，以后你老婆不拿饭给你端到床上，我都会帮你打哦。你有本事，还租房子住？你怎么不叫工厂分你一套房子？”

小柳是个很有修养的人，他不跟老丈人正面冲突，答应会改。

大姨长得高高大大，白白净净，跟我的矮子鬼妈妈相比，她真的很像个知识分子，就是缺个眼镜。她一向时髦，喜欢抹雪花膏。妈妈有一次背地议论："爱珍啊，她好抠的，参加工作后，一分钱都不交，偷偷存起来当嫁妆，她才会活命(生活) 哦。"我爸爸在旁听到，就插一句："哪个女人不这样嘛？都跟你这样，带着一队红卫兵去家里挖金子，那不要完蛋？"妈妈讪讪地说："我那时又不懂事，响应毛主席号召哟……"铁公鸡爸爸一点不留情面，咬牙切齿地说："人家都不响应，就你响应，扇（傻）绝了灭。"

有一天傍晚，我又听见外公在院子里骂："有什么了不起哦，屋里也是乡下的，比我们还乡。老子种菜的，总比他屋里作田的好。"

妈妈给我做了笺注："爱珍又被小柳打了。"我睁大天真无邪的眼睛："为什么要打大姨？"

爸爸在一旁接嘴："肯定有原因，你们刘家生女儿，就是为了嫁出去害人的。"

妈妈怒了："我怎么害人了？你好了不起，一个民办教师，双抢时还要下田，农哥哥，说出去，你还配不上老子。"

爸爸说："老子要不是民办教师，还会找你？一个尽料的扇头（傻瓜）。你屋里爱珍肯定也是这样，你没听她那房东说啊，'好别有人谋，臭别挂上楼'，会驮老公打的，都不是什么好别。"

妈妈听了这句明显涉嫌侮辱女性的谚语，倒也没显出丝毫不适，只是提出一个细节上的问题进行商榷："我屋里爱珍会差啊？配不上他高小柳啊？又矮又丑，一节冬瓜。"

爸爸说："可人家是工人，吃商品粮，找了个农村户口的，这个农村户口的还不愿做饭洗衣，人家心里能不委屈？"

妈妈说："委屈？什么委屈，不要跟老子来这套。那节矮冬瓜，找得到工人当老婆，还会找我屋里爱珍？"她到底还是承认小柳的优势。

小柳还是有能耐，我爸爸说他很"调"，很"滑稽"[1]，没多久，他就带着大姨离开了租住屋，在厂里分到了一间屋子。

有一个冬天，妈妈对我鞋黑的脖子实在看不下去了，按她的说法是"结了壳"，光换衬衫已经无法满足她洁癖的需要。她给了我五角钱，让我带着衬衣，到中山路附近的公共澡堂去洗一个澡。为了诱发我的热情，她还声明，洗一个澡只要花两角钱，剩下的归我。

谁受得了这诱惑？要知道，那时看一场电影只要一毛五，买包糖豆子不过四分啊。于是我腋下夹着冰凉的衬衣，按照妈妈指点的路线，在黑魆魆的街道上，开始了寻找澡堂之旅。然而，我来来回回，却怎么也找不着妈妈所说的澡堂。

我气咻咻地回家，说："哪有澡堂嘛，根本没有。"

"上面写着'肉室'的？"妈妈说，"不可能没有。"

我说："也没看到什么肉室？害我白跑一趟。"心里纳闷，为什么把澡堂叫"肉室"，也太难听了。但也好理解，洗澡要脱光，澡堂里到处是全身赤裸的肉体。

妈妈也很奇怪，但也没奈何。过了几天，小柳一家来外公家了，妈妈随口提到让我去浴室洗澡的事，小柳说："洗澡还要花钱啊，扯卵蛋哦。走，跟我去厂里洗，一点都不冷。"

妈妈喜出望外，当即去橱柜里翻出我的衣服。在小柳的

---

1 南昌方言："调（tiáo）"和"滑稽"都指会为人处世，能混。

带领下，我高高兴兴来到了江西化纤厂，等到被姨父带到澡堂门前，看到上面写的"浴室"两个字时，我傻了眼，原来所谓"肉室"的"肉"，是这个"浴"（南昌话"肉"和"浴"读音相同）。

在充满蒸汽的浴室里洗澡，真是无比舒服，无可形容。那天，我足足搓下了一斤垢甲，整个人为之面貌一新，心里慨叹：当工人，真的是太好了！

洗完澡后，姨父又带我去吃了一顿好吃的，还特别叮嘱："以后要洗澡就来找我。"

于是我想，小柳人家其实也不是坏人，尽管他会打大姨。

初中的时候，有一天放学，我经过村办塑料厂，看见白嫩的大姨坐在厂门口，认真细致地剪塑料瓶盖子。我走过去"哎"了一声，算是打招呼。她神情萧索，看起来似乎过得不好。好在不久之后，我经过塑料厂，就再也看不到她了。因为金顺村卖地，得到很多招工名额，大姨竟获得一个绝好的指标，进了铁路系统。从此，我再也没听说过她挨打的消息。

一个大年初二的日子，按照南昌风俗，女儿和郎回门的日子，我们又齐聚在外婆家，外公说起过去的事，小高毫不掩饰："她现在挣得比我多，我打她做什么？你看，这些都是专门给你到铁路医院开的，不要钱的。"从包里拨拉出一堆药，有氟哌酸，有严迪，还有一些叫不出名字的药品，看包装就知道价格不菲。

二十　大舅和二舅

　　大舅是外婆第二个孩子，有幸被招工，成为公交公司的工人，每月能领回一个牛皮纸的工资袋，上面有个表格，详细写明工资构成。看得我很惊叹，有些人的人生竟会如此精致，连发个薪水都这么多讲究。我妈妈每个月领薪水，就没有工资袋，她甚至都没资格叫工资，只说"guānxiǎng"。我上到五年级，都不知道"guānxiǎng"是哪两个字，那肯定是很土的土话，后来我才知道，应该写作"关饷"，也并不太土。当然，确实没有"工资"洋气。

　　但我大舅辜负了这样一份堂堂的工作，竟然娶不到一个城市户口的老婆，因此工资袋要按月如数交到一个乡下女人手里。我曾见到大舅母厉声讯问："这只月怎么少了两块钱？什么，单位死了人凑份子。你这只鬼样子，从来没带过一个人回来，你还有朋友啊？我看你是策谎打骗哦。也好，你这只月就少吃二两酒，烟也不要吃壮丽了，吃庐山。"壮丽烟，每包价格四毛一；庐山，二毛五，如果一个月吃十包，他倒是可以省下一块六，但他的烟瘾也没这么大。

　　其实大舅也谈过一个不那么乡的女友，不过我没有机会亲见，只记得我有一件毛衣，胸前一边一个，绣着我的名字，就是那个女子打的。但后来不知怎么分了，而且那女子似乎曾经怀过孕，我的神经病二姨每次跟大舅吵架，都会揭露他这桩罪行："强奸的，生葡萄胎的。"结婚前，大舅往往落荒而逃；结婚后，大舅母冲出来，一把揪住二姨的头发，啪啪就是两个响亮的耳光："你说什么？你这张臭嘴，比茅坑里的石头都臭，你再说一声看看。"二姨叫道："我怕你啊，你以为我不敢，强奸的，生葡萄胎的。"啪啪啪啪啪啪啪啪，这回的耳光可就争先恐后。头发被捏在大舅母手中，二姨只好像猴子一样转圈，双手乱抓，却休想抓到大舅母一根毫毛。她哭得撕心裂肺，从此再也不敢披露家丑。

大舅喜欢喝酒，但见不得三光，老叫我帮他去对面杂货店买酒，二两二两地买，也不频繁，几天一次。我总会偷偷喝第一口，一种奇怪的舌头刺激感，让我乐此不疲。除非解大便，他甚至不愿意到外面去上公共厕所，若要小便，就闯进厨房，对着搅煤灰的盆子一阵激射。等煤炭被糊上煤炉，整个屋子都洋溢着浓烈的尿液气息，全家人都被迫吸过他的尿分子。年轻时代，外公曾当过皮鞋店经理，收藏了几十双民国时代的老式皮鞋，大舅觉得丑陋，忍无可忍，趁外公不在家的某日，一根扁担挑到菜地里，打个坑埋掉了；他还曾经撬开我家的房门，偷走我妈买的花瓶，因为我妈不肯卖给他。在外婆的干涉下，他赔了钱，但过一段时间，觉得花瓶也不是那么好看，又还给了我妈。他生错了人家，成为了一个盗版《世说新语》里的人物，因此，只能娶个说话土气的农村老婆。

我的二舅不怎么幸运，他没有获得招工，辍学后，顺理成章成了一名青年菜农。如果他出身在一个好的家庭，也许不是这样的命运。曾经有一天，外婆正在生产队的菜地里挥锄刨土，上小学的二舅突然从远处跌跌撞撞跑来，背负着冉冉升起的朝阳，一脸狼狈。他越奔越近，额头上满是汗水，但没心思擦，嘴里只吐出四个音节：我——要——铅——笔。外婆摸摸裤袋，分文皆无，眼睁睁看着二舅一骨碌躺倒在地头，哭嚷喊叫："我——要——铅——笔，我——要——铅——笔。"

对二舅的印象还有一个很惭愧的场景。一个早晨，大约九点多钟的光景，我坐在儿童坐的一个木器具中，二舅突然回来了，嘴里啃着一个浑身滚满芝麻的饼子。他依着门框，啃着啃着，忽然发现二三岁的我正眼馋地盯着他，迟疑了一下，将最后的一片月牙伸过来，说："吃。"我咬了一口，太香了。我不知道当时二舅眼中的我是什么形象，但我知道现在的我，如果看到一个二三岁的孩子睁着两只馋眼望着我，心池一定会荡满涟漪。

二舅的老婆，出身于南昌乡下一个偏远村庄，却是村支书家庭，家境好，长相身材都有中上之姿，还擅长绣花。估计做姑娘时，也是父母的掌上明珠。我爸爸常评价："她的爷啊，不晓得几会拍马屁，经常提一些脱大（巨大）的鱼，跑到南昌来送各个领导。"他比划了一个一米五六的长度，可怕，我真没见过这么大的鱼。那是八十年代初期，大家的欲壑都不太深，鱼也算好菜，也算奢侈品，又达到了这个尺寸，应该还是送得出手的。

如果她不是农村户口，又生在偏远乡村，我敢说她绝不会嫁给我二舅。二舅是忠厚人，没有小舅那么会来事。我想，小舅应该是看不起他两个哥哥的，他要娶就必须娶城里人。当然，他起点本来就比两个哥哥高，妈妈说："你小舅舅的户口，本来就不在爷娘名下，他过继给了天灯下（地名）二玛玛哦。"这个原籍南昌岗上村的穷苦家族，在抗日战争的末期，几乎像蟑螂一样倾巢而出，爬到南昌市来讨生活，最后混成了不同阶级，但亲属间的称呼自有一套体系，和爷爷同辈的配偶，都称为"玛玛"（普通话叫"奶奶"）。而那位我从未见过的二玛玛，显然拥有城市户口。

作为大厂职工的小舅，为了婚姻成功，还曾费过一番脑筋。因为他不想让女朋友的爸爸知道自家是菜农。婚前的几个月，准岳父来参观新房，小舅事先把我们都召集起来，严肃叮嘱："千万不要提到外公是种菜的，要说是工人。"我们的头点得像鸡啄米似的，但这种事，又能瞒多久？

二十一　老姜的女儿

　　我和妹妹趴上窗台向老姜屋里窥视，那是一个初春的早晨，我看见两个小女孩坐在炉旁炙火，一个乌黑的铝水壶在她们面前冒着丝丝白气。她们都长得貌美如花，比我的同桌小红还要漂亮，至少在我看来是这样。她们对我们笑了笑，我妹妹也咧嘴一笑，轻轻地隔着窗户喊："你们叫什么名字呀？"这样大家就认识了。

　　老姜是外公家的租户。我的舅舅们日渐长大成人了，必须得给他们准备房子，外公于是在院内空旷地带造了三间平房，但在舅舅找到配偶之前，平房还派不上用场，于是，房子先租给了老姜。

　　老姜有四女三男，次女较丑，其他三个都颇有姿色。我们看到的，是最小的两个。在老姜三个儿子中，值得一提的老二，他大约二十来岁，一身肌肉，孔武有力，吃饱了饭，喜欢使劲捶打自己的胸脯，咚咚有声："再来几碗，不够吃哦。"大多时间坐在院子里，制造火药枪，全神贯注。材料主要是自行车钢辐条。我时常看见他实验新产品，对着人啪啪开枪。好在只有声音，没有子弹，否则人不够他杀的。有一天清晨，朝阳初上，他蹲在马路边刷牙，突然嘎嘣一声将塑料牙刷拦腰咬断，旋即摔倒。嘴角两边，一群白沫你推我挤，蜂拥而出，好像吞了一袋洗衣粉。接着四肢抽搐，眼睛翻白，又仿佛挨了一电棍。他发出羊一样的颤鸣，我差点以为，《西游记》里的妖怪真的出现了。

很快他又平静下来，揉揉手上被砂砾磕出的伤痕，像一只刚从蛋壳里孵出的小鸡，满脸茫然地看着崭新的世界。但老姜一家人已经跑出来，七手八脚将他拉回屋里，脸上仿佛有些惭愧。

我也没当回事，看起来，只要不发病，他就和常人一样。但后来发生的一件事，证明我的想法太天真了。有一次，我和妹妹又为谁做饭的事吵了起来，最后我踢了她一脚。这在很多家庭是常有的事，大鱼吃小鱼，小鱼吃虾米。这时癫痫过来了，他捏住我的两条胳膊，像捏住一个布娃娃，往空中一扔，一阵急促的翱翔后，我扑在地上，感觉浑身的零件滚成一团，叮当作响。脑子里颠三倒四，分不清现实还是梦幻。随即痛感退隐，麻木上台，四肢毫无知觉。我轻轻太息了一声，静卧不动。过了一会，疼痛回归，才感觉好受了一点，但我依旧没有吸取教训，破口大骂："猪婆癫，我戳大你娘，关你什么事？"

癫痫没有说话，一个冲刺跑过来，再次捏住我往空中一扔，这回我飞得更高，摔得更重。我趴在地上良久，才感觉体内零件逐渐复位，血管恢复畅通，生命逝而复返，这是何等珍贵？我含泪望着那个癫痫病患者，恐惧像水一样渗透全身。过了大约十分钟，我默默爬起，掸掸灰尘，擦擦鼻血，背上书包就走，再也没敢说一个字。不过我有点不长记性，有一次不知为什么又得罪了癫痫，他一个鱼跃，火药枪凌空砸在我头上，我一阵剧痛，手本能朝剧痛处摸去，只摸到一片黏黏的鲜红。我妈妈回家看到，战战兢兢去找他妈妈论理，那个婆娘还好，对着癫痫呼天号地："路毙[1]啊，路毙哎，你怎么这样恶，这样扇哦？"癫痫是个孝子，一言不发。我收到了赔付的医药费，也收到了永恒的恐惧。

我对老姜的印象蛮好，他大约五十多，有颗大金牙，烟不离手，酒不离口，喝得微醺，就给我们讲故事。两个漂亮女儿随侍身边，引得我总是不离不弃。有一天他说："晚上有相声节目，我去主任屋里把电视机借来，让你们看一夜。"

这真是一个好消息，但我不知道电视机到底是什么东西。夜幕降临，我、妹妹和姜氏两个小女崽在外疯跑，玩躲迷藏，同时等待电视机搬来的消息。大点的女崽向我解释："电视机跟电影一样，就是小一些，放在屋里，拉开天线就可以看，不花钱。"我又问："什么是相声？"她说："就是两只人在台上说话，你说一句，我说一句，说得很好笑，很好笑很好笑，笑得合不拢嘴。"

总算等到老姜回来，他一脸沮丧："主任不同意，说搬来搬去会跌坏。"他尴尬地对我外公一笑，"戳大她娘，买电视机的钱，我出了大头，变成她的了。"看来颇有隐情，不过随即他自己坦白了，"还不是看我没户口。"

他是以翻砂为业的，有一天我在他屋子里看到一大堆秤砣，原来翻砂就是铸造秤砣啊。可是一根秤也就只要一个砣，又是铁铸的，只怕人死了几代，秤砣还康健如初。这样的工

---

1 路毙：南昌常用的骂人话，字面意思是路上倒毙。

作，怎么可能挣钱？还能挣到买电视机的巨款？那个神秘的主任，又到底是什么人？这一切都很神奇。

有一天，大女崽说："夜晚我们要去主任屋里看电视，你去不？"我当然满口答应。于是吃过晚饭，我们又到大街上疯跑，旁边馆子店的收音机里，飘出一阵高亢的女声，说是以江青为首的反革命集团四人帮得到审判了。江青我知道，是毛主席的老婆。毛主席那么伟大，怎么连他的老婆都反党？我觉得很奇怪，但也没能力深想。我们围着马路边上停着的汽车捉迷藏，地面湿黑，玩了好一会，姜家大女崽说："到时间了，出发，去看电视。"

这回终于看到了神秘的电视和神秘的主任。主任是一个肥胖的老太婆，看上去慈眉善目。她把电视机布套揭开，现出一个方方正正的箱子，嵌着乳白色的屏幕。又从顶上一拉，拉出一根闪亮的金属杆。随即拧开电源，啪的一声，屏幕上突然人影闪烁，但歪歪扭扭，好像木头扭曲的纹理；她把天线挪来挪去，等人影终于站直，才回到座位。解说词在介绍一个人物的生平，这个人名叫刘少奇，他很早就参加了革命，为中国人民的解放事业呕心沥血，但最后死得好惨，火化时连名字都不能用真的。那天晚上，没有别的节目，就这个东西，播了一遍又一遍，我们却依旧看得津津有味。最后就连这个节目也不播了，荧屏上用"再见"二字跟我们告别时，随即满是雪花点，刺拉刺拉放出杂音，我偷偷摸了摸荧屏，冰凉冰凉，内心充满欢喜。

有一天，我妈妈对老姜老婆说："你两只女都这么大了，怎么不上学堂呢？"

那时我已经念四年级，老姜的大女崽比我还大一岁，却没念过书。小女崽比我妹妹大一岁，也不识字。老姜老婆慨叹："上不了哦，她们都没有户口哦。"

为什么没有户口？我至今也想不明白，看来世上还有比我惨的人，根本就没有户口，连学都上不了。妈妈很热心，她有一个生产队的姐妹，绰号叫"极绿婆子"，因为高小毕业，被挑到金顺小学教书，妈妈找到她，没过多久，两姐妹同时去了我的母校，开始念一年级。

她们很好学，总让我出数学题给她们做。大女崽认了字，突然发现世界是如此的丰富多彩，她沉浸在各种文字的海洋中，《故事会》《儿童文学》《少年文艺》，再也不肯浮上来透一口气。那些从小认字的人，估计很难有她那种跌宕的感受。

一个春天的晚上，老姜和我外公在一块喝酒，突然吵了起来。外公眯着眼睛，嘴角喷着白沫，好像梦游："老姜，你不要不晓得好歹，要不是我爷死得早，也空不出房间给你住，多少要加几块哦。"老姜说："阎王啊，你这只人也太贪了，去年才加了两块，今年又加，你得了钱痨是不？"外公立刻睁开眼，指出老姜是放屁："我贪？现在什么东西不涨价，你嫌贵就给老子滚。"老姜大叫："你的事，这邻邻舍舍哪个不晓得，你爷就是活活在床上渴死的，你怕他拖累你，巴不得他死，还叫不贪？"外公说："你放狗屁，老子用笤帚给你搓几把脸，你明日清早就跟我滚。"舅舅们在旁边听到，忍俊不禁。外公大怒，干脆站了起来，由于背驼，像一只疯龙虾似的在院子里跳踉："你们笑什么笑，天上跌钱下来，还要起早哦，像你们这样，吃屎去哦，你们哪点能比得上老子？啊。"手臂像坦克的炮塔那样旋转一圈，表示面面俱到。舅舅们窃笑："阎王又吃醉了，在院子里发扇哦。"

我有点难过，因为我舍不得老姜的女儿搬走。有她们在，生活是多么丰富多彩。我们在一起玩过许多游戏。我们偷隔壁老朱家的木棍，削成红缨枪打斗。大的那个，很喜欢学戏剧里的男人，躺在地上叫冤，脑袋像呼啦圈那样晃，仿佛头上有根无形的辫子；小的那个，虽没有这么活泼。但都很好玩，我舍不得她们。

第二天，我一早就爬起来，免得错过了时间，都没机会跟她们告别。天才蒙蒙亮，街上没有几个人，妈妈很奇怪："你这么早爬起来做什么？有病啊。"然后和外婆推着板车，上工去了。

我一直等到上学，也没发现老姜有什么搬家的迹象，只好忐忑地走了。人坐在课堂上，不断想象待会回家，已经人去楼空。谁知中午一进门，见外公和老姜面对面喝得正欢。原来老姜还是屈服了。"老姜有钱"，外公事后谈起这件事，又说了一句哲理，"很多人跟牙膏一样，不是没钱，是你没挤，一挤就出来了。"

老姜喝了酒会打老婆，打得老婆嗷嗷怪叫，终于有一天，猪婆癫提起菜刀冲过去，一刀劈在老姜头顶上。只听见咔嚓头骨碎裂的声音，老姜像挨了一铁锤的牛，捂着脑袋蜷缩在墙角，慢慢滑倒在地。癫痫病踏前一步，想要补刀，彻底结果老姜的性命，却被老姜老婆抱住。老姜老婆哭喊道："路毙啊，爷都能砍啊？赶快送医院哦，天哪，赶快哦。"猪婆癫悻悻收起刀："今日饶你一命。"好像在背影视台词。我像头惊鹿一样跑开，意识到当初只被他扔了两下，敲了一下，算是万幸。

第二天，老姜头上缠了一圈纱布，像电影里的伤兵，坐在树下喝茶，很浓的茶，边喝边出神。我问："你怎么不吃酒了？"老姜摇摇头，叹口气，不回答。我又说："你怎么愁眉苦脸嘛？"老姜仰脸望望头顶上瑟瑟作响的梧桐树叶，指着自己的太阳穴，说："风一吹，我的头就一猎一猎的痛哦。"我同情地看着他，他的两个女儿则望着地上的泥巴发呆。

那天早上，正好是星期日，我正在睡懒觉，妈妈突然跑进来，叫道："嘎要死，老姜自杀了，快去看哦。"我蹦起来，冲到院子里，看见二舅正在大叫："走，赶快跟我去叫救护车。"我跟在他背后，往第三医院跑。第三医院很近，大约只有一公里，我们气喘吁吁跑进急诊室，看见一个护士正站在台子后面。二舅上前喊道："救……护车，救护……车，我们那里……有只人……自杀了。"上气不接下气。护士呵斥道："叫什么叫，这里不准喧哗。"二舅嚷道："人命……关天哦，我要……急救车，头上有灯……会闪的……那种车。"他弯下腰，两手分别撑住各自那边的膝盖。护士不耐烦地摆摆手："去去去，哪有什么急救车，我看你是电影看多了哦。"

二舅蹲在地上，等他喘匀了气，我们沮丧地回来，看见老姜已经被抬到门板上，摊在他平常坐着喝酒的位置，头朝门，脚朝里。头顶上一个血孔，还在淅淅沥沥地滴血。老姜老婆坐在一边嘤嘤哭泣："我昨日夜晚就觉得他有点子不对哦，但没想那么多，鬼晓得他会想不开哦。"

老姜是暮春死的，季节很快转为夏天，家家户户都把竹床搬到人行道上睡觉。一个陌生的中年人总来到我们院子里，他衣着讲究，风度翩翩，老姜屋里的人都叫他"上海佬"，但我感觉他南昌话说得不错。一个夜里，我们几个小孩围在他身边，听他讲故事，故事的主人公名叫"程咬金"。上海佬的口才比老姜好得多，绘声绘色，在他嘴下，程咬金栩栩如生。程咬金栩栩如生去街上卖笤帚，栩栩如生和人口角，栩栩如生地打架……我们听得抓耳挠腮，快感如潮，他却突然打住了，说："今日就讲到这里，下次再继续。"不管老姜的两个美貌女儿怎么抱住他的大腿撒娇，他也不肯松口。我们怅然若失，期待他的下一次到来。

他确实再来了一次，但没有讲故事。因为老姜的遗孀没有选他，而是嫁了一个别的老头子，据说家境不错。得到这个消息，上海佬满怀忧伤地上门，浑身酒气，对着老姜老婆控诉："你要是想一夜发财，可以叫你的神经病崽，拿把菜刀再去剁死你的野老公，反正这也不是第一次。"

老姜的老婆表情尴尬，怔了一下，哭了："你这只醉鬼，我已经嫁过一只醉鬼，我他妈的已经受够了。"

上海佬说："哈哈，你说我是醉鬼？积德哦，你晓得我这是第一次吃酒不……"

他的话还没说完，猪婆癫出现了，他大吼一声："别崽子，跑到这里来发酒疯啊，你想死是不？"他大踏步上前，一把抢过上海佬的酒瓶，但并没有占为己有，而是立即敲在上海佬的头上。上海佬站立不稳，正要软倒。癫痫病患者没有允许，他抓起上海佬的身体，大吼一声，举了起来，随即奋臂一挥，上海佬像电扇叶片那样旋转着飞了出去，一声惨叫过后，沉闷地扑在马路边上，像一堆牛粪，一动不动。几辆汽车急剧拐弯，绕过他的身体，留下大同小异的谩骂："我戳大你娘，不要命啊。"喇叭声扔了一地，绝尘而去。上海佬忍痛爬起。旁边有人劝道："扇崽哎，他脑子有问题，打死你都不用抵命的啦，还不快跑。"上海佬醒悟，忍着痛爬起来，一瘸一拐走了。

"这个上海佬好扇，白白送了那么多鸡鸭鱼肉，硬是扇绝了灭。"我妈妈看着他的背影，评价了一句，然后叹息着忙自己的去了。

有一天，我坐在小人书摊上，租了《隋唐演义》系列连环画的一本，发现好像看过，一回忆，正是上海佬讲的那个故事，原来他是从这贩卖的。但我不得不说，他贩卖得非常成功。他的讲述，比小人书上的讲述生动许多，让我第一次见识到了，什么叫做讲故事的才华。他当初戛然而止的地方，正是这本连环画的最后一页。

我还听小姨说，那天晚上，她半夜起床如厕，听见猪婆癫在骂骂咧咧："老棺材，这回看你怎么活。"然后是"噗嗤"的声音，好像斧头砍入了头骨。小姨说："但我没想到用的是剪刀。"她做出一副惊恐的表情，很像破案片里的目击群众。

二十二 一个阴天的上午

　　一个阴天的上午，我口袋里装着五分钱硬币，站在老福山1路车的站台上。五分硬币是我最喜欢的一种硬币，在当时三种硬币中面积最大，也意味着面值最高，视觉和手感都很舒服。

　　1路车是城中仅有的电车，几天前，我在表哥的护送下，坐这路车回到了金塔街，手里紧紧攥着五毛钱巨款。那是婆婆给我的，为此我被表哥深深鄙视。我暗示婆婆，我要买铅笔和作业本。上学期开学第一天，蒋老师就叮嘱，每个人必须准备四本崭新的作业本。我一向不愿向妈妈开口要钱，我知道她没钱。虽然我还知道，只要开了口，就会在她心里留下疙瘩，她终究要妥协，但我没有开口。在那个同样阴霾的星期天，我提着一竹篮豆腐干，坐了一毛五分钱的公共汽车，再步行三公里，去城南村见爸爸。下车后，走了几百步，我总感觉少了点什么，突然脑中晴空霹雳，豆腐干忘在车上。那时贩卖人口的事不多，我敢独自去乡下；但一篮豆腐干，善良的乘客却没有义务为你守护。何况，那趟车是开往更穷困更乡下的李家巷、大沈桥、罗家集，那里的人也想吃豆腐干。我当即折返，傻乎乎在对面车站等候，终于等到那辆车回程。

我一个箭步跨上，车门迫不及待地闭合，吓得我拖着哭腔大叫："我不坐车，我找我的篮子，篮子里有豆腐。"当然，一个屁也找不到。

婆婆很可惜那篮豆腐干，她叹息了好几次，每叹息一次，我的心就一紧。因为我是来讨钱的，不想额外起事。好在一顿午饭后，我拿到了十五元钱，婆婆把它密密缝在我的贴身口袋里。我不喜欢她这么做，感觉只有旧社会赤贫的人，才活得这么没体面，而我们成长在人见人羡的新社会，不应该这样。但我刚显示了一点不情愿，就被爸爸凶了一句："啰啰嗦嗦，要是拿钱搞丢了，老子活埋了你。"

他们并没有离婚，鉴于工作岗位相距遥远，爸爸有理由不去金塔街和我们常聚，但他不主动按时交抚养费，就太无耻了。后来我曾讽刺他："你不承担责任，结什么婚，生什么崽？"那时我已发育，我的言下之意其实还包括：没本事你他妈的就别搞女人。他懵懵懂懂，没有进入我的语境，而是堂堂正正辩解："我那时还是民办教师好吧，工资是生产大队发的，从来不按时。他们不给我钱，我拿什么给你们？"然后马上对我进行思想教育："读不好书，你就是个菜农，还不如似我哦。"

我并非每次都这么成功，记得有一次就空手而归。然后妈妈带着我，亲自去了一趟城南，依旧提着一篮子豆腐干。正是七月盛夏，稻谷飘香，乡下的双抢季节。那篮豆腐干没有发挥作用，爸爸依旧不爽快给钱，而是自顾自下田去割稻子。妈妈也跟着去，尽管她不肯吃午饭，却在田里干得鞠躬尽瘁。她绝食，当然是抗议这男人不给钱；但她患得患失，知道除了这男人，找不到别的下家，所以不敢撕破脸，只好采取任劳任怨的手段，冀图唤起他的恻隐之心，但这能有什么效果？

在稻田里，在烘炉一样的太阳底下，我们三个人默默无言，将六分地的稻子奋力割倒。日之夕矣，婆婆煮好了饭菜等待，蚊子和黑夜也联袂而至。他们吃糠咽菜，时不时将大腿拍得啪啪有声。妈妈依旧坐在一旁，继续绝食。我坐不住了，哭着求她吃一点，这大概不是那种神圣的叫做"孝"的玩意降临，而是害怕她就这样死掉。如果她死了，我就不得不永远呆在这蚊虫汹涌的地方，终年连一辆拖拉机都难得见到，这太可怕了。除此之外，我还觉得饿死是一件太痛苦的事。

有一天在北京，和已经年迈的他们谈起往事，突然想起这一幕，于是和妈妈联合声讨。妈妈首先发难："我一个人带你们兄弟姊妹三个，还要上工，回来还要洗衣做饭，他连一点抚养费都不给，不晓得几恶哦。"我附和道："就是就是，不负责任，没有担当，枉为男人。"爸爸起先不语，仿佛一幅彻底认罪的态度，但突然嘴巴半张，瘪起，哭了出来："你不晓得，你娘是扇的啦！"旋即又止住了，抬袖擦了擦眼睛，大概醒悟到自己的失态。

我惊呆了，妈妈也有点不知所措，安慰他："你看你，这么大年纪还哭。"又对我说："奇怪，几十年了，都没见过他哭，今日不晓得搞什么鬼。"我有点内疚，突然想，可能爸爸是对的，妈妈，你确实智商不大高，稍微高一点，你现在也是村干部，也能吃香喝辣了。作为村里为数不多的年轻女性，你赶上过好时代。政府宣传"妇女能顶半边天"，你当上了民兵排长；弘扬"赤脚医生"，你被选拔参加培训；"社会主义教育"运动兴起，你二叔派了小车来接你，推荐你上大学……你还做过村会计，但有一次做账，你发现少了几十块，哭着喊着坚辞："我做不了，我赔不起。"从此就是一辈子普通菜农。也许爸爸说得对，妈妈，你智商要是高那么一点，爸爸肯定不会这么烦你。如果你像我大姨那样招了工，进了铁路系统，那更是不一样。

那大概是个假期，因为我当时就在城南，我的表哥来通知婆婆，说他的姐姐，也就是婆婆的外孙女产子，请她去玩几天，兼有侍候月子的意思。在一个清晨，婆婆带着我出发，但没有直接去目的地，她的第一站是李家村。那是她第一任丈夫的老家，也是她城里女婿的老家，她在这里生了个女儿，不久，丈夫就被日本的飞机炸死了。在媒人撮合下，又带着一小袋金戒指，改嫁给我爹爹。这真是一笔飞来横财，我爹爹和他那被国民党逃兵拐走的前妻生了三个儿子，正穷得茫然不知所措。若没有这笔细软，三个儿子娶老婆这事想都别想。但婆婆并未得到好报，就连我爸爸也没有感激之情："我那只后娘哦，不晓得几厉害，我小时候连裤头都没得穿哦。"我总是驳斥他："没有人家带来的几十个金戒指，你们兄弟还娶老婆？到庙背去娶哦。还不晓得感恩？"他无耻地说："我们花了她几多？大部分金器她都偷着给了顺英，都不晓得啊？"

顺英，还是莼英，要是叫后者，那就太有文化了。鉴于乡下人的文化水平，我想还是顺英。她不是婆婆的亲生女儿，亲生女儿嫁到了可怕的大沈桥，那里乡气甚嚣尘上，远超城南。顺英曾被我大伯觊觎，但她可没那么傻。我大伯不但是地道的文盲，而且比一泡牛屎还要老实，稍有头脑的女人，都不会理他。她的意中人是李家村某后生，那后生能说会道，通过招工，吃上了商品粮。于是这位姑姑隔三差五请婆婆去城里住住，吃饱喝足，坐在街道上看红男绿女，看犯人被死死按在解放牌汽车厢上游行；若是去大沈桥，只能看猪狗鸡鸭，这些在城南难道还没看够？

顺英一共产了三女两子，住处并不宽敞，只有两间屋子，但位于南昌最热闹的街道上。沿着一条繁华的马路行走，拐进一个破旧的院子，迎面可以看见一幅巨大的壁画，一个钢铁工人举着钢钎，怒目圆睁，似乎一直想从墙上下来，破坏点什么。从他身边穿过，走进一栋非常老的两层楼，霎时天昏地暗，仿佛进了山洞。又七拐八拐，推开顺英的家门，才觉柳暗花明。因为面积有限，表姐们只能像蝙蝠一样，常年栖息在漆黑的阁楼上。

童年时，我跟婆婆来过这地方多次，有一个场景是和二表姐坐在桌前，听着收音机里不厌其烦播放的革命歌曲：

> 正月里来是新春，赶上了猪羊出呀了门。
>
> 猪啊羊啊送到哪里去啊，送给那亲人呀八路军。
>
> 正月里来是新春，赶上了猪羊出呀了门。
>
> 猪啊羊啊送到哪里去啊，送给那亲人呀八路军。
>
> 正月里来是新春，赶上了猪羊出呀了门。
>
> 猪啊羊啊送到哪里去啊，送给那亲人呀八路军。

好像还有其他不同的歌词，但我只能听懂这两句，怎么老是猪呀羊啊，音符间洋溢着浓郁的屠宰场气味。我有点烦躁，二表姐倒不管不顾，趴在桌上，专心致志临摹墙上一幅桂林山水。原画是彩色的，她用铅笔临摹。我觉得这很简单，我也会，没想到她不是画着玩的，而是早有目标，后来竟考上了美院。

还有一些不那么愉快的场景，有一次晚饭，我看见桌上满眼绿色，实在没有胃口。姑姑说："这细伢子有点挑食，给他炒个鸡蛋吃吧。"随即我觉察到了来自四面八方的敌意。还记得的就是楼里的厕所，必须蹲在两块木板上，下面臭气熏天，和金塔街和城南乡下的蹲坑没有本质区别。

大表姐后来嫁到了洪都机械厂，吃商品粮的嫁吃商品粮的，很好，很门当户对。我和婆婆在李家村住了一夜，她尽情和左邻右舍叙旧，缅怀自己在这度过的青春岁月。之后我们才去洪都机械厂，顺英姑姑一家早已在那，屋里热闹非凡。婆婆和她分娩不久的外孙女亲切交谈，时不时有人指着我询问："这只小鬼是哪个屋里的？"婆婆不厌其烦："金龙的崽哦。"金龙是我爸爸的别名，很霸气，但我觉得用在那窝囊废身上很荒诞。有见过我爸爸的就会说："怪不得，好像金龙哦，一个模子里刻出来的。"不认识的则文不对题："哦，你老人家有福，孙子都这么大了。"气氛像是过年，无论人流还是食物的丰厚，都和过年没什么两样。这真是欢乐的一天！

婆婆留在洪都机械厂照看外孙女，我回到金塔街，也回到了以前的生活。那天早上醒来，妈妈已经如常不见，我想象她和外婆停下装满酱油的板车，站在路边梗着脖子吞食白糖糕的场景，咽了满满两颊口水。我坐起来，慢条斯理穿好衣服，走到隔壁的院子里，外公一家正在吃早饭，但对我视而不见。天阴阴的，凉风习习，在这个快要开学的夏天，非常舒服。我走到旭日商店，用婆婆给的五毛钱，买了三本笔记本，几支铅笔，还剩下五分硬币。我也不知道拿它派什么用场。也许我该去图书摊上看几本小人书，我在图书摊边徘徊了几次，那个看摊的老头对我招手："《三国演义》新来了一本，看不？"我摇摇头："不看。"然后鬼使神差向老福山方向走去，不知不觉就走到了路口，我看见一辆长长的电车驶来，拖着两条朝天辫，停下，几乎把肚子里的人吐了个干净。我晕晕乎乎踏上去，把那枚宝贵的硬币递给售票员："买一张车票。"她问："哪站下？"我没有回答，五分钱可以坐很多站，但大概不足以坐到洪都机械厂，我想浑水摸鱼，于是重复了那句话："买一张车票。"

她没有再问，撕下一张车票塞给我。这时，我感觉电车一阵急拐弯，朝火车站方向驶去。它竟然没走直线，没驶向南边，而那才是洪都机械厂的方向。

但我没有声张，因为售票员已经问了我去哪。我只是有点可惜那枚宝贵的硬币，本来也许可以拿它看上足足五本小人书。很快，电车颤抖了一下，喷出一股浓烈的废气，停住了。不多的几个人，依旧向车门挤去，好像逃荒，这是终点站，虽然它离我刚才上车的地方还不到五百米。

我也跳下了车，围着车搜寻它腹部嵌着的铁牌，上面写着：1路（支线）。看来支线和主线天差地远。我站着发了一会儿呆，两手插进空空如也的口袋，心想，这也许是好事，又默默朝金塔街的方向走去。

二十三　两角钱

　　大约很早开始，我就不愿去城南乡下了。因为我逐渐发现了两边有差异，差异之大，就连乡下小伙伴很多这个优势都没法弥补。但妈妈巴不得赶我去，我不在身边，对她来说生活会轻松很多，她经常采用贿赂的手段，有一次豁出去了，说："崽啊，去嘛，我拿四角钱给你。"我终于就范。毕竟赖在金塔街，日子也不那么好过。

　　接过四角钱，我踏上了驶往城南方向的公交汽车。车费只要一角五分，这意味着能落下两角五分。这笔钱，在那时有很大的功能，可以选择以下的任意一项：

　　六包糖豆子

　　两包五香蚕豆

　　八个香喷喷的麻圆

　　六只锅贴

　　一又四分之三场普通银幕电影或者一又四分之一场遮幅式宽银幕电影

　　八根冰棒，或者在图书摊看二十本小人书

……

这是我答应去城南的动力。

轻车熟路，我很快到达了目的地，才坐下一会，我就将五分钱交给婆婆，说："婆婆，这是坐车剩下的。"

婆婆说："拿到我做什么嘛？你自己留到，留到。"

"不，你拿到嘛。"我也说不出什么理由。

婆婆很感动，对着天井大声表扬："看哦，我的枕石，当真好懂事哦，坐车剩下五分钱，还晓得给我。人家一级谷话：'三岁看大，七岁看老'，我的枕石啊，长大了一定好孝顺。"我兴奋而羞涩，一言不发。谁都喜欢听表扬，为此在很小的时候，我会假装推拒别人递过来的饼干或糖果，还会假装很快乐地跟着堂姐们去地里拾禾穗，回来后交到婆婆手中，换取她的赞扬："你看我的枕石，几懂事哦，这么小就晓得捡禾穗。我这些鸡，有谷子吃了。"

只是也有些纳闷，那个叫"一级谷"的，到底是什么人，他常常活跃在婆婆的嘴边，凡是他说出来的话，都好像很有哲理。他为什么叫一级谷？如果是二级谷，肯定就没这么厉害吧？后来我才知道，所谓"一级谷话"其实是"一句古话"，南昌话里，"话"既可以当动词，表示"说"，也可以当名词，表示"所说的话"。但婆婆嘴里的"一级谷话"的"话"不是动词，而是名词，我误解为动词了。还有一个疑问，南昌话里，"古"和"谷"不同音，"谷"是入声字，不知婆婆为何把"古"念成入声，这也是我产生误解的原因。

剩下的两角钱，我偷偷藏在文具盒的夹层里。有一天，我趴在饭桌上写暑假作业，作业是印成一本的，每天做一页。每页的页眉上，要记录时间、日期和天气状况，我那时从收音机里新学了个词，晴天多云，于是在每页页眉上都填上"晴天多云"。南昌的夏天，天天烈日当空，我认为这样填是没错的。一会儿，爸爸的同事龙淑梅来了，穿过天井，见我那么认真专注写字，大约有些好奇，停下来观看，突然忍不住笑了："晴天就晴天，加个多云做什么嘛？"我说："收音机里就是这么话的，这叫书面语。"她乐不可支，指着屋外："现在天上哪里有云嘛？"

我望望屋外，天空湛蓝如洗，确实一朵云都没有，可这能说明什么？晴天多云，就是指天色晴朗，这是一个成语，成语应该综合理解，不应该死抠每个字的意思。这时爸爸也回来了，他听到我的辩解，说："写个'晴'字就足够了，你这叫画蛇添足哦。"

我有些沮丧，用橡皮擦把除"晴"之外的三个字全部擦去，擦了十多分钟，总算把整本擦了个干净。我又写了一会，再百无聊赖地坐在门前，望着外面的烈日发呆。我感觉耳边仿佛响起一阵阵的嗡嗡声，提示着天气的炎热。屋外菜园的墙上，南瓜花、丝瓜花金黄艳丽，简直要把人的眼睛晃瞎，蜜蜂、蝴蝶在其中乱飞，空中时不时盘旋过一只小虫，甲光向日，色彩缤纷，那是金龟子；时不时掠过一只肥硕的大虫子，黑乎乎的，吧嗒吧嗒响，飞行路线直接干脆，绝不迂回，那是知了。

坐了一会儿，小鹅跑过来，叫我："作业写完了不？去玩嘛。"

我看了他一眼："写完了。"

他说："那走嘛，我侬去捉金念虫嘛。"

城南乡下人所说的"金念虫"，也就是书面语的"金龟子"。我们喜欢捕捉它，用棉线系着它的脖子，让它振翅飞翔。它们的翅膀隐藏在闪亮的硬壳下。硬壳或者是淡红色，或者是淡绿色，或者淡黄色，在阳光下飞翔，光彩夺目。据说淡绿色的，总比其它两色的体力好，飞行能力强。但我实验过，好像看不出差别。刚捕到的金龟子个个精力充沛，飞起来全力以赴，但每每被棉线拉回来，于是逐渐绝望，再也不肯飞，当然恐怕也是因为没有气力。这么一来，就不好玩了。所以，不断捕捉新鲜的金龟子，才能不断获得乐趣。

我说："好。"于是兴高采烈地跟着他，在屋前屋后的树丛和菜园间游荡。只寻找榖树，这是金龟子最喜欢的树，它们爱爬在榖树鲜红的果实上，或者树干上有伤口的地方。伤口附近堆积着一坨一坨的浅褐色的粪，不知道是它们爱吃的，还是它们拉出来的。

我们很快捕到了四五只，又觉口干得要命。这时从园子旁边的小路上，走来一个陌生人，他肩膀上挎着一个木箱子，像要死一样，有气无力地叫唤："冰棒，丁公路的冰棒哦，三分钱一根哦。"

丁公路在哪里，我不知道，但据说那里做的冰棒最甜。如果城里的孩子听到，或许会嘟哝："要能买一根吃就好了。"可是城南的孩子，连嘟哝都不会。因为在他们心里，冰棒从来就不是能买来吃的东西。也真难为了这些货郎，竟跑到乡下来推销。他们偶尔能做成几单生意，总有两三个父母，会给爱子买一根尝尝。我看见鹅头的目光随着卖冰棒的人移动，表情木然，好像被摘掉了一部分脑组织，这符合城南孩子的普通特征。

我突然对鹅头产生了无穷的怜悯，于是叫住货郎："等我一下，我回去拿钱。"接着我发足狂奔，回家翻开书包，在文具盒的夹层内找到那张绿色的两毛钱钞票，南京长江大桥在上面巍然屹立。我攥在手里，气喘吁吁跑回，把钞票递给货郎，说："买两根。"他看了我一眼，忙不迭找给我一毛四分，抓起两根冰棒塞到我手中。淡蓝色的包装纸上，散布着细密的水珠，摸上去沁凉沁凉。我递给鹅头一支，他小心翼翼撕开包装，将四棱分明的冰棒塞入口中，狠狠吮吸了一口，再拖出来时，已经棱角坍塌，他问："你怎么还有钱嘛？坐车剩下的五分钱，不是都给了婆婆吗？"

"我还弄起了两角。"我低声说，"你不要告诉婆婆哦。"我把他当成了一个值得信任的人，我想这是应该的，吃人的嘴短，光凭这点，他也应该为我保密。

但不久之后，铁公鸡爸爸就找我谈话："你还弄起了两角钱是不？"

他怎么知道？我嗫嚅地说："嗯。"低下了脑袋。我觉得接下来他会说："你吃得蛮活啊，还买冰棒吃，你以为屋里好有钱哦？剩下的呢，拿出来，交公。"这是必然的，不然他就不是铁公鸡。

但竟然没有，他说："你这只扇头，这种事都告诉那只鹅头啊，他还会跟你保密？他鹅里鹅气的啦！"他转过头，又止住脚步，语气中夹杂痛心和惋惜，"婆婆已经晓得了，你这只扇头，她硬是想不到啊，这么喜欢的孙子也会骗她。"

二十四　下雨天

中午，下着极大的雨，我从办公室出来，脸上带着江老师的掌印。他说我上课和同桌交头接耳，不但赏了我一巴掌，还让我在教室后面站了足足两节课。

江老师是我的语文老师，他个子还算高，相貌一般，谈不上英俊，惹人注目的是一口黄牙，黄中透黑，色彩斑斓，色与色之间，几乎没有过渡，让人看了感到紧张。有一次，一个社会青年来到学校，在操场上物色徒弟，笑语喧哗，鸡飞狗跳。江老师不畏强御，上前制止，说："这是学堂里哦，你要吵，到外头去吵啰。"那人渣愣了一下："你是这里的老师不？"江老师自豪地说："当然是哦。"人渣笑道："你看下你那口牙齿看哦，还当老师，还来管我。"江老师脸上登时飞起一朵红云，愣在那里。我在旁边听见，隐隐觉得人渣说得也不是毫无道理，我猜想，他本来对老师还是尊敬的，但他心目中，老师的地位过于崇高，而江老师的牙齿可能摧毁了这种崇高，所以他愤世嫉俗，沦为人渣。

江老师是高考的落榜者，这可不关文革什么事。因为他成为民办教师的时候，文革早就结束啦！已经恢复第一次高考啦！我至今还清楚记得第一次见他的情景，他和年轻貌美的桂老师合抬一张课桌在操场上走着，初升的朝阳射在他赤红的额头上。我背着书包，系着红领巾，咬着手指头，站在靠他很近的地方，好奇地看着。他剃着一个乡下会计头，对我笑了笑，牙齿在阳光下闪烁，象苍蝇的翅膀。

他好像很博学，板书时，偶尔会写个把繁体字，比如军队的"军"写成"軍"，但马上会自己抹去，换上一个简体。同学们往往插嘴："哎哎，江老师，就写繁体字吧，繁体字几好看呀！"可能因为《三国演义》的连环画看多了。但江老师是不会放任的，他响应国家号召，坚决擦掉重写，绝不卖弄。

每星期固定写作文的日子，让我又爱又怕。江老师会把讲台搬到教室一侧，再加上一把椅子，椅子上蒙着一件旧军大衣，他坐进去，俨然宗师。我们谁写完了，就拿上去给他批阅。人不许走，站在他身边，随时准备接受他的嘲讽。我虽然比较会写作文，这时也不由得紧张。他常常转过脸来，语气沉重地恳求我："你也学着用两个成语啰？太阳这么大，就应该说'天气晴朗，万里无云'……义务劳动，当然要'热火朝天'……春游玩得这么高兴，难道不会'依依不舍'吗……"

江老师多才多艺，兼教我们体育课，只要不下雨，他就像赶猪一样把我们赶到操场，命令我们不停地左转右转。他教的转法很正规，脚板一定要始终摩擦地面。他拥有大概几乎所有教师的共同习性：对优秀学生很客气，反之就不客气。我又瘦又小，不太优秀，难免被他讥笑。夏天，我身上的排骨格外鲜明，他叫我"骨头"；冬天，我的脖子老缩在黑乎乎的领子里，他效法蒋老师，称我"乌龟壳"，都很贴切。

尤其值得称道的，是他的教学特色。他不喜欢全班人都坐着听课，每堂课总要选拔一两个人站在墙角，给其他同学当榜样，以便大家深刻体会平静求学的不易：中国之大，随时都有容不下一张书桌的危险。在和平时期，这种忧患意识不是每个老师都能具备的。仅此一点，他的才华就远超常人。看来他不但是一个文学家、学问家，还是一个思想家和教育家。他也许不那么伟大，但就一个村办小学而言，已经算难能可贵了。公平地说，蒋老师的教学方法固也不错，和他比，却要逊色不少。娱乐方面，大概各有千秋，思想深度则远远不及，读者可以从我的描述中细细体会。

话说这时我走出门，见操场上积水成河。门口一堆大人，披着雨衣，拿着雨伞，来接各自的患子。我心中波澜不惊。记得第一次见到这种场景，我非常惊奇，世上因何有如此体贴儿女的父母？又怎能同时如此有闲？后来就见怪不怪了。我看见差等生应新生、优等生严俊、优等生王志文相继被大人接走，他们都是公路管理局的。优等生猪皮呢，接过蒋老师递给他的伞，扎起裤脚，也快乐地离开了学校。甚至连金顺村的小龙，他妈妈也挟着一把雨伞，一路小跑着赶来。校园很快门可罗雀。我百无聊赖站在地面凹凸不平的走廊上，高高挽起两条裤腿，望着凌乱的雨丝发呆。下这样的雨，妈妈的酱油板车一定堵在路上。即使我跑回家，也许只是白白受淋，再空着肚子回学校。可是，现在我能去哪里呢？站在这里发呆，也不好受。

忽然看见优等生老鼠从面前走过。老鼠是我的同班同学，无论智力还是体力，他都是我势均力敌的对手，当然我要强一些。因为我代表学校去公社参加过两次数学竞赛，他只去过一次。而且他参加的那次，蒋老师第二天把竞赛题给我做，我很快做完，她看后连连惋惜："昨天要是叫你去就好了，最后两道题陈志强都做错了。"体力上，恐怕我也要强些。有一次上江老师的体育课，他把我们编成两两一队，分别赛跑，我的对手就是老鼠。江老师脖子上挂着一个口哨，用一根质量普通的鞋带穿着，看上去很英武。他哨子一响，我就甩开两条瘦腿箭似的冲出，把老鼠远远抛在后面。按惯例，江老师会叫每组的优胜者又分成两两一组重新比赛。我趾高气扬站在优胜群里，和他们讨论跑后感，心里痒痒，等待江老师的重新分配。一组、二组……五组……八组……，一对对跑出去了，江老师没有安排我。我站在那，有些尴尬，旁边有很多小姑娘围观，尤使我心头恨恨。同桌的美女小红看不下去了，为我鸣不平："江老师，还有褚枕石呢。"江老师轻蔑地扫我一眼："他，就算了罢，阿圈似的。"阿圈，阿圈是谁呢？我傻乎乎地问江老师："老师，阿圈是好人还是坏人。"江老师悲天悯人地看了我一眼，说："好人。"然而我看出他的意思来了，我想向他表示热烈祝贺："我戳大你娘，你才是阿圈，你们全家都是阿圈。"但终究没敢。

老鼠也是金顺村人，他家就在附近，不到几百米，大概因此没人送伞。就算跑回家，衣服也湿不到哪去。但他似乎有些犹豫，望望天又望望地，活似洞穴门口的饥鼠。我叫他："老鼠，我们打一盘水仗，怎么样？"

我没抱什么希望，只想藉此聊聊天，免得寂寞。谁知他竟欣然答应："好，来一盘。"我感觉他吃错了药，但是，这又何乐而不为呢？

这时雨突然小了，只抛洒些细细的雨丝。我们立即走下操场，准备较量。我占据了一个大水洼，用穿着塑料凉鞋的脚猛然一铲，一大片水箭向老鼠飞去；老鼠也对我如法炮制。不知是不是因为刚站了两节课，体力消耗太大，我感觉自己状态不佳，几个回合过去，老鼠没有像往常一样，缩着脖子告饶："嘿嘿嘿，不打了，不打了好不好，你厉害你厉害。"我们俩身上，被击中的水渍面积截长补短，大致相当，这让我越战越焦躁，突然，后脑挨了重重一击。

老叶瘸着腿站在我身后，横眉怒目。老叶是个残废，就住在我们教室隔壁，一间小教室改造的家居。据说他以前也是老师，但不知什么原因，他的一条腿突然越长越细，终于躺下。他老婆却坐拥两条象腿，姓聂，正是我小时候亲眼所见被变电箱下面的铁丝触得颤抖不止的那个黑胖子。

"乱踢，你在这里乱踢。"老叶吼道，"这是学堂。"

他的声音如同铁勺刮铝锅，极其难听，满脸狰狞，一副悲愤交织的表情。

我呆呆站在那里，特别难过，不是因为挨了这一掌，而是因为挨了残废老叶一掌。我心潮澎湃，刹那间，回思了自己在短短一早上，从一个自以为是的中等发达国家，沦落为最不发达国家的全过程，现在连本该开除球籍的残废老叶也来欺负我。于是我悲从中来，积蓄起全身最后一点功力，狠狠铲起一片污水，射向老叶。他只配得到这个。

我的耳朵伴着老叶愤怒的咆哮被揪住了，痛感神经指使我的身体向疼痛所在的位置靠拢，我踮起脚尖，歪着脑袋，用目光向上寻找，结果找到了聂老师的胖脸。

"你敢打老师！老师怎么教你的？连尊敬老师都不晓得？你他妈还敢打老师！你是哪个班的——你这个畜生。"

江老师闻声出来了，他看见我象一只野鸭样被老聂提着，动了恻隐之心，劝道："算了算了，这只小鬼是我班上的，确实有点子调皮。"

老叶俯身捏着裤子上的水渍，嘶声嚎叫："这他妈算什么学生？简直就是个小流氓，长大了肯定要吃花生米，坑爷坑娘……"

江老师不说话，用沉默来表示对黑暗势力的反抗，他拉着我来到办公室，在熊熊的炉火旁，他的脸和蔼又崇高。他掏了掏口袋，递给我一张两角的钞票，呲着黄牙，说："你这只样子，恐怕也不好回家了。去买两只包子吃吧，办公室有开水，有火炉，你可以拿衣服烤干。"

我突然想起和妈妈一起看的电影《英雄儿女》，感觉当下这场景，如果能像电影里那样，有《国际歌》作为背景，就太相似了！

二十五　乡巴

初中了。

我的新同桌小姜，叫姜卫东，他老是问我："我的牙齿白不白？"他呲牙咧嘴，把一口灰色的牙齿展示给我。他平时说普通话。

"白。"我说，但心里并不以为然。

他得意道："我每天用盐刷牙。"

我心想，刷你妈的别，人家都用牙膏刷牙，你他妈用盐，怪不得牙都刷成了灰色。我对一切不循常理的做法都很讨厌，于是他的牙在我眼里不但是灰色的，而且很恶心，但我表面上还是笑呵呵的，说："怪不得，我也要学学。"

他说："你家住哪？"

我说："金塔街。"

他摇摇头："哦，没听过。我家住新溪桥汽车运输团院内，就在江东机床厂旁边。"

"啊。"我惊讶道，"汽车运输团，我爸爸差点也去了这个单位。"但我没有告诉小姜，我爸爸因为体检不合格没去成，我经常听到爸爸愤怒的抱怨，尤其是他和妈妈吵过架之后："那只女医生，是只尽料的夹沙糕，硬说我有心脏病，我哪阴间里有心脏病嘛？"但他那时没想到去医院做个心电图什么的，而是向我的太公请教。老郎中告诉他："吃十只水煮猪心，要公猪的，越强壮的公猪越好，不能放油盐。放到炉子上煮，半夜三更爬起来，吃了困觉，包好。"爸爸问："为什么要半夜三更吃哦？"老头说："那哪个晓得哦，反正是我师父说的。"又感慨道，"你一个后生子，年纪轻轻，怎么这么多病哦。"爸爸回去一说，婆婆当即到处搜寻猪心，半夜热腾腾煮好，爸爸捧在手里，像啃玉米一样，接连十天，十个猪心一个个啃得残渣不剩。他对我回忆："没有油盐，不晓得几难吃。但还好是猪心，要是他说吃屎能治好，又能不吃？你晓得不，有一种治病的方子，就是把煮好的鸡蛋放在塑料袋内，沉入粪池，沤十天十夜，捞起来，一吃就好。"我说："你的心脏病好了吗？"他说："当然好了，不晓得几灵。"我说："后来没有招工机会了？"他一怔，说："有是有哦，但是后来碰到的医生，也是一只夹沙糕。"

我估计他并没有真正的心脏病，体检出问题只是因为紧张。猪心要来自强壮的公猪，可以理解，吃它的人，希望变得像公猪一样强壮，但为何不能放油盐，还要半夜爬起来吃，未免过于滑稽。当然，想到鲁迅的《药》，多少又会有些理解。

"那你爸爸现在什么职业？"小姜问。

我说："小学老师。"我没告诉小姜，爸爸是个民办老师，农村户口。其实他这个民办老师，当得有点冤，他初中毕业，考上南昌航空学校。那是一个全国招生的学校，主要为祖国培养和战斗机相关的技术人员。城市户口是他的囊中之物，只要混到毕业，就可获得一份旱涝保收的工作，吃商品粮，跟泥巴和大粪彻底再见。不过很可悲，他的智商究竟不大行，才念一年就半途而废。据他说，成天失眠，头皮屑繁如雪花，脑袋里好像有人打洞，只好噙着热泪离开学校。在后来的漫长岁月里，他时常回味那段短暂的温暖时光。当然无关学习，以他的智商，学习这种事他不可能感兴趣。事实上一进那，他就成了校医院的常客。最新奇的是有一次，老校医说要给他打一种营养针，他顿时惊恐起来，觉得生病倒不要紧，吃药就行了，弄到要打针的地步，肯定是绝症，他问："还要打针啊，不打行不？"

老校医人很好，用充满同情的口吻说："这种针很贵的，你还不打？你们农民要卖多少担谷子，才打得起这一针哦。"

爸爸顿时喜笑颜开，二话不说扒下裤子，将半片瘦削的屁股蛋晾在高脚凳上。这个铁公鸡认为，既然一针值几担稻谷，只要不是死刑注射，都可以商量。后来每次说起这事，他总是咂着嘴巴回味："当上公家人你晓得几好哦，哪怕是个学生，享受的福利都不得了。还打营养针，几辈子都没听过。"

不过那些针对他而言，真是浪费了，他的头疼没有止住，最终不得不灰溜溜退学，而病也立竿见影好了，从这事可看出，他命里只配干体力劳动，先天条件摆在那，翻不了天。我也经常学他的语气讥讽他："你硬是一条龙命，作成了蛇命哦，硬是扇得绝了灭哦？"他总不服气："我是从小营养不够，大脑才发育不好，你晓得我屋里有几穷？连裤头都没有穿哦。"我制止他："行了，都说一千遍了。"他笑了笑，又说："我后娘养了只母鸡，每次听到鸡咕咕叫，我就冲过去，摸起鸡蛋，顺手一敲往肚子里倒。要不是那些鸡蛋，我还要扇。"我说："你的后娘就不奇怪？"他无耻地大笑："她老说只听见母鸡打鸣，没看到蛋——我他娘的才管不了那么多。"

这个偷鸡蛋生吃的男青年，从此成了地道的作田佬，经常披星戴月，去城里各大厕所推粪肥田。用一种独轮车，颈上搭一根废弃的自行车内胎，两手握着车把，人站在后，四个臭气熏天的粪桶伫立于前，想看看面前的乡村风景，都离不开粪桶的修饰，这哪能有诗意？正常人不可能热爱这项劳动，爸爸也不例外，但却成为他缅怀青春的重要道具。每次经过金塔街，这群臭气熏天的家伙都遭到市井闲汉的嘲笑。不过他并不寒心："你晓得不？毛主席时代，人民的思想不晓得几好，哪像现在。有一次我在金塔街推粪，一个后生短命鬼笑我，马上被他旁边的老人训斥：'笑什么笑，没有农民兄弟种粮食，你吃屎哦？'你看，毛主席时代，人民的思想几好？农民几受尊重？"

我讥笑他："农民那么受尊重，怎么没有一个城市户口的女的嫁给你？"

他一怔，顾左右而言他："不谈那些。我的身体就是那时间练好的，大半夜推着满满一车粪，走几十里土路回乡下，一身的臭汗，再冲个井水澡去困觉，不晓得几舒服。毛主席他老人家说得对，知识分子就是应该强迫下乡，接受贫下中农再教育。"

我却想起小时候，他下课回来在门前的菜园忙碌，进进出出，像一只蜜蜂。有一次我跟着他转，不小心踩到一柄锄头的刃部，锄柄反弹，击中他的额头。他气急败坏，当即抽了我一个耳光，刹那间慈父的光辉从我面前消失，取而代之的是个精神极度躁狂的神经病。他还不知道我的大脑屏幕正在上映他的斑斑劣迹，犹自一个劲慨叹："半夜里去推粪，一个独轮车，四个大粪桶，一边两个，不晓得几苦哦，你想歇一下啊，人家早走到二十五里外去了，哪个等你哦？再说了，独轮车，也没有办法歇。推到背后（后来），一身的汗，衣裳跟水洗了一样，黏到身上，不晓得几舒服。要是还在学堂读书，身体就废了哦。"

他的话我一向只姑妄听之，因为我知道，他一点也不喜欢体力劳动，也瞧不起。他的偶像是邓稼先，虽然他经常将之与王稼祥搞混。推了几年粪，他又不安分，怂恿婆婆去找大队长，要求在村小学当民办教师。那时南昌城里也满街满巷的文盲，何况乡巴佬云集的城南大队，他当然有很强的竞争力。在收了婆婆几条腊肉之后，村支书顺水推舟，满足了爸爸。小学教师，严格意义上说，算不得脑力劳动者，所以他的头痛病再没犯过。

有一天，小姜和我扳手劲，小姜是留级生，力气很大，我怎敢和他比试。他说："我用手掌，你用手腕，这总可以吧？"随即攥住我的手腕，这家伙确实力气大，我的手背依旧渐渐被他压近桌面，我很不甘心，使出吃奶的劲顽抗。他突然怪叫，砰的一声，将我的手背狠狠砸在桌面上。我疼得呲牙咧嘴，脱口而出："我戳大你娘。"

小姜哈哈大笑："我给你娘系尿经带，我给你娘系尿经带。”[1]

我莫名其妙，很想问他："什么是尿经带。"但没好意思，显然那不会是什么好话。

小姜看着站在一边的小胡，说："你笑什么？乡巴，你晓得的还不少啊。"

小胡转身走开。小姜对我说："这只老短[2]也是我们汽车运输团的。你有没有感觉，他的头剃得很怪，是标准的乡下会计头？"

"好像是。"我说，"就跟《月亮湾的风波》里面的乡下会计一个样。"

他说："告诉你吧，他是才搬到城里来的，现在还是农村户口。"

课间操的时候，我站在小胡旁边，跟他攀谈："听说你是汽车运输团的，和小姜住在一个院子里。"

他点点头，不说话。

我说："我也是农村户口。"

他的脸色突然生动起来："是吗，跟我一样。你也因为妈妈是农村户口吧。"

我心想，我他妈比你还惨，我爸爸更土，他种田的。但我没说什么，只是点头。

他说："我一直搞不懂，为什么子女的户口不能随爸爸，而一定要随妈妈呢？"

"这是国家规定。"

"国家为什么要这么规定？"他追问。

---

1 尿经带：其实就是月经带，小姜吐字不清。
2 老短：一种略带侮辱性的称呼。

我说："鬼晓得。"

晚上我拿这个问题问爸爸。他说："因为男的招工或者读书出去的多，女的少。也就是说，男的拥有城市户口的机会多。"

"你的意思，国家故意这么规定，就是要限制城市人口数量，为什么嘛？"

他说："国家的规定，总有他的道理。我们国家还不富裕，养不起那么多吃商品粮的。"

"哦。"我说，"原来是这样啊，我们国家真不容易啊。"

他突然感叹起来："当初我找你娘，就是看中她是金顺村户口，比我们作田的好，希望对你们好。"

我说："你也不容易啊。"

爸爸喃喃道，"哪晓得你娘是扇的，早晓得，就找了那只六百工分啰，身体不晓得几好，做事不晓得几麻辣，活到现在，我的日子不晓得几红火，房子起码是二层楼喽。"

我有点不高兴了："你才是扇的，你不是扇的，为什么既没有招到工，也没有读书读出去？你要明白，你现在的户口比妈妈还要差，还要土。"

二十六 詹老师

　　上课铃响了，我又像往常一样，假装什么也没发生，等待詹老师走进来。

　　詹老师大约四十岁，教我们英语，她身材庞大，满脸横肉。第一次上课，她刚到门口，教室就黑了一片，再走几步，才恢复光明，好像发生了日蚀。她放下参考书，师生照例问候完毕，这壮实的妇女开始叽里呱啦，用英语讲了半分钟。我左顾右盼，看见同学们脸上放光，也不由得心情激动：进了中学就是不一样，老师都这么厉害！我暗暗发誓，一定要好好学习，争取将来能像詹老师那样叽里呱啦说话，说些父母都不懂的话。

　　但有一天刚站上讲台，她就惭愧地对我们说："上节课我教你们读'一百'这个词，读成'杭得来得'，回去跟教研室的同事商量了一下，可能更流行的读法是'杭觉瑞得'，对不起，就此补充。"我一下子跌落了冰窖，虽然我知道，谁都不是圣人，但像"一百"这样的单词，按说家常日用，无论如何也不该读错。那么，只有一个原因：詹老师水平很低！我猜她应该是个工农兵学员，因为出身好，被临时培训了几天，就送来教书育人了。而那些有能力教的知识分子，不是被发配到了远方，就是早已枪毙。

　　大约因为此，我迅速对詹老师这门课失去了兴趣。有一次她带读着课文，踱到我身边，突然手臂暴长，从我桌肚里抽出一本《三国演义》连环画，然后一把抓住我的胳膊，揪到黑板旁边的墙角上。我不大愿意。墙角放着一堆扫把，绿头苍蝇在其间嗡嗡乱飞。为了掩饰尴尬，我嬉皮笑脸地说："詹老师，我能不能换个地方？这里有苍蝇。"从一个曾经的高材生，堕落成了一个极力乔装的混混，倒没有让我感觉很难。似乎只有这样，才能减轻尴尬。

　　詹老师瞟了我瘦小的身子一眼，哂笑道："不行，你只配站到那里。"

　　我有点不服气："上次吴俊嫌这里脏，也换了个地方，你也同意了。"

　　詹老师鄙夷地看了一眼："你跟人家吴俊比？你拿什么跟人家比？人家的爷爷是老红军。你爷爷是干什么的？老工人？"

　　我满脸通红，她竟然高估了我，以为我爷爷是老工人。这让我顿时心生善意，她说得也对，老红军的孙子，生得伟大，确实应该优待些。但我还是有点不甘心，不是委屈，而是实在受不了。我说："詹老师，你说得对，但这里苍蝇实在太多了，不卫生。"我指了指教室的另一侧，"我站到那边吧，就站过去一点点。"

　　不知怎么，全班同学轰然大笑起来。我的脑袋一片混乱。詹老师也忍俊不禁，她说："褚枕石，你要么站在原处，要么出去。一旦出去，不叫家长来，就别想再上我的课。好了，现在安静站到，不要影响别人听课。”

这几句话大约刺痛了我，我忍不住回敬了一句：“不上就不上，你以为你水平几高？连个杭觉瑞得都会读错。”

詹老师伟岸的身躯颤抖了一下。我知道糟了，惊恐地望着她，我看见她嘴边的肌肉迅疾绷紧，又迅速放松，爆破出几个巨大的音节，裹挟着声波，愤怒地向我袭来：“滚——出——去，小——流——氓。”

我打了一个寒战，像游魂一样向教室门口飘去。伸手拉门，那是一扇烂门，连个把手都没有，只有一个铁钉钉在门把处，聊以塞责。我捏住铁钉，使出吃奶的力气，门纹丝不动；又使出弥留的力气，还是纹丝不动。同学们又笑起来了，笑得更欢。詹老师蹬蹬蹬几步跑过来，伸手捏住铁钉，手腕一抖，门户大开。我走出去的时候，依旧想乔装成混混的模样，但没有成功。混混一般都肌肉发达，没有哪个混混是要女士为他开门的，何况这位女士还是他的老师。我不由自主地缩着头，灰溜溜地出了教室。身后是同学们一浪一浪的笑声。

我真的不在乎上不上詹老师的课，我确实认为，跟着她学不到什么东西。但是，我本质上还算个正派人，不习惯在外面过漂泊的生活，更不想就此离开学校。我的学习成绩确实不怎么好，但只是不够用功，我觉得自己只要稍微用功，就能好起来。说白了，我还是想在读书这个行当上，有所作为的。所以，在外边漂泊了好几次课之后，我决定下次不再主动回避，我要假装什么事情也没发生。

但是詹老师并没有忘怀，她进来了，低垂目光，扫了我一眼，说：“出去，你的水平太高，我教不了你。”

我又想回嘴："晓得自己水平不高，何必尸位素餐？"平日我喜欢翻成语字典，家里没有什么书，除了一本成语字典，一本新华字典。新华字典好像意思不大，尤其当我学会了其中笔画最多的"齉"字之后，就觉得不过尔尔；但成语字典很新鲜，我没事就翻翻。"尸位素餐"这个词，是我新近学的。我觉得这个成语非常形象；其他很多成语，也非常形象。中国的成语真让人拍案叫绝，比如蝇营狗苟，四个字看上去就獐头鼠目，像四颗猥琐的脑袋排在一起，充满了粗粝的质地感。"尸位素餐"也一样，瞄上一眼，一股阴森悲凉的气氛就扑面而来。我觉得詹老师就像一具无能的尸体，霸占着英语教师这个光辉岗位；不能因为她霸占这个岗位，就剥夺我学习的权利，该滚蛋的是她。当然，我自己也贱，过元旦的时候，还一窝蜂似的，效法其他同学，给她买了一张画纸当作礼物，她配吗？可是，这样的想法，我不敢出口。

我再次怏怏离开了教室。

在走廊上，我迎面碰到了朱老师，她是我的班主任，看见我，惊讶地问："怎么回事？现在不是上课的时间吗？"

我只好垂着脑袋承认："詹老师不让我上课。"

"你做什么了？"

我说："前几日上课看了课外书。"

"啊。"她吃了一惊，"看来今日不是第一日？"

"第五日。"

她沉吟了一下，说："三日之内，你要拿家长叫来，否则你什么课都不要上。"

这回是真的躲不掉了，我不能假装每天背着书包去上学，实际却在外面游荡，我做不出这样的事，这是浪费粮食，是犯罪。那天晚上，爸爸正巧来到了金塔街，我很小的时候，盼望他来，经常站在门前的人行道上，眺望他必经的道路。有一次，他给我带来了一小叠每页 400 个格子的稿纸，引发了座位四周的艳羡。我的前座罗细红说："送我两张吧？我拿一张牡丹跟你换。"

罗细红这个名字很怪，第一次听到我差点笑出来，这家伙分明是个男的，却叫什么红，还是细的。我感觉"细"这个字，浑身散发着乡巴佬气息。我城南的那些堂弟堂妹们，经常蹲在门前的菜园子泥墙下，围着一堆运货的蚂蚁，咿咿呀呀地唱：

麻银里麻银里拖拖，

大大细细都来拖拖。

前头个前头，

后头个后头，

骑马坐花翘翘。

翻译成文雅的语言，就是：

蚂蚁蚂蚁拖拖，

大大小小都来拖拖。

前头的前头，

后头的后头，

骑马坐花轿轿。

在金塔街，小，大家就说小，和电影里叫法一样；但在城南，小，他们都叫细。因此，在我耳朵里，"细"这个字，是纯正的乡巴佬语言。

不过罗细红能言善道，虽然他是个留级生。我曾经买过一本作业本，封皮上印着一个双眉紧皱，颈系红领巾的小学生，背景则是鲁迅严肃的样子。但我那时不知道鲁迅，罗细红主动沉重向我讲述，他粗短的手指在封皮上移动："这是一只悲惨的故事，这只老头，是这只细伢子的爸爸，这只细伢子，正在想念他爸爸，但是他爸爸已经被地主打死了，他每次想起，脑海里就苦大仇深，双眉紧锁，一日到夜，都不忘报仇……"现在想想，罗细红真的很有编故事的才华，可惜没人发现他，培养他，没准就是七零后的韩寒。

我答应了罗细红的建议，那时我们时兴玩香烟盒子纸，牡丹牌的烟贵，盒子纸摸上去都和"壮丽""飞马""庐山"不一样，很光滑，像打了蜡，很难弄到，但罗细红有好几张，据说他舅舅住在铁路新村，也就是火车站附近。他星期天总是去舅舅家，到铁路月台上逛来逛去，那里人来人往，地上经常有天南地北的旅客们扔的香烟盒子，不少是高级烟盒。我说："我要一张过滤嘴的。"过滤嘴的牡丹香烟盒子更长，更贵重。

他讨价还价："那你给我三张？"

我小心翼翼给他撕了三张。

那叠纸用光后，我请求爸爸再给我带一点。他答应了，但好几天没有露面，等到再次出现，却说忘记了。我只好期待下一次。总算等到他又一次现身，却没有带来预想中的稿纸，而是两本用浅红色薄纸订成的小册子。他似乎有点歉疚："稿纸很贵，已经没有了。"我很失望。而且随着年龄的增大，我越来越不喜欢他了。有一次外婆要带我去看赣剧，整个傍晚，我都惊恐地站在人行道上，眺望他必经的道路，生怕看到远方出现他其貌不扬的轮廓。还好，他那天没有来，我和外婆在戏院度过了快乐的一晚。

爸爸跟着我去了学校，他和朱老师寒暄了两句，立刻步入正题："我这只小鬼啊，从小就调皮。他娘是金顺村生产队的社员，日日帮酱油厂送酱油，大街小巷，到处乱跑，忙得死；我又在读书，没有时间管他。屋里这么困难，他还不好好读书，硬确实一点用没有。"

朱老师惊奇地说："你还在读书？不会吧。你好像也是老师吧。"

她倒是印象深刻，不久前，爸爸拿出一张报纸，说凡是父母有一方为教师的，可以减免学费，逼我去找老师讨回学费。可是钱早已交了，怎么好意思再要回来？这实在说不出口。我拖了好久，慑于爸爸的淫威，最终还是硬着头皮跟朱老师说了。朱老师惊诧道："有这只文件吗……不过钱早就收了，不晓得要不要得回来。"她的记忆力不错。

爸爸说："是哦。但我是民办老师，去年才参加民转公的考试，考上了南昌师范学校，还有一年才毕业，读书期间，工资只发一半哦。"

我鄙夷地看着爸爸，这么大的人了还在读书，竟好意思到处讲。你不要脸，我还要脸呢。我低着头，看着脚尖。

朱老师严肃地看着我："抬起头来，你看看你，屋里这么困难，还是农村户口，更要好好学习了。"又对爸爸说，"他就是不用功，刚上初中，成绩排行第一，我叫他做副班长，结果第一次期中考试，跌到中下。现在算中上，他要是用功，绝对不会这样。"

一会儿詹老师也来了，她没好意思说我抢白她水平不行，估计巴不得大家都忘记。但她心灵创伤看起来不浅，嚷道："越是乡下人，越是农村户口的，越野蛮，越不老实，越不听话，我教书这么多年，这硬是一条规律。"但在爸爸的赔笑下，总算允许我回课堂了。

那天晚上，一切都很平静，我以为事情都过去了，可以重新开始。我坐在灯下，拿出课本和作业本，认真学习起来。我要给爸爸一个好印象，显示自己是浪子回头金不换。他默默出去了，过了一会，又出现在门口，手里握着一根青翠的柳枝，一边走一边挼叶子，我抬起头套近乎："你这么大，还玩柳枝啊。"我以为他想做个柳冠，像电影里的解放军叔叔那样。谁知他挼完树叶，笑着说："不是玩，是拿来打你的。"接着，他就操起柳枝，抽得我像只生猛海鲜，活蹦乱跳。

二十七 国庆节

国庆节快到的时候，爸爸来了一趟金塔街，他刚把自行车搬进屋内，就宣布："国庆节，光头他们想来玩哦，要到我们屋里住两夜。还有莲弟婶，也想来看一下。报纸上说的，这次建国三十五年国庆，邓小平阅兵，会搞得好隆重。我们南昌，作为英雄城，也要放一夜晚的焰火。"

光头是我二伯父的长女。为什么叫光头，我也不知道，也许她小时候头发稀疏。她比我大两岁，读书成绩也好，对祖国的明天充满憧憬，报纸上歌颂什么，她就热爱什么；不歌颂，就不热爱。莲弟婶，则是城南乡下的邻居，五十多岁了，生了个独女，舍不得外嫁，招了个上门郎，以便养老。她的外孙女贵英和大鹅，都是我小时候的玩伴，我们经常在门口的青石板上玩泥巴，黄泥淄泥都玩，但最爱黄泥，因为淄泥太散，捏不出形状。我们用黄泥捏桌子，捏椅子，捏凳子，捏碗筷，而且还玩一种很恐怖的游戏，比如捏个棺材，再捏个小人，把人放进去，盖上泥巴棺材盖。这种悲怆气息我受不了，总是爽然若失。

没想到把莲弟婶那个乡下老媪都惊动了，看来这次国庆节确实声势浩大，土包子们都想来城里，亲眼看看祖国新貌。

　　妈妈自言自语说："屋里这么小，怎么住得下哩？"不过她是极好客的人，马上想出了解决办法：在房间里再搭两张竹床。我们家有两张竹床，一大一小。大的，可供莲弟婶和光头挤挤；小的，归大鹅。虽然接近十月，天气依旧特别炎热，睡竹床一点都不凉。

　　那天，三个人如期来了，看了看我们寒酸的屋子，没有说什么，估计心里都在感叹：好穷，确实好穷。但还是住下了，毕竟来都来了，再说这里确实离广场很近。

　　妈妈那天也破天荒被国家赐假，她把几张票券和一个篮子推给我："去，买两斤肉。就在猪市那里。记到，要五花的哦。"又叮嘱道，"肉票不要跌掉了啦，跌掉了就没有肉吃的。"

　　我捏着珍贵的肉票，带着光头他们一起出门。我知道，因为过节，国家慷慨地给每户发了几斤肉票，没有肉票，有钱也买不到肉。我们走到卖肉门市部，门口热火朝天，队伍排成一条巨大的蜈蚣。我冲向其中一条蜈蚣后面，嵌了上去，像蜈蚣新增的一节，耳边好像听到咔哒的一声，纹丝合缝。紧接着，我屁股后面又嵌上了几个人，这让我感到非常安稳。我自豪地问站在一旁等待的光头："你们那里发肉票不？"

　　光头说："还有肉票发，你以为是你们城里哦。只发了两条鱼哦，大队的塘里捞上来的，一家两条。"

　　我见过乡下分鱼的场景，一条条银光闪闪的鱼，分堆躺在大队部围墙的墙角下，头部暗红，皮下充血，洋溢着青春早逝的气息。大队长唱名，唱到的，就上去领，每户按照人数多少，所得不等。用草绳子穿过鱼的腮部，提起来，一晃一晃地走。很少吃到荤腥的乡下小孩看见了，就免不了开始想象它们安分守己躺在盘子里的样子，我曾经就是这样。

"发鱼也不错哦，我喜欢吃鱼。"我说。

"鱼哪有肉好吃啦？肉，塘里又捞不到。"她说。

"这倒也是。"我说。这时排到我了，我的脸紧紧贴着窗口的栏杆，身后的人还不罢休，推推搡搡，简直想把我从窗口塞进去。但我不在乎，这是过节，应该有这种热闹的气氛，我也希望光头能目击这种热闹的气氛。我从窗口递过钱和肉票，卖肉的并不看我，三下五除二将肉斩下，扔到秤上，又提起来，挥刀修订了两下，扔回秤上；再次捏起，摔进我的篮子，意气风发："正好。底下。"最后两个字连读，"下"字的发音与平常略有不同，声母由"h"变成"g"，也就是说，从畏畏缩缩的摩擦音，变成爽快干脆的爆破音，显得大气磅礴。我提起篮子，还没挪动，早就被身后的人群挤了出去，好像阉割工匠从牛阴囊里挤出一颗睾丸。他们推举出我身后那个人，再次将他的脸死死按在窗口的铁栏杆上。

我带着光头他们去买豆腐干。城南的乡下，间或会有农人杀自养的猪来卖，但没有人会做豆腐干。从某个角度上来说，这是比肉还珍贵的东西。豆腐干也凭票，花样繁多，有块状的，有盘香状的，有香肠状的，琳琅满目。地址在卖肉的斜对面骑楼下，光线比较暗，黑魆魆的。这里偶尔也卖牛肉，我曾经看过现场杀牛，非常可怕。牛被牵过来，抖抖索索地站着。一壮汉光着膀子，双手握定铁锤，抡起一阵风朝牛头砸去。牛趔趄了一下，后退几步，好像一个铁杆爱国者，又重新站定，眼泪汪汪看着壮汉，好像那就是他的祖国。壮汉可不管那么多，抡起铁锤又是一击，牛浑身一阵巨颤，终于站不住，庞大的身躯重重摔倒，淅淅沥沥拉起尿来；鼻子里喘着粗气，四脚抽搐，全身颤栗，瞳孔逐渐放大，含恨看着这个残酷的世间，陷入昏迷。牛的脾气真好，要是猪，早就哀啼婉转了。杀猪我在城南见过，几个害馋痨的成年乡下男人，将一头清清白白的猪堵在土墙角落里，七手八脚，强行捆上。猪撕心裂肺地呼救，可是没有一个人理它，都害着馋痨呢。它被死死绑在俎上，猪头悬空，是那么无助。猪头下搁一个大木澡盆。随即一人上前，将尖利的刀捅进它肥硕的脖子，喉管一漏气，它凄厉的呼喊就终结了，血柱之外的分支像落梅一样四处喷溅。它的眼珠也瞬即停止了转动，晾在这个它无比眷恋的人间里。

很残酷，名称是"人间"，意味着与它这头猪无关。

现在没有牛肉卖，我各选了一样豆腐干，又在菜市场转了两圈，不经意地问光头："你们那里现在有卖菜的不？"

光头也比较配合："我侬乡下，都是自己种菜，哪有钱买菜吃。你不晓得啊？！"

这就足够了。我们提着一篮子肉菜，欢天喜地回去。

晚上，享受完丰盛的晚餐，妈妈说："带你姐姐和大鹅去看下夜景啰，人家难得来一趟城里。"

这是个好主意。我和妹妹带着光头、大鹅，顺着街，一直走到了高桥商场，又走到江西影剧院，起码走了两三公里。在江西影剧院门口，我看见门前黑板上写着硕大的几个字：祁连山的回声。下面是密密麻麻的时间场次，我定睛看了看，如果愿意的话，正好可以进去看最新的一场。我问："看不看电影？这是全江西最大的电影院。"

也许后面那句话管用，他们都异口同声："看。"于是我掏出一块钱，妈妈给的。光头已经瞥见，"我来。"她三步并作两步抢到窗口，掏出同样红红的一张钞票，"买四张票，八点二十的，马上开演的。"

我无可奈何把自己的一块钱塞回口袋，没有暗喜能落下一块钱，也许我该暗喜，但我真没有，因为我很想为他们花掉这块钱，真的。

江西影剧院的确是全江西最大的电影院，其他电影院的30号座，肯定已经差不多靠墙，但在江西影剧院，还位于中间的边侧。电影很不好看，我没有看进去，因为我之前在电视机上已经看过《霍元甲》《血疑》和《排球女将》，这种打打杀杀的革命电影，已经不合我的胃口，我感觉他们也没看进去。但这不重要，重要的是我带着两个乡下亲戚和朋友，来城里最大的电影院看电影。

第二天就是十月一日，一大早，我们就挤在外公家的院子里看电视。旁边的美人蕉开得正艳，爸爸没有让我安心观看，他用一块破毛巾缠在我的脖子上，要给我理发。当然没有电动推子，是用那种锯齿状的理发剪，不知道这个铁公鸡从哪弄来的。显然用得年月长了，比较钝，每剪一下，都仿佛在生扯我的头发，疼得我呲牙咧嘴。电视里小平同志在一遍又一遍地喊："同志们好，同志们辛苦了。"解放军士兵们也在一遍又一遍地喊："首长好，首长辛苦了。"我说："邓小平好像不是国家主席吧，怎么让他来阅兵。"爸爸说："除了军委主席，其他主席都没有卵用，不管什么人，只要拿军队掐到手上，就是老大。坐好，不要动。"他用力按了我一下，继续说："邓小平硬是有两下，毛主席怎么眯（玩），都眯他不死；毛主席一死，他就干鱼子划水，活过来了，还拿毛主席的老婆侄子一家都捉起来了。在中国，只要拿军队掐到手上，就是老大，都要听他的。"我点点头，似懂非懂，好像又有点神往，突然头发又是一痛，我本能地站了起来。爸爸再次用力一按，将我重重按回座位，又是一剪刀。这回我感觉头皮都被他掀下来一块，终于忍不住了，抱怨道："剪个头剪这么久，连把好剪刀都舍不得买，痛死人，你以为是印第安人剥头皮啊。"我的身体扭了一下，但随即脸上火辣辣一痛，同时听到他愤怒的声音："什么好剪刀差剪刀，我还不是用这把剪刀剪的，人家都剪得，就你娇气？就是没驮到打的病。"我哭了起来，光头和大鹅看着我，不知所措。我很想忍住眼泪，但既然没忍住，还不如继续哭下去。我哭得很伤心。

　　下午，我依旧带着光头他们逛街。天气非常热，时不时就想买根冰棒吃。还好，头发剪短了，倒真的比较凉快。街边也时不时看见卖冰棒的老头老媪，以老媪居多。她们步履蹒跚，推着蓝漆斑驳的冰棒箱，谁招呼一声，就会停下，翻开层层叠叠的棉絮，露出穿着包装纸，整整齐齐码在一起的冰棒们。我买了一次，等第二次看见冰棒箱路过，大鹅已经跑上去，我也跑上去，但大鹅推开我，掏出一块钱，对老太婆说："要四根牛奶冰砖。"我有点不好意思，因为冰砖要贵一点。大鹅说："这就是交朋友之道，要交朋友，舍不得花钱哪行。"我望着他，感觉有些事情不大对头。我比大鹅年长两个月，很小的时候，我们就在一起玩。那时还好，我和他打架，勉强能势均力敌。我现在犹能记得和他在老家的宅子后面，像牛一样角力，这家伙力气确实大，我累得不行，很渴望大人们上来，把我们拖开，但没有一个人那么做，反而只听到鼓励的声音。后来他生长的速度越来越快，把我远远抛在后面，如今体形已经当我两个了。他应该开始发育了，这意味着已经长卵毛了，这让我有一点沮丧。他这番话，也显得有些成人，看来长了卵毛就是不一样。

晚上才是重头戏，光头他们就是为这个来我们家的。我们一人拎着一只小板凳，赶往八一广场，我手里还多抱了几个月饼。广场上人山人海，热气腾腾，月亮悬在中天，看上去也仿佛黏糊糊的，沾满汗渍。不过我还是兴致勃勃。一个大喇叭正在洪亮地播放着通告，大意是说，我们英雄城南昌，是伟大的人民子弟兵的发祥地，是我们伟大的党能够成就丰功伟业的基础，五十七年前，就是在这里，打响了面向国民党反动派的第一枪，经过艰苦卓绝的奋斗，牺牲了无数先烈，最终迎来了全国人民的解放。所以，为了配合国庆三十五周年阅兵，市政府决定，在八一广场进行礼炮表演。

很快，半空中升起了灿烂的礼花，主席台放完了，万岁馆顶楼接着放。卖冰棒和橘子水的老太婆在夜色中穿梭，蚊子在无数条不同的大腿间盘桓，目不暇接，它们一定感觉物质产品极大丰富。我们个个仰着头，张望着半空中绽开的五彩，有的礼花还带着降落伞，每次冉冉降落，人群都前呼后拥，跑上去疯抢，仿佛夜风中起伏的稻田。幸好这样的礼花不多，最终没有发生踩踏事件。礼花的发射时间真的很长，我吃完了两个月饼，又吃了两根冰棒，一软管橘子水，焦渴不耐，礼花还没有放完。不知什么时候，终于等到最后一支礼花冉冉升空，在告别的广播声中，所有人蔫头蔫脑，提起小凳，抛下一地的冰棒包装纸，心满意足离开了广场。

街道两侧都是缓缓移动的人群，我们夹在其中，夜色像一张灰色而致密的网，休想挣脱它的怀抱。每个人都拎着一个小凳，有点像小时候在城南乡下，看露天电影散场。只是城南的夜色更深，像黑色的麻袋，被它裹住的，除了我们，还有稻田和咕咕叫的青蛙；而这里没有青蛙，只有偶尔路过的汽车发出的汽笛声，一点也不诗意。我感觉脖子上黏糊糊的，是汗液留下的痕迹。但刚才的不耐烦已经消失了，我摸了一下脖子，问光头和大鹅："怎么样，你们觉得好看吗？"

他们异口同声："好看哦，放这么多焰火，不晓得要花掉几多钱哦。当真好隆重，不到城里来，硬是看不到哦。"

我淡然说："其实也不怎么好看。"然后将手中的橘子水软管愉快地扔到地上。

二十八　搬家

妈妈讨好地对爸爸说："阎王终于答应了哦。"

爸爸问："答应了哈，他要几多钱哦？"

"一个月二十块。"妈妈说，"我们还是能落下来不少嘛。"

爸爸叹口气："阎王这只人，不晓得几恶，蚊子脚骨上，都要割二两肉去。"但也承认无奈，"算了，有什么办法呢，赚就让他赚了。"

那真是一个繁荣的时代，街头小店，到处开花，秘酵绽放。马路对面的篾匠店，早就变成了杂货店，我妹妹和他家的女儿，绰号叫"大肚皮"的，打得火热，常常能吃到免费的汽水，我多么希望自家也能开一个这样的店啊，但那显然需要本事，像我爸爸那样的窝囊废，绝对做梦。不过有一天，我突然在本地电视新闻上看到了对街的篾匠，他剃着光头，穿着囚衣，和其他七八个凶神恶煞的人站成一排，画外音告诉我们，原来他是一个"粪霸"，霸占了半个城区的粪便，给人民群众的生活带来了巨大困扰，在人民群众的强烈呼吁下，终于被捉拿归案。这真是难以想象，原来家对面那个胖胖的憨憨的张篾匠，竟是这样的人。

很快有人瞄准我们家的屋子，确切地说，是外公家的房子。因为它位于马路旁边，适合商业开发。有一段时间，不时有人跑来，夹着一个上海牌的皮包，站在人行道上东张西望一阵，然后走近院门，轻叩柴扉，要求会晤。他们代表某个单位，打算购买这片宅基地，不过总被外公的血盆大口吓跑："不管建什么楼房，我屋里几个崽，加上我，房子一人一套，这是少不脱的。除此之外，下面一排铺面，也少不脱。"

我真想住那种西式楼房，全身水泥浇筑，水泥地面，一拧，水管子就出水；半夜拧亮灯，就可以蹲下来大便。那样，我就不用羡慕应新生、吴俊那些蠢货了，就算不是城市户口，至少过上了工人的生活。所以，对外公的贪婪，我非常愤慨，在心里骂过他百转千回："这只阎王，不晓得几贪，硬不是人啊。"

接着有人来单独找妈妈，要租我们住的两间破屋。那是一个很胖的妇女，五十多岁，像条独木船一样一晃一晃，划到我家门前，问："这是哪个的屋子哦，可以谈点事情不？"

原来她是做小吃的，租我们的屋子是想卖早点："租金一百二十块一个月。"这个巨大的数字当即将我爸爸击倒，因为他的月薪不过三十块，我妈妈也差不多。

阎王勃然大怒，把爸爸召去，一通叱骂："金龙啊，我吐痰跟你洗脸哦，当初要不是我看你可怜，你想到我门口搭屋啊？梦都不要做哦。你现在随便租给人家卖早点，我门口不要被你作得屎臊尿臭？"

其实也没那么复杂，二十块钱顺利堵住了阎王的嘴，然后爸爸不顾我们所有人的反对，在七八公里之外的洪都大道边租了个房子，房租一个月二十七块。

新居是小姨的老公介绍的，他当时也赁居在那里。那是一个杨姓的村庄，原先也坟冢出没，那时已被开发，傍靠一条大马路，离我上学的中学也近。但公共厕所比金塔街的还要恐怖。有一次，我和同班同学小杨在那不期而遇，他是个名人，前几天上英语课，他像猪婆癫发作一样，突然大叫一声，跳上桌子，用弹弓对着另一个同学发了一弹。台上精瘦的女老师气得浑身哆嗦，走下去揪着他的胳膊，想把他拖出门外，但小杨舍不得放弃宝贵的课堂，负隅顽抗。女老师力气不足，最后自暴自弃，放开小杨的胳膊，蒙住脸哭了起来。课堂上略微安静了一会，但旋即又宛如闹市，女老师发现，原来她并没有获得真正的理解和同情，于是果断停止了啜泣，夹起书，扔下一句话："你们这个班，真是小流氓成堆，我教不了。"走了。第二天，果然换了一个中年女老师，修养很好，不管谁闹，不管闹得多凶，她自管站在那念自己的，完全当我们透明。

和小杨在厕所里碰面，让我意外且荣幸，他蹲在我旁边，一边拉屎，一边亲切地询问我的来历。我没有心思拉屎，一一恭敬回答。他拉完，提上裤子，踏着满地的尿渍和蛆虫走了。我的心这才平静下来，不慌不忙把自己的粪便排到体外。从此之后，他见了我都和和气气，别人看在眼里，也因此对我和和气气。

念高中的时候，有一天中午，我和同班同学老熊吃完饭，讨论一道数学题。老熊也是乡下户口，立志要考大学跳出农门。他很用功，至少比我用功得多，虽然他的成绩比我好不了多少。我对数学不感兴趣，是真的不感兴趣，数学书都是崭新的；而老熊除了数学课本，还额外买了十本八本数学课外题库，每一本都翻得跟破烂一样，所谓"韦编三绝"，恐怕也不过如此。当然，从表面成绩来看，老熊不应该有这么勤奋。我们围着那道数学题，研究了一会，我就放弃了；但老熊没有，依旧趴在桌上，冥思苦想。突然，响起一阵巨大的撞门声，把我们吓了一跳。

我看见了久违的小杨，他还像念书时那样坑精鬼瘦，嘴里哼着小曲，一摇一摆，好像一只跳跃的蚱蜢。身后跟着几个和他年龄相仿的伙伴，也都一副乌头黑壳、营养不良的样子，展示出强烈的乡下青少年特征。南昌人把游手好闲的流氓称为"罗汉"，在流氓这个行当混称为"打罗汉"，以前，乡下青年被困在稻田里，很少有人打罗汉，随着改革开放，乡下也开始出现罗汉了，我不知道是什么原因。

老熊从题库中抬起头，看着小杨，亲切地问："你们好，你们找哪个哦？"我也赶紧对小杨笑了笑，以示友善，小杨没有回应，低头看了一眼老熊的皮带，说："好差。"

老熊腰间系的是一根军用皮带，这是罗汉最青睐的东西。谁要是戴一顶真军帽，系一根真军用皮带走在街上，随时可能被罗汉抢去。大鹅曾经跟我炫耀他的鉴定才能，说真品军帽的下檐有一角是拼缝的，喻示台湾没解放，祖国的统一大业未完成，假的就没有这个特征。我听得稀里糊涂，我对"打罗汉"一向没有兴趣，也没有放在心上。

小杨无疑是发挥了"罗汉"的本能，顺便给老熊的皮带做个鉴定。老熊可能没有理解他的意思，脱口回应："做什么？"小杨已经走到教室门口，闻言回头，随手操起一个板凳，猛然掷向老熊，嘴里吼道："做什么？做你娘的别。"老熊赶紧跳开，板凳砸在墙上，发出沉闷的声音。老熊吓住了，脸皮紧绷，望着小杨，显得很不服气。

"你还相（看），相什么相？老子打死你这只别崽子。"小杨吼得更大声了。

我也吓住了，刚才不还好好的吗？怎么突然就暴跳如雷了。"打罗汉"的人，情绪这么不稳定？好在小杨转眼看了我一眼，叮嘱自己的同伙，"那只扇头就算了，不要打他。"随即奔向老熊。

我眼睁睁看着粗壮的老熊遭到三只瘦猴的围攻，他根本不敢还手。其实我觉得如果还手，以他的体魄，未必会吃太大的亏。他只是抬起胳膊，护住自己准备用来跳出农门的聪明脑袋，其他地方则拱手出让，真是丧权辱国。仿佛正下着暴雨，拳头雨点般落在他身上，啪啪啪，声音清脆，但他一动不动。这悲壮景象，大概让小杨也有点不好意思，他突然叫道："算了，不打了。"他的两个伙伴狐疑地看着他，他解释："这只扇头还算老实。"又对着老熊骂道，"今日放过你，你给我记得，再多嘴，老子打死你。"老熊紧闭着嘴巴，目光中夹杂着愤怒和不解。

在杨村，我们只住了两三个月，那几个月都是盛夏，热得要命。我们租的房子是二楼的一个大房间，有二十多平米。通过外面靠墙单独的"观光楼梯"出入。隔壁还有一个小房间，租给了别人。我每次走上楼梯，都要路过那个房间的窗口。那好像不是正经的住家，没有家具，也没有锅碗瓢盆，只有几个年轻男女出入，神秘莫测。窗户没有窗帘，平常都敞开着，里面一床一桌，一望无遗；但有时会突然挂上一块洗脸毛巾，将窗口遮蔽。我那时还没发育，却也知道，屋里的男女大概正在性交。当然，我从未听到过女性呻吟的声音，就像我从地摊小报和书上看到的那样。可我总是想入非非，充满艳羡。

没多久，铁公鸡觉得二十七块钱的房租也贵了，决定举家搬往城南。虽然大家都不愿意，因为那样一来，妈妈上工，我上学，路途都变得望而生畏。但谁也没有办法，铁公鸡在家说一不二。从那以后，我经常是披着夕阳往城南走，而快到家时，黑夜已经将周围的一切全部吞噬，只剩下青蛙们欢天喜地，呱呱鸣叫。

金塔街这时也出了问题。城管局突然搞了个清理违章建筑的运动，我们住了十几年的屋子，被划为违章建筑，限期拆除，否则就要捣毁。消息传到城南，爹爹主动请缨："让我去住，看他们敢拆。我就不信，共产党的天下，会这样乱来。"婆婆取笑他："撑什么硬气哦，你去大崽屋里讨要养老粮，还被他推得跌到地上呢。"爹爹默然不语。

几天后，十几个城管小伙子们蜂拥上门，每人扛着一根铁棍，不由分说，把屋子捣成了废墟。那段时间，爸爸到处托人找关系，可他一个乡下小学教师，能找到什么关系？只见他和外公等人坐在黯淡的灯下，请了一拨又一拨的陌生人来商量，都是层层请托。那些人个个豪气干云，最低也认识局长，说只要准备点烟酒，就可以搞定，但最终房子再也没能建起来。

爸爸于是去找金顺村的书记老宫，据报纸说，老宫当年在部队表现优异，一门心思听党的话，终于成功加入了党组织，转业后回到村里，被选拔为村书记。他任劳任怨，全心全意为村民服务。这辈子最关心的事，就是提高本村社员的生活水平。爸爸找到他办公室，说明来意，希望他能批一块地建房，老宫说："你不是我们村的，你爱人虽然在我们村，但她是女的，女的不能批地。要批，找你们城南村去批。"

爸爸耐心讲道理："她户口又不在城南，新社会男女平等，为什么女性就不能批？"

老宫说："平等，呵呵，平等，当然是党的政策，按理我们应该执行。但实际操作中，也有具体的困难，何况共产党的天下，不可能两头占便宜。你在城南村有地有房子，你爱人又想在金顺村占地建房子，这能叫公平吗？"

"我是公办老师，户口不在城南，城南村住的房子是爷娘的。"

老宫说："爷娘的，将来就是你的。希望你能理解我们的困难，就好比你们城南村，会给女的批地建房吗？"

爸爸哑口无言，回到家，开始给乡长写告状信，告发老宫把自己乡下的亲戚都弄到金顺村，分良田美宅；而自己一家，户口从出生起就在金顺，却批不到宅基地，这是不公平的，也是违反党的政策的。他写了整整三天，郑重塞进信封，鼓鼓囊囊地寄出去了，没过多久，妈妈正在池子里洗汽水瓶子，突然厂长把她叫出去，扔给她一封信，皱巴巴的，好像久经蹂躏。厂长说："这封告状信，是你老公写的，通篇都是不实之词，对我们宫书记极尽恶毒诽谤。本来我们要采取措施，念在你是老社员，就原谅一回。你回去跟你老公说，再这么不负责任乱写，我们村委会一定不会听之任之。你也晓得，宫书记是我市优秀村干部，得过好几次奖，跟市长省长都握过手，污蔑他，是办不到的，也是不可能得逞的。"

回到家，两个人大吵，妈妈说："你这只铁公鸡，自己没有本事，还想坑我们。你告人家宫书记，你以为你是哪个？人家官官相护，告状信一转身，还不是到了人家手上。你一个男人，指望女方的地建房子，要不要脸哦？我这生世啊，就是被你害死了。"

爸爸说："被我害死了？那就离婚嘛，省得我再害你嘛。"

妈妈嚎叫道："我离你娘卖别，崽女都长得这么大，还离婚。不要脸的东西，你不要脸，我还要脸。"

爸爸抱着脑袋蹲在地上，呜咽道："我硬是头世造多了孽哦，找了一只夹沙糕。"

二十九　电视机

大约是寒假，堂兄小林说："去看电视不？今日夜里演《马陵道》哎，香港古装片哎。"

于是裹紧棉袄，跟着堂兄堂姐们，深一脚浅一脚，来到村西头水井边一户人家。堂屋里早已济济一堂，坐满了村里的年轻人。西铁城石英钟的广告之后，正片开始了，孙膑和庞涓在荧屏上斗智斗勇，最后乱箭齐发，庞涓死在大树下，真是过瘾。我天生就喜欢古装片，觉得古人的穿戴真是好看。他们老了，都有一捧白胡子，飘飘欲仙，说起话来，总是那么有哲理，不像现在的老头下巴光溜溜的，特别猥琐。

过几天，爸爸从金塔街回来，说："阎王屋里买了一只电视机哦，花了五百多块钱。"

婆婆艳羡地说："硬是有钱哎。"

正是包产到户政策刚实行的年月，农民们突然在年底分到不小的一笔钱，我舅舅几个瞒着外公，从商店抱回了一只日立牌电视机，黑白的，十二寸。看来，城南乡下同时也出现电视机，不是偶然的。

我于是迫不及待想回到金塔街。电视机，让我对乡下的生活产生了强烈的逃离冲动。到别人家蹭看，和在外公家看，心情自然是不一样的。

　　一回到金塔街，就感觉到气氛不同，小姨首先迎上来，脸上笑眯眯的："屋里买了电视机，夜晚有电视看哦。"小姨只比我大五岁，仿佛姐姐，曾经带我在旭日商店斜对面的文化馆看过彩色电视，五分钱一张票。第一次是放《钗头凤》，看得我打瞌睡；第二次不错，是电影《曙光》，打仗的，歌颂贺龙，有些画面吓得我心脏砰砰直跳，我没想到红军也会那么残忍，肃反，自己人杀自己人，眼都不眨。

　　吃完晚饭，小姨带我去系马桩的商店，买了两包糖豆子和蚕豆，然后我们回家，坐在电视机旁。二舅拧一下按钮，嗤的一声，荧屏上出现一个年轻小伙子的头像，正在播报两伊战争。接着换了画面，模糊不清，只看到一个人影将炮弹塞入炮筒，又捂着耳朵跑开，随即炮筒喷出火焰。不久后播天气预报，很快又演出正片，荧屏上显出"响铃公主"四个字，故事已经记不清了，只记得女主角脸盘大，肤色黑，却很漂亮，我前不久看过她主演的电影《红牡丹》。

　　小姨那时还没有男朋友，她的眼睛近视，每天晚上都搬个小凳子，侧身坐在离电视机最近的地方。最有名的，是播《敌营十八年》；然后是南斯拉夫连续剧《黑名单上的人》，里面南斯拉夫共产党员像老鼠一样奔逃，依旧被盖世太保追上，一阵乱枪击毙，这让我百思不得其解，怎么外国的共产党员这么不经打？甚至有的被捕后，一顿酷刑，将机密和盘托出，一点都不英勇，比我们国家的共产党员差远了！

　　当然还有其他温情外国片，比如《大卫·科波菲尔》，每次播完它，才是《敌营十八年》，我们都不喜欢看，索然寡味，犹记得主人公还是个没发育的小孩，就强行要吻一个年龄相仿的小姑娘，这小孩还竟然是正面人物，还竟然敢拍出来，英国人怎么这样流氓，公安局就不管一管？

很快小姨就不见踪影，因为她有男朋友了，我不明白，为什么男朋友比电视的诱惑还大？有时我看着电视，偶尔扫一眼她留下的小凳子，非常怅惘。

有一个单集电视剧《王冕》，讲王冕跟一个老翁学画。老翁须发皓白，宛如神仙中人，感觉古代真是比现在好得多啊！画荷花的情节尤其记忆深刻，涂完色，还要用细狼毫蘸粉色，在花瓣上钩出纤细的竖纹，也就是花的脉络，逼真得好像一阵风吹来，它就会晃两晃。看完独自走出院门回家，黯淡的灯光下，妈妈早已睡着。我掀开粗纱的蚊帐，坐在床沿，脱衣服，脱鞋袜，心情犹自难以平复，又握着冰凉红肿生着冻疮的脚板，独自想了好一会，才钻进被窝。

还有一个单集电视剧《鹊桥仙》，讲秦观和苏小妹的，是在破庙里，男主人公出场，姿态万千，吟出一句诗："两情若是久长时，又岂在朝朝暮暮。"我和我的耳朵同时惊呆了，世间怎会有这样好的诗句？长大后想，却觉得有点扯，有情人老不在一起，情怎么久长？可是诗句就像野蛮女友，漂亮得你抵抗不住。

外公家买电视机后，老姜还活着，他的女儿们还经常跟我们一起看电视。电视机放在大舅房间里，星期天早上也有电视节目，我们总是百般讨好大舅，他那时刚有个儿子，才一两岁，我们说帮他带崽，只求他给我们开电视，看动画片。因为贪看周日早上的《大闹天宫》《哪吒闹海》，我不肯去学校补课，被蒋老师骂得狗血淋头。

很快就念初中了，街上商业活动日渐增多，过年时尤其明显。以往春节前后，只有几个卖气球和彩纸飞机的小贩，现在则摆满了各种鞭炮和新奇玩具。电视机越发普及，几乎家家户户都有，节目也日渐增多，省市都相继建立了自己的电视台。首先是省台，因为庆祝新建，播放香港武打剧《霍元甲》《陈真》，我们惊得差点掉了下巴，世上怎么会有这么好看的电视剧？两年后，市电视台成立，首播节目则是《射雕英雄传》，剧中人个个都有内力神功，和它相比，《霍元甲》简直土得掉渣。另有日剧《血疑》，国产剧《包公》，都让我们神魂颠倒。夏夜，家家户户把竹床搬到街边睡觉，电视机也搬出来，躺在竹床上看。我在外公堂屋里看《血疑》，爸爸把我扯出来，道："这种片子教坏人，不要看。"我只好悲愤地爬上竹床睡觉，却怎么也睡不着。看着铁公鸡躺在星空下，脑袋一歪，似乎进入了梦乡，我又偷偷爬起来，站在裁缝家门口的人群中，看连续剧《包公》。正看得起劲，突然脸颊一阵热辣，我惊恐转头，见铁公鸡怒气冲冲："还偷看恋爱片，人才几大，心思就这么腌臜？"我泪水盈眶，想辩解又无从开口，也不想开口，只觉得心中天昏地暗，怎么摊上这么一个爸爸，完全就是一条疯狗！

冬夜里，经常和外公一家围着火炉看电视。周末，爸爸来了，被舅妈们邀请打扑克，那时他们也还年轻，边打边看。荧屏上播放着连续剧《诸葛亮》《霍东阁》，他们却已经不能全身心投入，对电视剧的热爱，成了明日黄花。

当我们住在杨村的时候，离开了外公家的日立，只能去小姨家蹭看《射雕英雄传》，有时候他们已经昏昏欲睡，剧还没有播完。我们都苦劝爸爸，也买一台电视，总被拒绝。好在他终归是人，每天天一黑就睡，他也受不了，终于对小姨的老公说："请你帮忙，买一台电视机啰。"

之所以不自己去买，是因为小姨夫确实很"调"，能说会道，朋友多，吃得开。而我爸爸是上不得台面的，他常常自哀自叹："我要是稍微调一点，早就入党了，早就可以吃剥削了。"

第二天傍晚，小姨夫就来了，从他的飞鱼牌自行车上卸下一个大纸箱，又将一个塑料袋丢到桌上，说："发票在这里，保修一年，总共五百二十一块。"

爸爸一面说着感谢的话，一面割开纸箱，将电视机和两块白色的泡沫塑料一起提了出来。真是相貌堂堂，荧光屏位于中间，左右两边各有一个喇叭，好像双卡录音机，连天线都有两根，跟教科书上画的一样；而外公家的那台日立，只有一根天线。只是牌子没听过，叫什么"凯悦"，远不如"日立"如雷贯耳。

那天晚上如同过年，我们欢天喜地打开电视，播的是《八仙过海》，香港电视连续剧。我有一种异样的感觉，就是感觉八仙们，或者说时尚，通过这台现代化的机器，终于嵌入了我家，再也跑不出去了。我们也是有电视机的家庭了，想想真如在梦里！

接着就搬到了城南，爹爹、婆婆还活着，但那幢地主的老宅子前些年已经拆掉。大伯和二伯依旧在原地建屋，却没有多余的地方分给我爸爸，经村干部调解，重新给爸爸分了块地，搭了一间简陋不过的屋子。这屋子和大伯、二伯家的新宅子一样，都再也没有地板阁楼，只有一地的泥巴。爸爸因为更穷，更偷工减料，因此，屋子更窳劣，墙壁凹凸不平，红砖面，没有粉刷，两个房间一左一右，除了一扇破旧的大门，连房门都没有。这是一栋滥竽充数的乡式农宅，老伯和二伯的新房子稍好一点，但好得也有限，不过大概他们不觉得。

爹爹和婆婆又随我爸爸一起住，地方远离老宅。屋后除了一个池塘，再没别的人家，显得冷僻萧瑟。

于是每天早上，我和妈妈一起，赶台钳厂的班车上学。有一天下午，我在校门口等车，妈妈早就在车上，见了我，紧张地说："听说屋里着了贼哦。"我悚然一惊："那电视机呢？肯定被偷了。"妈妈说："还不晓得。"我很难过，回到家，却发现电视机完好。婆婆有点不好意思："我就出去了一下子，回来就发现门被撬开了。"爸爸煞有介事地拿出纸笔，描摹闯入者的鞋印，水波形，说要报案，但警力哪会为他浪费？当然没有什么结果。好在家里赤贫，没有现金，不过丢了几十块钱的国库券而已。

吃晚饭时，邻居纷纷来吊问。二十多的男邻居华子义愤填膺："下午听我娘说，会生婆屋里着了贼。我还奇怪，两个老人家，屋内有什么可偷的嘛。才晓得是细崽跟新妇也搬来了。"很显然，贼以为我们家是城里人，有很多油水。我想他们肯定很失望，会破口大骂："原来是只穷鬼，比我侬乡下人都不如哦。"

邻居七嘴八舌，有的说："肯定是村里那些好吃懒做的后生子做的。"又有的说："这些后生子硬是坏，连人家两只老人家屋里都偷。"

　　婆婆说："还好哦，没拿电视机也端走哦。"

　　爸爸说："电视机家家户户都有，这么大的东西，偷出去也不好转运。"

　　我总是站在屋后，看着池塘和池塘外目极千里的稻田发呆，哀叹自身的命运每况愈下。有个邻居见到爸爸，搭讪道："你屋里都搬到乡下来了哈，不再走了？"爸爸说："哪个晓得哦！"这句分明是掩饰羞愧的话，被妹妹听到，传给我，当成笑谈。我也加入了取笑的队伍，心底却萌生一丝希望：他这么说，难道我们还有重回金塔街的希望？

　　和童年时的老屋不同，再也没有堂兄弟堂姐妹一块玩，寂寞时，只好经常跑过半个村庄，去找他们。他们不再围上来，听我描述城里看的电影，虽然依旧比较热情。大伯母家的四个女儿，共住东北朝向的一间小屋，小窗外就是当日老宅子的花园兼菜园，现在是一片瓦砾，寸草不生。四个女孩睡在一张大床上，很拥挤，但和旧时住在老宅里那样，非常温馨，令我神往。叽叽喳喳，该有多少有趣的事可以聊呀！

　　二伯家也经常去，他喜欢读书，所以经常能从他那捡到一些书看。他的大女儿光头，和我有更多的共同话题，喜欢探讨一些形而上的问题，不过总不如在大伯母家那么热闹。

　　后来日渐长大，串门也少了。一个夏夜，妈妈还没回家，婆婆做了晚饭，因为太热，把桌子搬到外面。妈妈感觉不合口味，嘟哝了两句。婆婆也有些不高兴："我这么大年纪，弄饭弄到你们吃了，还那么多话。"这让我深感忧虑，生怕她们吵起来。好在没有，往后也没什么机会，因为第二年，婆婆就去世了。

有时在外面小桌上吃饭，电视机也搬出来，放在凹凸不平的窗台上，看着老革命剧的翻拍《欧阳海》，边吃边看。剧情紧张，似乎还不错。婆婆生病的那些个晚上，正播放《济公》，听到那迂腐书生的台词："想我这蟾宫折桂之手，怎能去干那加减乘除的勾当。"爸爸大笑："一只尽料的扇头，只会白嚼，一钱事都做不来。"

也正在那时，爸爸妈妈经常要去金塔街那里，商量怎么保住那个老屋。我们害怕，叫爹爹和我们一起看电视，看《铁道游击队》，问他："日本鬼子是不是真的跟电视里演的那么坏？"他可能惦记着另一间房的婆婆，答非所问："如果真的有鬼，我也打不赢它呀！"

随着我们逐渐长大，一间房逐渐住不下了。有一天我见妈妈和爹爹在吵闹，大概是妈妈希望他搬到我二伯家去住，因为二伯又建了一栋新楼，老房子空着。爹爹不愿去，对妈妈发怒："一日到夜就晓得吵吵闹闹，老妈子就是被你气死的。"他说的是婆婆。

妈妈当然不承认："怪我啊？人老了就会得病，哪个还能活一百二十岁啊？总不要死的。"

爹爹怒不可遏，拍着饭桌大吼："就是被你气的，还想抔[1]我走。这间屋当时建起来，我也出了力，我也有份，你当时在哪里？现在抔我走，你这只恶女人，没有良心的东西。"

妈妈说："你也不体谅一下我们，脱大的崽，跟我们挤一间房，你看得过去？你对哪个拍桌子捶板凳嘛。"

---

1 抔：南昌方言，赶。

后来爹爹还是搬走了。妈妈为自己辩解："不是我恶，实在是屋里住不下哦……他一日到夜搁手卡脚，坐到那里，跟顶（尊）菩萨样的，还捶桌子打板凳，戳戳骂骂。"

我失声而笑，妈妈的描绘倒是挺形象，印象中的夏天，爹爹经常坐在树荫下，或者房屋前，袒胸露乳，露出两版肋排，肩胛骨窝深不可测，足可以盛两碗水。就那样一直坐着，纹丝不动。暮年的气息在他四周流淌，而他那刻的内心，大概正波澜汹涌：这美丽的夕阳，还看得了多久？

妈妈的行为似乎太过分，但我也不知说什么好。也许我应该像书上记载的那样，数落妈妈："你不对爹爹好，将来怎么指望我对你们好。"但说不出来，而且我怀疑那些故事是文人编的。一般情况下，人对父母的亲昵，远远压倒对祖父母的同情，不可能因为别的什么原因改变。

有一天，我踱到二伯那个老房子，看见爹爹坐在院子里，正在缝衣服，身上穿的衣服打满补丁，瘦骨嶙峋，脸上老人斑星罗棋布，眼珠浑浊无光，像被两泡陈尿泡着。他看着我，微微笑了笑："你来了！"有些凄凉况味。我一阵心酸，也不知说什么好，只浮现出妈妈以前对他的形容："每日回家，就看到他跟尊菩萨样的，搁在那里，一动不动，胛窝装得下一碗水。"

爹爹搬走后，妈妈请人把两个房间的地面浇了水泥，大概因为省钱，水泥少，沙子多，地面浇得疙疙瘩瘩。但她仍旧每天认真擦洗，不管回来得多晚，也要完成这道程序。干净得让我们夏天习惯铺个席子，坐在上面看电视，甚至干脆躺在上面睡觉，身边杭生牌台式电扇蹲在地上，不停把脑袋转来转去，殷勤吹拂；凯悦牌电视机黑黑白白，一闪一闪，映着大家专注的眼球，也黑白分明。那些日子父母还年轻，我也年轻。

那时的节目，最记得的是《海灯法师》《天涯同命鸟》《阴阳鉴》，还有一些香港剧《神雕侠侣》《流氓大亨》，因为经常停电，看着看着，就"啪"的一声，荧光屏闪出一道白光，四下一片漆黑。我们破口大骂："戳他娘的别，又停电，正演到好看的时间。"但也只能哀叹着跑出来，躺在外面的竹床上，望着灿烂的星河，唱着影视剧歌曲，以遣漫漫长夜。那时，一句其他的流行歌曲都不会，天空真的很纯净。

冬天的日子难过。在我有了自行车，再也不用赶台钳厂班车的那段时间，每天早晨要骑车迎风北行，朔风怒号，两只手虽然带着皮手套，也冻得几乎没有知觉。风击打在脸上，让人气都喘不过来，自行车的速度，仅仅能维持不倒，真觉欲哭无泪。

最记得看香港剧《武则天》，觉得冯宝宝好美。她那时还没有进宫，和心上人坐在草垛上谈笑，突然她的男朋友旋转着飞了起来，像龙卷风出没，同时剑已出鞘，然后一片金铁交鸣的声音，打得天翻地覆。我大吃一惊，原来历史剧也可以武打。片头的主题歌好听，"谁人做我公正，心中会不痴情"，伴随着冯宝宝由明艳走向阴郁的面孔，顿感人世沧桑。

似乎因为实在上班不方便，有时妈妈也到外婆家搭宿。听着门后怒吼的寒风，我站在煤油灯下，等爸爸洗刷电饭锅，等待过程中，我会背背诗词古文，以为他也不听。有一天，正呵着寒气背诵，至《隆中对》最后一段："孤之有孔明，犹鱼之有水也，愿诸君勿多言。羽飞遂不复言。"爸爸突然插嘴："背错了。"我说："没有啊。"他说："最后一句是那样的吗？"我默默背了两个来回，说："不是这样的是怎样的嘛？"他说："是羽飞乃止。"我顿时对他刮目相看。天气真冷，躺进被窝也半天不热，等终于热了，又被催促着起床："天光了，要上课了，晏了就赶不上车了。"爸爸站在床边大叫。

冬天，也有温馨的时刻。夜晚，五口人一起，坐在床上看日本连续剧《阿信》，所有人的脚都在被子底下交叉相碰，间或互相挖苦："你的脚怎么跟死人一样，冰凉沁骨。""你的脚才像死人呢。"于是挪动几下，一会儿，大家的脚都热了，专心致志看电视，真是很好的电视剧。第二天，妹妹会哑着嗓子学里面一个老太婆的配音，惟妙惟肖。还有印象比较深刻的，是南昌台《聊斋》系列剧，开头一阵鬼火，一个灯笼，一阵惊悚的风声配音，继而主题歌响起："你也说聊斋，他也说聊斋……"，总让我们心惊胆战。有一天播的是《阿绣》，两个字在片头出现，我见爸爸没有呵斥我去复习功课，心中窃喜，大气不敢出，默然看着，总怕他想起来，一挥手："嘎要死，你读书的人，还看电视啊？"

还有一天播《莲香》，先是一个狐狸，狐狸是好的，真心对书生好；鬼是坏的，专门来吸书生的精血。最后狐狸帮助书生，杀死了鬼。好不温馨。突然荧屏上电闪雷鸣，女鬼披头散发，在书生的窗口出现，吓得我们都尖叫一声，但又何其过瘾。

大多时候的印象，是看着看着，爸爸和妈妈都相继歪着脑袋，发出鼾声，我们还生龙活虎。虽然从年龄来看，他们那时还算年轻，还牢牢统治着整个家庭。

有时候会出现尴尬，某个晚上播放电影《张鸿渐》，也是改编自《聊斋》，说穷书生张鸿渐的漂亮老婆出门洗衣，一路哼着歌，一个地主老财迎面踱来，胡须飘然，色眯眯盯着她，摇着折扇，吟道："真是一曲清歌，暂引樱桃破啊！"我对老财顿时肃然起敬，还知道李煜的词，没准是致仕回乡养老的侍郎呢。然后是张鸿渐坐在粗制滥造的油灯下读书，老婆给他端来一杯热水，说："郎君辛苦了，请早些安歇吧，明日再读不迟。"张鸿渐把着书，眼睛盯着老婆看，一霎不霎。老婆有点羞涩："傻瓜，光看有什么用？"眼波流转。张鸿渐会意，将书扔下，一把将其抱起，两人倒在寒酸的破床上交欢。把我一个清纯的中学生，看得脸辣辣的，耳边适时响起爸爸的感叹："现在的电视，当真是，把好人都教坏了。"

春节时间，对电视的印象尤为深刻。平时没电，电视节目也没春节丰富，就观赏心情而言，吃糠咽菜之后，也不如酒足饭饱之时那么惬意。而饭菜最丰富的时间，就是春节了。腊月二十四是小年夜，腊月二十九是大年夜，晚上有几个好菜：木耳炒肉，辣椒炒肉，蹄花肉，煎鱼。除夕的晚宴，会加一个炖鸡。菜肴起码有六种，还有一瓶南昌土产香槟。这是一年中饭菜的极致，最丰盛的吃喝齐聚今明两晚，到大年初一，就每况愈下，要吃剩菜度日了。

除夕的下午，一般要打扫房舍，写对联，叫做新年新气象。有一次除夕，外面灰蒙蒙的，我和爸爸、妹妹站在桌子椅子上，用积攒的旧报纸糊墙壁和天花板。由于房子破烂，天花板和墙壁都凹凸不平，糊起来很困难。但我们毫不气馁，最后整个屋子都被密密麻麻的方块字填满，面貌一新。我顺势躺在床上，读着墙壁上的字："热烈庆祝党的十三届二中全会胜利闭幕。"感觉人生无比美好。那时爸爸指挥若定，还是一家之主，谁也想不到，他很快就会变成一个没人理会的糟老头子。当然，也并不奇怪，想想每隔十年，世上不知会有多少个家庭破碎：夫妇走向风烛残年，做饭都力不从心；又或者死了一个，家庭也就轰然垮塌。虽然也许不久前，他们还牢牢掌控着一切。

非常盼望除夕，还因为想看那个春节联欢晚会，相声小品固然是最大期盼，但最重要的，在于它传递一种普天同庆的气氛，让我这种乡村穷少年也有那种当家作主的错觉。主持人摇头晃脑，朗诵着雪山上边防士卒的来信，就仿佛我们真在被他们保护，身处一个十亿人之众的温暖无比的大家庭之中。

有一次过年，爸爸还接了一个活来做，帮村里一位率先发财的老板写信封。他们发财的方法，就是印制一些小学生试卷，卖给外省的各乡村小学。原来每个城市的小学真是多如牛毛，我至今犹自记得，光填写广东电白县，都是写不完的"广东"和"电白"两字。后来我找到窍门，廉价买来一袋劣质橡皮擦，刻了"广东"两个字，蘸上墨水，一个信封一个信封盖过去，啪啪啪，效率果然提高不少。后来连各个市名县名也都用橡皮擦刻印，只有具体的乡村名才用手写。我们一边干着这项活计，一边看江西二套播的香港剧《上海大世界》，一心二用，手脚不停，剧情紧张，倒也没有什么遗漏。

再一年春节的晚上，不知初几，我在爸爸妈妈的房间里，看一个西班牙电视剧，不大好看，但我还是坚持看完，等我打着呵欠跑回房间，弟弟已经酣睡。我有点气愤，叫道："赛巴斯先生，您已经看到我了，现在，我不得不杀了您。请原谅，赛巴斯先生！"弟弟嚎叫一声坐了起来，看见是我，嘟哝道："有病是不。"又重新倒下。我揪起他："你说哪个有病。"他讷讷地说："又没说你。"

城南终年缺电，每天只能在油灯下吃饭，洗脸，洗脚，等半夜醒来，一拉灯绳，灯火耀眼，但又有什么意义？春节期间的幸福，只持续到初五。有一年，妈妈听了邻居老媪的怂恿，花了近两百块，买回一个电瓶灯。那是一个公文包大小的箱子，很重，上面支着一盏台灯，没有灯罩。买来的名目，说是让我复习功课，然而在春节享受了现代化照明之后，我们刹不住车，总是围坐床头，让它照耀着我们打牌。我、妹妹、弟弟、爸爸，正好凑成一桌。碰上有很好看的电视，才将电视机插头接在电瓶上，能勉强看个一两小时，然后画面开始剧烈扭曲，对话声也缓慢诡异，仿佛老年女鬼的哀嚎，宣示电力不足，只能快快放弃。电瓶可以充电，但其重复充电能力，比现在的苹果手机电池差得远。大约还不到五十次，就基本上油盐不进，成了一箱垃圾。

实在很想不明白，一向铁公鸡的爸爸，怎么允许买一个如此山寨的电瓶。供我复习功课这理由是说不通的，大约他自己也过于向往电灯。

家里从来都没有窗帘，甚至起初连房门都没有，鬼可以自由出入。最后在我的强烈要求下，妈妈请村里的木工来家打了两扇房门。一个除夕的下午，我骑车去广场新华书店看了一下午书，又去商店买了几尺淡绿的棉布，上面印着更绿的毛竹。我自己动手，做了个简易窗帘。第二天一早，我被那绿色晃醒，门外此起彼伏的鞭炮声，衬着新窗帘，充盈着幸福气氛。

这栋破旧的屋子，看着我们欢声笑语，和悲伤忧愁；看着老的死亡、壮的衰老、少的壮大，人生就像走在流水线上，过一段时间，旧的退出，留下空白，由新的去填补。音韵学上有个研究方法，叫内部拟测法，就是随着岁月的发展，在声韵体系中出现空格，老的退出，新的挤进，真是一模一样的。我们还只是平民人家，我们住的屋子，寿命也不过几十年。那些皇宫大宅，它们才真是见多识广，如果他们能够思考，该是多么悲欣交集！

妹妹念到初二就辍学了，因为她特别喜欢看电视，对那时播放的《一剪梅》《情深深雨蒙蒙》之类台湾言情剧，毫无抵抗力。她还在村里结识了一帮姐妹，这些女孩个个处于春心萌发的年纪。艰苦的乡下岁月，使得萌动的春心，成为她们枯竭心灵的唯一滋润。她们大概都盼望在不久的将来，嫁一户好人家，改变目前蔫黄的生活。这种期望，需要找人倾诉，因此她们常常相聚，拥抱取暖。但迎接她们的，绝对不会是电视里那种浪漫的场景。

有一个亲戚女孩叫艳香，和妹妹尤其打得火热，最后晚上也同床共枕。她们曾是同班同学，但艳香小学毕业就辍学，妹妹还在初中苦苦支撑。终于有一天，她也提出了辍学的要求，说想跟妈妈一起，到炒货厂去包糖果，挣钱养活自己。另外还有一个理由，就是她在城里那所中学，感觉特别孤寂。学校虽然很烂，学生到底都是周围的工人子弟，他们仿佛熟知妹妹的情况，叫她"乡下妹子"。爸爸权衡利弊，批准了妹妹的请求。从此，她如愿告别了学校，而那是我一辈子都不想告别的。我无法想象，一个人年纪轻轻就离开学校，该是多么可怕，这种恐惧可能渗透到了我的血液之中，让我后来毫不犹豫找了一所高校谋生。我再热爱电视，也不愿意和学校决绝。我经常想，如果离开学校，被抛到险恶的社会，将有怎样一种不安全的感觉。

这些记忆碎片，像树叶缝隙间透出的斑驳阳光似的，一直躲藏在脑子里，总在不经意中突然熠熠生辉，照亮沉睡的情感。它们一定是我心中非常重要的部分，至少，它们契合我的心灵。

三十　蹭饭

外公家的院子门上，有一个粗糙的屋顶，用油毛毡草草搭盖的。我和小舅在它下面摆了一张小竹床，坐着下象棋。太阳火辣辣笼盖大地，脚下的土仿佛随时都会不堪忍受，"喷"的一声爆发，燃烧起来。我百无聊赖地移动着棋子，其实没有多大兴趣，我的心思全部落在大舅买的一本准色情期刊上，那个期刊名叫《金盾》，封面上画着一个穿红色连衣裙的少女，两个雪白的、圆滚滚的乳房裸露在外，脸上一副惊慌失措的表情，暗示乳房的裸露，实非她本人所愿。在她上方，则画着一个戴着大盖帽的公安民警头像，目光炯炯，满脸正气，对位于自己下方的乳房视而不见，一门心思都在考虑如何才能改善社会治安，更好地为人民服务。少女下方，是硕大的"金盾"两个字；下方，是"逃离淫窟的少女"；再下方，印着一行小字：XX市公安局主办。

那本杂志现在正静静躺在大舅的抽屉里，我很想摊开它，快速寻找那些准色情段落，如饥似渴地阅读。对"乳峰""丰臀""乔其纱"这些字眼，正常人都会有特殊的敏感。当然，在外公家看这种杂志，不是一个很好的所在。我希望能带回城南的家，躲在阴暗的角落，细细品味遐想，可是，杂志是大舅的，我只能在这里看。可惜正要看的时候，就被小舅叫了出来，他要我陪他下棋。我不敢不听。

下棋的间隙，我时不时望望院外，纯粹无聊。小舅的棋艺很低，我足以从容不迫。突然，我发现一个熟悉的人影走过来了，好像那是妹妹。怎么回事？她怎么也来了，我当即梦游一样站起来，迎了上去。

"不是说好了，我来你就不来，你来我就不来的吗？"我走到她面前，很生气，低声斥责。

她躲避我的目光，盯着随时可能燃烧的地面："今日太晏了，赶不回去吃饭了。"

我说："你怎么跑出来了？"

自从搬到城南以后，我们就没吃过像样的饭菜。家里的米总是有虫子的，细细的肉蠕虫，和浑身硬壳的象鼻虫，应有尽有。这可怎么办？我们的办法，是偶尔去外公家蹭饭。自从我们被赶离金塔街，他的日子一天比一天红火。由于房屋靠近大马路，不断有人来找他，商谈拆迁补偿事宜。每天早上，他提着篮子去菜市场，鸡鸭鱼肉一个劲往家里搬，见了我们，就会感叹："油荤太重哦，现在吃不了几多哦。"他家的米粒，都是细长细长，半透明的，玉粒金莼，前两字用来形容他的米，毫不过分。

我和妹妹曾经商量，如果要去外公家蹭饭，就轮流去。两个人一起，一定会招致外公的脸色。当然，即使一个人去，他未必就不给脸色，只是尚不至于让他彻底撕下伪装。一个人吃的毕竟少些，他多少会藏怒强忍。我们虽然年龄小，多少有点骨气，等闲不会去吃。但有时真有难处，比如上学时遇到雨雪天气，回城南就有些难；还有时候去城里玩，不到他那里蹭饭，实在找不到别的办法。我们可没有钱下馆子。

我想起了外公难看的脸色，对妹妹说："那怎么办？你说话不算数啊，以前给妈送饭也是这样。"我很愤激，简直带着哭腔。

妈妈曾经在村办食品厂工作，那时我们还在金塔街。有一天上中班回家，妹妹和弟弟都睡了，我趴在灯下看《中学生作文》，爸爸也坐在身边，他正在南昌师范学校补文凭，所以常来金塔街。这时妈妈披着夜色走了进来，她穿着粗糙的工作服，脸上露出一丝若有若无的得色。走到灯下，突然从口袋里掏出拳头，摊开，是两块小小的饼干。她笑道："我偷出来的。"但脸上并没有羞耻。

饼干实在好吃得惊人，里面可能掺杂了杏仁，或是别的什么坚果。我说："没想到你们在做这个，好吃，确实好吃哦！"

她说："你每日去给我送饭嘛，在车间里，吃几多都没人管，只要你肚子装得下。"

这当然是好差事，但妹妹也不会让我独吞。于是商量好，一人送一天。爸爸嘲弄地说："你们这么馋，当真羞死好厚的人哦。"我也有点抬不起头来，但那时我的思想没有现在这么深邃，否则我会一句话把他撑靠壁："还不是我爷没有卵用，他要买得起饼干，鬼才抢着去送饭。"

饼干似乎总没有吃腻的时候，除了那种小小的杏仁饼，还有华夫、桃酥、老婆月饼，以及其他叫不出名字的种类。即使是普通的桃酥，也比外面卖的好吃许多，大概因为是刚出炉的。第一次来到车间，我看见一个刚捏好的饼干方阵，整整齐齐蹲在传送带上，气氛悲壮。电钮一按，它们被缓缓送入炉子，好像集体屠杀。没过多久，炉中溢出可怕的香气。不劳妈妈亲自动手，她的那些同事阿姨就抓起一个，塞到我手中："吃啦，崽啊，最新鲜的，外头有钱都买不到的哦。"

我一边啃着美味的饼，一边四下观看。在墙角的一个工作台上，我看见老鼠和蟑螂车水马龙，宛如赶集，但所有人都视而不见，妈妈解释说："那堆佐料啊，是做月饼馅的。不到这里做事不晓得，要吃饼就吃桃酥，只有桃酥干净。"

有一天傍晚，我心急火燎跑回家："给妈的饭准备好了没，我今天值日，跑回来的。"

爸爸说："这么晏才回来啊，你妹子已经先去了哦，她想吃饼干哦。"我如雷轰顶："这才晏几分钟嘛，我能去哪里嘛？今日轮到我，她怎么能去？"爸爸笑了笑："有什么办法呢，她也馋呗。"

我说她不讲道理，就是指这件事。

"没有办法。"这会她低下头，"就只一次啰，总不会拿我们赶出来。"

"你总是没办法，可我没那么厚的脸皮。"我低吼了一声，想了想，毅然撒开两条腿，往马路上大步走去。我听见舅舅在后面喊我："马上吃饭了，你到哪里去哦？"

我没有理他，走得飞快，感觉胸中燃起一股悲壮的烈火。我想起了大舅舅抽屉里的准色情杂志《金盾》，想起了封面上那个裸露着两个雪白乳房的少女，但奇怪的是，我再也没有一点冲动的念头。

三十一　乡下话

作为城南小学老师的爸爸，他的发音也常常被我们嘲笑。

我会朗读《草原》那篇课文："今日，我们看到了草原。"

但接下来，不是"那里的天比别处的天更可爱，空气是那么清鲜，天空是那么明朗"，而是我的创作："草原上一只野鸡被猎人打死了，一是因为这只野鸡没有本事，二是因为这只野鸡太老实了。"

"打死了""本事""老实"，这三个词的发音，城南和金塔街很不一样，金塔街的"打""本""老"都是念上声；城南的发音，则像普通话的阴平，有着鲜明的乡村特色。我念的时候，模仿爸爸的乡下口音，以示讥讽。他当年每次去金塔街，总因为这些或者其他因素被我二姨突然呵斥。我二姨精神不正常，对乡下人有一种天然的歧视，对别人还好，看见我爸爸，就会没事找事："你望到我做什么？乡下人。"爸爸总是和气地反驳："我哪里望到你了嘛？再说你没望到我，怎么晓得我望到你呢？"二姨不屑地说："你不是望我，你是睒[1] 到我。乡下人，一口乡下话，还在这里起劲。"爸爸只好笑一笑走开，私下对我们解释："不要跟神经病一般见识，

---

1 睒：瞪。

拿她搁高些。”其实二姨应该知道，自己才是农村户口；也许发病之后，对自己没有认识。当然，她后来如愿，也成了城里人。因为金顺村经常有土地出售，每出售一次，都会获得不少招工名额，家家户户有份。有一次又来了机会，大舅妈想争这些名额，吵得沸反盈天，但没有得逞。最后给了我大姨和二姨，妈妈常叹恨道：“我是过了年龄，不然不管怎样，作为屋里的老大，都少不了我的。”二姨神奇避过体检，成了南昌床单厂的职工。但很快就露馅了，厂长找到家里交涉，意欲退货，但在外公一家野蛮人面前，也不可能得逞。最后只好恳求她别上班，厂里愿意按月发给生活费。

每次念这几句，妈妈也笑得前仰后合，虽然不久之后，她的口音神速染上了城南色彩。她和城南的妇女们，熟稔地在井台边洗衣服，攀谈，讨论家长里短，黄色见闻，仿佛金兰故交，连我爸爸都笑她：“身边死了张屠夫，就换毛吃？什么意思？不晓得吧，我晓得你就是乱学。人家说的是死了张屠夫，就和毛吃？意思是，如果张屠夫死了，难道大家就吃带毛猪？难道没有别的人会杀猪钳毛？你跟那些乡下妇女学，学得什么到嘛？都是些扇头答脑，话都说不清的人啦。”妈妈笑得上气不接下气：“我哪晓得那么多。那句话怎么说啊，刘备借金子，有借没还。”爸爸说：“去去去，你一生一世都学不会。”妈妈自我解嘲：“没有办法哦，吃了哪里的水，就会说哪里的话哦。”可是，我的口音就没变啊。

搬到城南之后，妹妹和弟弟也不得不转到城南小学念书。

其实城南小学，和我当年就读的金顺小学，也没什么不同，都是村办的（当然教育局必须备案）。最大的不同，就是城南小学位于城南村，乡下；金顺小学位于金塔街，城里。还有个小不同，就是城南村是个自然村，全村人都一个姓，而老师又基本都是民办，从这个村选拔出来的，所以称呼这些老师，光称姓是不行的，必须连带叫名字。这听上去不大礼貌，却没有办法。

就历史来说，城南小学比金顺小学长得多。金顺小学是有了金顺村之后才有的，而金顺村又是新政权成立后，将流落在城里的流民们组织起来后成立的；城南小学，民国时就有了。爸爸曾经对我们娓娓讲述校史："创办人就是我们村的，叫褚岳明，旧社会那时间啊，当了南昌市警察局局长，屋里不晓得几有钱，丫鬟佣人一大堆。起了床，只要拿手一伸，就有人帮他穿衣。两个兄老早就跑到黄埔军校去了，毕业后马上就是军长，不晓得几威风，解放后逃到台湾去了。"鉴于爸爸极其痛恨旧社会，我当即就嘲笑他："看来国民党反动派里面也有好人嘛，人家还知道建个小学，造福桑梓。"

他的回答牛头不对马嘴："你晓得不？老百姓那时间穷得连短裤都没有，还想穿鞋子啊？草鞋都穿不起。我的亲娘，听说当时就是在屋里打草鞋，摆到路边上卖，换点米吃的。你晓得几穷哦，要不然也不会跟到国民党逃兵跑掉。"

"看来国民党军纪不行啊，怎么那么多逃兵？"

"军纪那是还可以哦，听我爷说，有两个国民党兵强奸妇女，马上捉到塘边枪毙了。"

"那怎么打不赢共产党？"

他说："贫富太不均了，国民党反动派维护的是大地主大资产阶级的利益，我们办公室的大荣老师，你晓得的，他旧社会就是少爷，听他说，飞机场这边，所有的地，都是他屋里的；老百姓啊，一垄卵都没有，这社会公平啊，太不公平了嘛！"

我产生了兴趣："原来你们老师里面还混进了地主少爷，没被枪毙啊？"

他说："不要听有些人乱嚼，无缘无故，政府都会杀人啊？有血债的才会杀啰。"

"文革呢？他这种地主崽子，很容易被革命群众揪出来打死的吧？"

"那也不会，他那时间还在坐牢呢。"

看来他说漏了嘴，我赶紧追问："啊，坐牢，看来还是差点子被镇压了嘛。"

"他坐牢，是因为男女关系方面的事啦，不是政治问题。"他沉吟了一会，"坐牢也是幸运，至少不敢再乱嚼了。他自己也说，坐牢是赢到了，要是当时在外面啊，早就被打死几回了。"

有一天，爸爸干脆拉我到大荣屋里，接受社会经验教育。大荣先夸张地恭维了我一番，是的，很夸张地恭维我，然后步入正题："读书，你厉害；但社会上的事，我比你还是多懂一些。你晓得我几聪明不？那时间要我发言，给共产党提意见，好多人热血沸腾，纷纷举手，我有那么扇？早看透了。我坐到那里，一言不发，硬要我说，我就一个劲说好，拍巴掌，喊毛主席万岁。那些出身贫农的，有的都被打成了反革命，枪毙了；我啊，大地主崽子，活到现在。我跟你说，这世界头上，没有什么正义不正义的，共产党赶走了国民党，你以为会不一样？其实一样的哦，换汤不换药啊。什么天下兴亡，匹夫有责，那是策（骗）你们这些知识分子的。国家跟你们有个卵关系，负责？你一想负责，就要驮生意（惹麻烦）……"

我很想问问他坐牢的事，但因为涉及男女关系，怕他羞惭，没好意思。可是真应该开口，写出来，没准就是史诗。他躺在摇椅上，捧着保温杯，缅怀逝水年华："什么世道，都差不多，当官的永远吃剥削，穷人永远帮人家卖命。歌厅、舞厅，这算什么新鲜事物哦！解放前城里就有的，我那只去台湾的兄，就带我去舞厅跳过几次舞，跟现在一模一样。国民党、共产党，条条狗都咬人哦。"

他说到民国，我的脑海里立刻浮现出一帧帧黑白电影画面，我总是有一种错觉，那时候的一切，都是没有色彩的；人的举止动作，还是生硬跳跃的，甚至闪烁着雪花点的。

大荣才华横溢，字写得比印刷品还好，据说在狱中，除了会拍马屁，还负责刻钢板，出墙报，深得政府喜欢。出狱后，又叶落归根，被城南小学延请为教师，校园里所有的牌匾都是他亲笔所书。小时候，我常见爸爸给村里人写春联，对他景仰而崇拜，但这时候，我仰头望着教学楼二楼上悬挂的八个牌匾，看着"团结紧张，严肃活泼"八个魏碑大字，刀戟森严，巧夺天工，正是大荣的手笔。我质问爸爸："你为什么写不了这么好嘛？你怎这么差嘛？"他垂头丧气地说："比不得哦，人家是地主屋里的少爷啦，基因好哦。"他还知道"基因"这个词。

不过我小时候见的教学楼不是这个样子，那时只有一层，外表很精致，里面却颇阴森。我常听堂姐堂妹们绘声绘色描述教学楼里的"毛脚鬼"，说有一天晚上，李根香老师去办公室拿她的课本参考书，突然一截毛茸茸的小腿从天花板直坠而下，吓得她夺路而逃，但事后检查天花板，看不到任何痕迹。我说："是不是看花了眼哦。"堂姐小凤斩钉截铁："怎么会看错哦，好多人都看到过啦，张淑梅老师说要复习功课，考公办老师，夜里到办公室去复习，其实是和书舟老师通奸，刚关上门，一条毛茸茸的小腿又突然跌下来，吓得他们奸都没通成。"她稚嫩地笑了起来。

　　不久，老教学楼就拆了，预制板盖的新楼拔地而起。除了我，家族所有的孩子都在这里接受教育，老师们响应党的号召，挨家挨户动员，要家长让孩子上学。他们给乡巴佬描绘了一幅幅美好蓝图，说将来考学进城，就能吃商品粮，当城里人，吃香喝辣。这很有效，等我们全家回到城南，村民的素质明显提高，家家户户都主动把孩子送进教室。但教学楼的设施，实在不敢恭维，窗户玻璃早就残缺不全，被白色塑料布代替。在一片低矮的房子中，二层楼的小学校鹤立鸡群，独自面对怒号的朔风。有一天爸爸回家，指着妹妹哈哈大笑："硬是想不到，她今日冷得在课堂上哭，羞死人哦，搞得我只好带到她去办公室炙火。"妹妹气愤地说："你们这里是什么棺材教室哦，窗户上连块玻璃都没有。"接着，她突然大声念了一段我发明的课文："今天，我们看到了草原。草原上一只野鸡被猎人打死了，一是因为这只野鸡没有本事，二是因为这只野鸡太老实了。"然后严肃地宣判，"你们这些老师，不晓得几差，比金顺小学差远了，我硬是想不到，连念课文都用乡下话念，硬是差得跌跤。"

爸爸的反击很有力，也很无耻："你看下你的户口看哦，到底哪个是乡下人？到底哪个是哦？啊！"

三十二 打人

　　夏天的傍晚时分，大鹅来了，邀我一起去河里洗澡。每到夏天，我们都去池塘或者河里洗澡。如果没有意外，我们都是相邀一起去。光着膀子，左手捏着一条裤头，肩上搭着一块毛巾，右手有时拿着一个肥皂盒，有时什么都不拿。

　　我们一边走，一边聊天，大鹅说："过几日，我们要去教训一只人，你也去帮个忙嘛，怎么样？"

　　仿佛一夜间，城南这个乡巴佬聚集的地方，年轻人也开始不安分了。他们不再老老实实作田，而是三五成群，骑着自行车满街乱逛，看见村姑，就吹着口哨调戏。有时他们骑到一个修车摊边，突然刹车，脚尖点着路面，刹车鼓发出一阵尖锐的叫声。修车摊老板就赶紧放下手中的活，站起来，掏出烟，满面堆笑地迎上去，一一散发。他们接过烟，有的直接点火；有的暂时不吸，夹在耳朵上。其中一个捡起地上油腻腻的气筒，给自行车打气，扔下一张毛票，修车店老板赶紧捡起递回："打个气还拿钱，兄弟啊，这是看不起我啰，这个摊子，有什么事还要请兄弟帮忙呢。"扔钱的把钱继续塞回去："脱卵哦，拿到拿到，有事再作。"腿一蹬，自行车缓缓启动，另一个一屁股跳到后座上，叮叮当当地走了。

这是城南的新生事物，也就是"打罗汉"，随着香港警匪片普及，他们也渐渐说"在道上混"。

大鹅在青云谱中学念书，那是个比我念的中学还要烂的烂中学，只有初中部，学生绝大多数是附近村庄的孩子，大家一般称它为"农中"。我的堂姐堂兄堂弟们，都从农中毕业，或者不毕业。比如我一个堂弟，曾跟我谈起他的光辉事迹："农中有只姓宋的男老师，不晓得几坏，好几次叫我罚站。我读到初二退学，有一日叫了几个兄弟，跑到教室找他，要禬他一餐（打他一次）。他正在讲台上约手划脚，不晓得几起劲，看到我，抛掉粉笔就跑。我带到兄弟在后头追，拿他堵在楼道。他吓得从二楼一下就跳下去了，脚骨都跌断了。"我惊讶地说："你们这么残暴啊？！"他得意地一笑："残暴，你晓得他几坏？有一次检查作业，他叫全班同学拿教室里的桌子搬开，跟开茶话会样的，空出中间一片地方，然后要我们这些没写作业的，在教室前后黑板间来回跑，每次跑到黑板边，都要拿头撞一下黑板。有一只老短又瘦又小，更好欺负，那只姓宋的就说他撞得不合格，上前按住他的脑袋往黑板上撞，撞得咚咚响。你说他该不该打？"

"按的就是你的脑袋吧？"我笑了。

他说："我还好，就撞了一下。"

在这种破中学，大鹅想学好，恐怕不容易。不过我也是烂中学的学生，对大鹅是五十步笑百步，所以，我没有完全拒绝，毕竟他是我从小的玩伴。我问："打哪个哦？"

"农中的一个老短。"他说，"有个兄弟想打他。"

我说："你们两个人还打不了吗，难道他好厉害？"

他说："厉害个卵，我一个人打他两只都绰绰有余。但是，打人这种事，要体现声势。一两个人跑去打，人家看不起，说你没有兄弟。"

哦，这样。我还是有点担心："我没打过人啊，万一那只人暗地报复我怎么办？"

他说："那只短命鬼，又不是打罗汉的，报复个卵。再说，就一次，他认得出来是鬼打他啊。"又继续恳求，"去吧，就算帮我一次。"

我说："为什么不叫小鹅去。"我心想，好歹我是个正规中学的学生，小鹅早就肄业在家，找他去做这种事恐怕更合适。

"他？"他轻蔑地说，"鹅里鹅气的，我跌不起那脸。"

我于是有点得意："好吧。"

几天后的一个中午，太阳热辣辣的悬在半空，我跟着大鹅，走到门口的马路上，有一个男人已经等在那里。他跨在一辆飞鱼牌自行车上，脚尖点地。看上去十七八岁，比我们都大，普普通通，属于那种作完案，却很难被苦主回忆出面貌的类型。他瞟了我一眼，对大鹅说："这就是你带来的人啊？"仿佛很失望的样子。

我有点不舒服。这也难怪，我一个还没发育的初中生，一副只配被人打的可怜相，拉我去打人，确实有点废物利用。

大鹅含含糊糊地说："打那只扇头，够用了。"

那人说："那就这样吧。"他从口袋里掏出一包牡丹牌的烟，递了一支给大鹅，又递一支给我。我迟疑了一下，还是接过了，脸上一阵发烫，心里却有点满足。

　　我坐在大鹅自行车的后座上，十多分钟后，就到了农中门口。每天上学，我都要经过这个烂中学，从来没想过会进去打人。正是将要上课的时刻，人群熙熙攘攘。我跟着他们俩，走进了教学楼；又走上楼梯，来到了二层。我感觉有无数双眼睛盯着我们，这很正常。在自己念书的校园里，我也一眼能分辨出哪个是小混混。他们走路的样子都与众不同，一言不合就诉诸暴力。我有个同学，有一天正自我陶醉引吭高歌："不要问我从哪里来，我的故乡在远方……"谁知立刻听一人接道："我要问你从哪里来嘛，你的故乡到底几远嘛？"他朝那人看了一眼，马上缩回了眼光，但已经来不及了，那人跑过来，啪啪就给了他两个嘴巴，嘴里还骂道："你相什么相（看什么看），相你娘卖别，老子敲死你。"我感觉现在，自己也成了无数双眼睛中的混混，我有一点不安，也有一点得意。

　　突然大鹅低声叮嘱我："来了，我们一动手，你也上去打。一定要打啦，要不跌死人的。"他对我有点担心。

　　我说："不要紧说（老说）嘛，我晓得。"

　　我们继续走了两步，领头大哥突然叫了起来："就是这只别崽子，给我打。"他已经冲了上去，卖力打了起来。我也毫不犹豫，冲上去抢了两拳，感觉拳头触及一个软软的身体。然后我定睛再看被打的人，他穿着一件短袖海魂衫，面相斯文白皙，简直不像个乡下孩子。他微微蜷着腰，背依墙壁，惊恐地看着我们，好像一只被活捉的老鼠。旁边无数学生望着他，又望着我们，但没有一个觉得惊讶。

　　领头大哥又上前，扇了他一个巴掌，说："你还到处靴祸（挑唆引发祸端）不？你还害我老弟啊，还敢不敢靴祸？"

那孩子连连摇头："我没靴祸。"换来的又是两巴掌。"还没打乖是不？"领头大哥说，他回头看了看我们。大鹅踏上一步，又是一拳打去。那孩子赶紧点头："不靴祸了，再也不靴祸了。"

领头大哥比较满意："下次再啰嗦，拿你打变屎。"

我们三个人大摇大摆下楼，学生们像受过培训一样，熟练散开，让出了一条整齐的通道，只是没有人鼓掌献花。我简直要扬起手掌，叫一声："同志们好，同志们辛苦了。"忽然看见邻居家的孩子小春也在，他比我小一岁，我们都斯斯文文的，暑假在一起下象棋。我猜他怎么想也想不明白，我这样的人也会"打罗汉"，还跑到他们校园里来打人。我避开他的目光，低着头，背对着无数的目光，离开了校园。

领头大哥打开自行车锁，跨上车，脚尖点地，又掏出烟，分别递给大鹅和我一支。这回我没有迟疑，爽快地接过。他给我们分别点上火，三个人一起吞云吐雾起来。我们边吸烟边交流了一下打人感受，之后往回骑，骑了大约五分钟，在一个路口分别，领头大哥对我扬起手掌，说："兄弟，多联系。"我也扬起手掌，笑道："多联系。"

过了几天，我出去玩，走在村庄的路口，那里正在修路，一辆挖土车喘着粗气卖力劳作，庞大的身躯将狭窄的道路堵得严严实实，我只好站在旁边等候，突然发现领头大哥骑车过来，自行车后座上，绑着两个粪桶。我有点慌张，想躲开他。但他已经看见了我，对我笑了笑。我只好硬着头皮上去打招呼。他又递给我一支烟，我装作大方得体地接过，熟练地吸了一口，对答了两句。他说：“有空一起玩，走了。”一蹬自行车，往农中方向驰去，两个粪桶大概没绑牢，又或者是里面装的粪不安分，发出扑通扑通的响声。我望着他的背影，心中不知是什么感觉。我狠狠吸了口烟，将半截烟摔到地上，又狠狠踩了两脚。

三十三　送水

天气非常热。

我和堂妹接受大人的命令，回家去打水。早晨带来的水喝光了，谁也没想到，天气会这么热，人会渴得这么快。走过田埂的时候，我们被邻居大白拦住了，她说："跟我娘说一声，装一壶水，让你们帮忙带过来，谢谢啊。"

大白的妈妈，外号叫地主婆，我很小的时候，每逢一些特殊日子，大队部就要开会，就要把她拉到台上批斗。不过在平时，她和邻居妇女和老媪们谈笑风生，没有什么不一样。批斗时，也只是嘻嘻哈哈走个过场。据说有些地区非常革命，群众苦大仇深，会把地主全家灭门，相比之下，我们这里倒是比较文明。大白长得高大健壮，皮肤也白，我爸爸曾感叹地说："跟我侬这些穷人比，地主的基因还是好。"

我和堂妹答应了一声，继续往回走。堂妹边走边咕哝："叫人家帮她带水，这么热的天。"堂妹是我二伯的次女，很胖，整个人像一个气球，生在农家，她也没吃什么好的，不知道为什么这么能长肉。当然她比较矮，大概营养都分配到横向生产线上去了。我认为人在生长发育的过程中，有两条生产线，一条纵向，一条横向。一个人长得高还是长得胖，就看哪条生产线本事大，攫取的资源丰富。

正是农家的双抢季节，抢着收割稻子，抢着栽种稻苗。天空好像被水洗过一般，一朵白云都看不见。虽然只是半早上，太阳已经够毒辣，到处都黄灿灿的刺眼。在太阳力不能及的地方，比如屋子里，树荫下，眼睛是好受些了，暑热却低不了多少，只觉得浑身像要冒火。田埂两旁都是金黄的稻子，我低着头，像瘟鸡一样踽踽而行，稻田里几乎所有的雄性都脱光上衣，袒露出黑乎乎的上身；裤腿高高卷起，两条棕黑的双腿，在水田里趟来趟去。女人们略微有些不一样，年轻一点的，比如大白，戴着草帽，整个脸还用毛巾裹住，比中东女人还严实。上身穿着长袖秋衣，下身套着劣质布料的长裤，裤脚在泥水里摔来摔去，每走动一步，都发出啪嗒啪嗒的响声，好像一条响尾蛇。在这样的天气，裹得这么严实，简直是蒸包子。她们的担忧，不过被太阳晒黑肌肤。可这是徒劳，实际上，她们中间没有几个真正算得上白的。阳光奋力穿透厚重的外套，强行在她们身上捺下印记，尽管烈度有所衰减。她们的皮肤，大部分是浅棕色的。

爸爸常拿她们给我现身说法："你看，她们还是闺女子，还能讲究一点。将来嫁了人，生了崽，那不跟男的一样啊。"他说得很对，稻田里那些中年妇女，确实跟男人一样，除了不袒胸露乳，个个也都乌头黑壳。乡下人不会动不动就离婚，一旦嫁人，就算找到了归宿，晒黑一点也无所谓了。每当这时，我就会想起学校里那些城里的女孩，想起她们白里透红的脸蛋，雪白的胳膊，和那种不知稼穑艰难的慵懒和悠闲。就算乡下的女孩和她们一样白，那种慵懒也是学不来的。我承认，我喜欢城里的女孩。

这也正契合爸爸的言外之意。自从民办教师转为公办之后，工资高了很多，他一直得意非凡，也巴不得我初中毕业，能考上他的母校。有一天，他参加同学会回来，把破旧的自行车搬进屋，草帽没摘，水也没喝，就兴致勃勃描述他那些同学的装束。其实用不着他描述，我是经常见的。通常是上身短袖衬衫，下体西装短裤，露出两节不事劳作的小腿；脚上套着丝光袜，脚底蹬着包尖皮鞋，皮鞋面的左右两侧是一排长形的透气孔。除了上下班，他们等闲不出门，出门不是旅游，就是买菜。男的，往往张开手上折扇，顶在头上，挡住肆虐的阳光；女的，则多半撑着阳伞；倘若骑车，则戴着可以折叠的丝绸白帽，手臂上套着两个衫袖套，一样是怕晒黑。不过，阳光对她们轻薄的遮挡物却无可奈何，不会留下印记，这大概因为她们暴露日光下的时间较短，还可能她们远离蒸腾的暑土之气，那些暑土之气，能辅助阳光，将印记打在皮肤上。

爸爸描述完毕，又以语重心长的劝诫结束："好好学习，等你考上南师，也可以穿衬衫，穿西装短裤，吃国家的，用国家的，免费旅游，一点子太阳都晒不到。要不然，就要跟他们一样作田，活受罪。"他指着散落在不远处田野中，蜷曲着的，乌龟般的人群。

可我知道自己考不上南师，我也不喜欢当小学老师。小学老师有什么不好，我也说不上来，但我本能地觉得没意思。我不喜欢带着孩子念"鸡鸭鹅"，"上中下，人口手"，当然，我觉得这种工作真要做的话，可能也不错，至少轻松。而且，最重要的是，我不用看爸爸那副嘴脸，也不用听他用拖长了的声调揶揄我："这个菜你还不吃？作命哦。看下你的户口看哦，看有没有资格作命哦。"

我当时就会气沮，其实他说这些既无耻又无理，毕竟这个农村户口不是我自己争取来的，如果他不结婚，不生子，就没有我，我也用不着这么受苦，可这个得意忘形的神经病，却不会想那么多。他喜欢从我们的境遇中寻找幸福感，而忘记了这一切都是他自己造成。如果做小学老师，能逃离这个神经病，那确实是值得付出的代价。可惜，我真的考不上，我实在没有桂英那么聪明。

桂英是大鹅的姐姐，比我大一岁，学习成绩好得惊人。每次我想到年幼时，她也是和我一起玩泥巴长大的，就感到羞愧。她怎么会那么聪明，去年以可怕的高分考上了南师，成为乡下学生跳出农门的楷模。也许像她那么好的成绩，应该考大学，可乡下人不会这么想，谁知道以后的事？能早一天跳出农门，早一天变成城市户口，早一天逃离稻田，才觉得安心，谁都难担保，国家政策会不会变。我二伯父当年也考上了大学，可是快毕业时，一纸政策下来，说农村学生哪来回哪去，称为"下放"，有些同学不吃那套，把派遣证当场撕成碎片，赖在学校不走，也没什么事。二伯父则老老实实回到家乡，重新成了一名农业户口拥有者。好在他有知识，被举荐为农中的老师，最后稳定为乡翻砂厂的技术员，每天的工作是画图纸。开始日子似乎过得不错，我经常见他手里捧着一张小小的报纸，看得津津有味。还坐着绿皮火车，到处出差，把祖国壮丽河山踏了个遍。那时，他是我的崇拜对像。

晚年乡里的翻砂厂改制，他当即被抛弃，只好给人看大门。某年我寒假回家，他突然来了，站在太阳下吸着鼻涕，没头没脑地说："金庸的小说确实好看，什么《三国》《水浒》，都超过了哦。"一身黑呢短衣，可能还是当年风华正茂时置办的，现在已经皱巴巴，像咸菜一样，更稀奇的是裤扣竟恬不知耻大开，隐约露出里面的猩红绒裤。他本来早该是城里人，那么，和我现在一起走回家的堂妹，也许不会这么黑，这么胖。

堂妹这时念四年级，估计还没有领悟到农村的痛苦，她一蹦一跳往前走，因为胖，一直喘着粗气。我看着她的背影，心想，这么胖的女崽，将来会嫁给谁？谁会要？这个念头在脑子里一闪而逝，我觉得这样想自己的堂妹，有点不好。

我们尽量拣有荫处的地方走，只要有荫，不管是房屋还是树木带来的，都绝不会放过。太阳真像烈焰，不动声色，我却隐隐能听见它在四下里低啸。我的脖子背面热辣辣的，有些生痛，仿佛那是吸引阳光的一个焦点。大约走了几百米，总算快要到家了，经过矮子的家门时，我百无聊赖往里面望了一望，那个哑巴正坐在南瓜藤底下洗衣服，她瞪着我们，嘴里发出呜呜呀呀的声音，很不友好。我感觉残疾人都不怎么友好，也不知道是怎么回事。

一迈进家门，我们就大口大口地喝水，然后长舒一口气，把大罐小罐装满，准备出发。地里的人正仰着脖子还等着，虽然望着屋外黄闪闪的阳光，我很不愿意出去，但躲是躲不过去的。这是命！

我艰难地说："走吧。"和堂妹来到后邻。地主婆蜷着腰在门口刨丝瓜，用一块薄薄的饭碗碎片，刨得很仔细。老年人有的是时间，她大概在准备中午的饭菜。我还闻到一股浓郁的红烧肉气味，走近一看，果然见桌上摊开一盆，大部分都呈现半透明的状态。也只有在双抢时节，才会像过年一样，买些荤菜。地主婆客气地说："到这里吃昼饭不？"

这是客套，谁也不会当真。堂妹说："大白说，带去的水喝光了，要我们给她再提一罐去哦。"

地主婆跳了起来，说："好好，我来装水，劳烦你们。"

我们提着几个坛坛罐罐，顶着日头，继续往田上走。几只狗趴在墙壁下，舌头伸得老长。听见我们走过，无精打采地望一眼，眼皮又耷拉下去，继续趴着。到处是蝉的叫声，仿佛也在悲号该死的天气，这种聒噪让人更加烦躁。太阳爬得更高了，错落的房屋带来的屋荫面积越来越窄，我们只好像壁虎一样，紧贴着墙壁前行，突然堂妹停下来，一屁股坐在疤子家的门槛上。疤子家的房子很高，房荫宽阔。但房门紧闭，一个人也没有，大概全家都去田头忙碌了。

"歇一下，太热了。"堂妹说。

我也趁势在台阶上坐下来，是啊，这个鬼天气，真让人生不如死。我一低头，看见几只蚂蚁在地上忙忙碌碌，我想它们大概不知道炎热，它们一丝不挂，害怕的应该只是冬天。我正在遐想，突然听见堂妹笑道："你说吐一泡痰到水罐里，大白会不会发现？"

我一下子来了兴趣，说："不晓得。"

堂妹说："那我试下看哦。"

她打开地主婆给的那罐水，张开血盆大嘴，噗的一声，将一口痰激射在里面。她的牙齿显然没怎么刷过，缝隙间塞满了牙垢，金黄金黄的，看得我头晕。我看了看水罐，发现痰里还带着血丝，不由得一阵恶心。堂妹似乎也发现了，她伸出一根肥胖的手指，插进水罐，搅了搅，血丝和痰立刻融化在水中，看不出一点痕迹。

我大笑了几声，她也大笑了几声。笑声让我们兴奋起来，变得精神抖擞，什么暑热，似乎全不在话下。我们立刻站起来，拍拍屁股，提起水罐，就往田头奔去。太阳似乎也不那么毒辣了，一路上，我们眉飞色舞，讨论而且想象大白喝水的样子。那是多么恶心啊！又是多么让人兴奋。

很快我们走到了田头，我看见大白直起腰，远远就发现了我们，她像电影里演的劳苦大众看见亲人解放军那样，将手中的镰刀和稻子扔掉，双手在衣服上狠狠擦了几下，三步并作两步，跳上了田埂。从堂妹手中接过那罐水，二话不说，仰起头，咕噜咕噜喝了半罐，然后抬起袖子一抹嘴，对堂妹说："谢谢你哦。"她砸吧了几下嘴，望了望头顶上的蓝天，又满足地打了个嗝，转身走下了水田。

三十四　打米

晚上，爸爸吩咐："屋里的米吃完了，你明日下午放学的时候，打五十斤米回来。"说着把一张钞票和两张粮票扔到桌上。

我很不情愿。平时我都是等台钳厂的班车去上学，如果买米，就得骑爸爸的自行车。按说这是好事，我很喜欢骑自行车，那样比较自由。我不用站在街边，像个傻瓜一样翘首等候台钳厂的班车。可问题在于，爸爸的自行车太烂了。那是一辆永久载重车，伴随他已经有足足十几年光阴，不管他怎么照顾，车就是车，比人衰老得快。全身油漆剥落，后轮挡泥板更是锈蚀得烂掉了半边，像一只尾巴烧焦了的鸟。但这还不是最重要的，最重要的是车子的装饰。爸爸给它后轮毂的两侧各绑上了一块黑色轮胎皮，这是典型的乡巴佬自行车做派。乡巴佬的车没有一辆不是二八载重车，他们买车，就为了运各种货物，稻米、瓜果、甚至粪桶。绑上两块轮胎皮，可以有效避免粪桶和车毂的碰撞摩擦。

爸爸的车没有载过粪桶，但他在假期贩过水果，站在街边叫卖，有时会剩几个李子杏子归来，就成了我们的美味。他还骑过破自行车走街串巷，纵声吆喝："有鸡毛鸭毛乌龟壳脚鱼壳换不？有鸡毛鸭毛乌龟壳脚鱼壳换不？"不要小看这个行当，我大堂姐嫁到万家村，就是一个干这种营生的人家，每次进城路过，都看见她握着个耙子，辛勤耙松晾晒在门前水泥地上的鸡毛鸭毛，腥臊冲天，但很快成了万元户。爸爸当然是小打小闹，到了晚上，他结算一下，说："今日挣了五块钱。"笑嘻嘻的，一脸满足，让人齿冷。

我不想骑爸爸的烂车去学校丢人，但又无法抗拒，只希望没有被同学看见，笑掉大牙。

下午一般只上一节课，其他都是自习。我的同桌长得文质彬彬，细皮嫩肉，带副玳瑁眼镜，我一般叫他四眼。四眼喜欢跟我显摆，也许并非显摆，只是爱说这样的话："甘地那个扇头，号称圣雄，在外头受了气，回到屋里就打老婆，一日到夜打。"又或者说："鲁登道夫差点把英军打垮，结果英军换了新将，拼死抵抗。鲁登道夫久攻不下，气得大骂对方是'英国疯牛'。"说到最后一句，他已经笑不成声。有一回他抖着政治考卷，愤愤不平："英国首相这道题，我填的是'玛格丽特·撒切尔'，却得了个叉，她说正确答案是撒切尔夫人，我说她屋里死人，简直胡说八道。"他眼睛一翻，射向讲台上的政治老师，"这只文盲，自己懂又不懂，误人子弟。"有一次，我旁边一个女生向历史老师发问："老师，请问中世纪到底指的是什么时间段？"那胖老头怔了一下，机智地说："中世纪嘛，就是古世纪和近世纪之间的那个世纪。"四眼趴在桌上，乐得不行，悄声说："她问到了一只扇头，这只老头是个彻头彻尾的混混，不晓得怎么混上了中学老师。"又说，"其实原先那只老头蛮厉害的，就是比较古怪，可能在文革的时间被批斗过，吓出了毛病。"

他说的原先那个老头，是我们高一时的历史老师，解放初期武汉大学毕业，后被打成右派，终身未娶，栖身在学校门口搭的一间简陋瓦房内。据说他每天窝在屋里抄卡片，密密麻麻。他给我们上世界历史，凭你怎么吵闹，都充耳不闻，只顾念自己的。有一次举例，还教我们唱"大海航行靠舵手"。讲完课，留几分钟提问，蜷着腰，在课桌间巡行。旁边一个同学叫住他："老师，这只是什么人？"指着课本上空想社会主义者傅里叶的画像，但早已改头换面，被他画上了甲胄和胡须，面目全非。老头知道是耍自己，低眉顺眼，轻笑了两声，又走过去了。

我表示反对："不一定。我们过去那个班主任，那只拐子，文革时也倒过霉，你看他几嚣张。"我想说我爸爸就见过那班主任，当年被押到乡下，到处游行。爸爸见他和一群人站在一起批斗，被革命小将逼迫合唱："我是牛鬼蛇神，我是人民的敌人。我有罪，我该死，我该死，人民把我砸烂砸碎，砸烂砸碎。"爸爸说："你那只拐子老师啊，是那堆人里面唱得最积极，最动情的，声音不晓得几洪亮。"

但我想了一下，没有说出来。

我很羡慕四眼的博学，他倒比较大方，说："我们厂的图书馆好多书，我有一张借书卡，你想看什么书，我去帮你借。"我馋涎欲滴，不仅因为他有借书卡，更为了他嘴上那个"我们厂"。

已经是第三节课，大约过去了二十分钟。我向口袋里窥视了一下，看看那只破烂的电子表。那是过年的时候，我在大姨家的抽屉看到的，没有表壳，但数字还会蹦跶。大姨说："这只表蛮准，你要不？要就拿去。"我想，虽然烂，究竟是个现代化的东西，能看看时间也是好的，就收下了。谁知四眼看到了我的动作，问："你在看什么？"

我脱口而出："电子表。"

四眼很感兴趣："怎么样的，拿出来看下呦。"他的手腕上熠熠生光，前不久刚换了块很时髦的电子表，还附带指南针。

我当然不好意思拿出来："没有什么好看的，我要去打米，要提早走，屋里没米了。"

"看一下嘛。"他很坚持。

"真的没什么好看，没有你的表漂亮。"我说了违心话，其实何止没有他的表漂亮，我这个简直就是垃圾，"我得提前走，晏了，粮站就很多人了。"我当即忙碌收拾，将一个蛇皮塑料袋塞进书包。他说："好吧，再见。"

"还是农民好啊，自己种粮食。"我咕哝了一句。

背后的女生突然问我："褚枕石，你不是说你没有自行车，不能骑车去郊游吗？难道扛着米回家？"

我有点尴尬。

前个月，我们现在的班主任挺着两只高耸的乳峰，带来了一个青年男人。她介绍说："这位是你们的实习老师，师大历史系大学四年级的，今后两个月，由他来给大家上历史课，同时兼实习班主任。"

那是一个长得还算英俊的年轻人，在我看来，是真正的成年人。他走上讲台，自我介绍，神情非常激动，后来给我们上课，也总像一条磕了药的鲶鱼，啪啪啪跳来跳去。他大概想好好表现，在实习表上得个优。期中考试过后，他还辛勤地画了大大的一张表格，将我们每个人的考试成绩填好，贴在墙上。但几天后，他走进教室，发现那张表已经被撕去一边。他张大嘴呆了一会，突然激情不可遏止，重重拍了一下桌子，嚎叫道："同学们，我们不说别的，但至少应该做到，尊重别人的劳动果实。为了画这张表，我整整花了一天一夜，觉都没睡，你们知道吗……"

但他确实还比较得同学喜欢。前几天，他说自己实习期将满，希望和同学们骑车郊游，以为告别，愿去的举手。面对满堂的如林手臂，我无动于衷。背后的女生问我："为什么不举手？一起去吧。"她家住在附近计算机厂内，长得身材丰满，面如满月，还天性纯良，富有同情心，曾把家里的鲁迅文集借出来给我看，都是一小册一小册的版本，1973 年印刷，封面素淡，书体散发着浓郁的霉味。我看了几本，大多数看不出什么名堂，直到我看到书里面有一句："我的文章，要三十岁以上的人才懂。"于是释然了，赶紧把书还了她。

我当然很想去，但想到爸爸那辆乡飘十里的自行车，黯然摇头。

此刻也只能撒谎："骑了我爷的车，但他的车周末他自己要用。"我要尽快结束话题，"再见。"对着四眼招手，又对着她招手，走出了教室，皮鞋的铁掌发出清脆的声音，似乎掩盖了我一点羞愧。

外面冷冷清清的，这正是我需要的，我可不想让人看见爸爸的乡巴佬自行车，轮胎侧面还有一圈黄泥，洗都洗不掉。

城里都是柏油路或者水泥路，没有黄泥，只有黑泥。沾满黄泥的自行车，一定是乡下人骑的。我像风一样飞到车棚，火速打开锁，咣当咣当把那堆破烂蹬出了校门。

学校不远处就有一个粮站，我支好车，捏着粮票。门口黑板上写着早米和晚米的价格，这对我没有意义。我们家从来不买晚米，爸爸说："我屋里作田出身的，还不晓得？晚米吃是蛮好吃，但不晓得要打几多次农药哦。夏秋的天气，虫子硬是不晓得几多，不打农药，只要两日，禾苗就要被它们啃光，还收得谷到啊？到阴间去收谷哦。"

这番话好像很专业，充分考虑到自身的健康问题，但我知道，实际情况还是因为晚米贵，另外就是不耐吃。"晚米没有料，一样多的米，煮出来没有早米多。"这是妈妈的看法。

其实这些理由早已不重要，我们金顺村发的粮票，现在只能买早米。不知什么时候，市里改革，菜农不再供应正规粮票，只给一种特殊粮票，印制粗糙，用它买米，价格比黑市米低，但比正规商品粮高得多。

粮站没有什么人，我看着工作人员给前面一人称米，她拉了拉绳子，墙上的悬门升起，米像瀑布一样从壁间倾泻而下，好像神话；再一放绳子，悬门落下，瀑布消失。那人扛着鼓鼓囊囊的米袋走了，我把手心里攥着的粮票，做贼一样递给工作人员，她漠然接过，瞟了一眼，说："今日不行，没有米，卖光了。"

我说："怎么会卖光呢，你刚才不还在卖吗？"我指着那个刚走的人。

她从箱子里拈出一张粮票，说："你看下人家是什么粮票，你是什么粮票？你这种粮票，每日只有一定数量的米可卖，今日的定额已经卖光了。要买，明日早点来。”

我面红耳赤，默默地接过那张低劣的粮票，出了粮站。我弯下腰，打开车锁，同时朝学校门口方向望去，已经有人稀稀疏疏地出来。我跳上车，朝着天骂了一句："我戳大你娘的别。"然后大腿一发力，奋勇驰向上方布满铅灰色云彩的城南。

三十五 台钳厂的班车

一起乘这趟班车上学的，除了台钳厂的子弟，像我这样的乡巴佬还有两个。一个叫金水，一个叫地宽。据说都是一等一的好学生，考大学稳稳当当。这两位高材生在车上很难沉默，总是相互攀谈，谈数理化，也谈别的。他们比我高两个年级，我从来不插嘴，只是默默景仰着他们。

卖票的瘸子披着他的军大衣，一如既往坐在那里。其实他没有什么事干，大多数人都买了月票。我和妈妈的月票，是大鹅带我去买的。

大鹅的爸爸名叫有权，或者叫友全，鬼知道。他是台钳厂的工人，却入赘到我们邻居家，成为"赘婿"。业余时间，喜欢背个渔网出去捕鱼，晚上家里就鱼香氤氲，逗得我馋涎欲滴，起坐不能平，碗里的青菜南瓜愈发显得面目可憎。爸爸对我怒目而视："不吃，拿砧槌给你筑进去。"我鄙夷地看着他，心想，没本事捕鱼，还这么暴力。我多么想移民到友全家，多么希望自己的爸爸是友全啊！

我去找大鹅帮忙的时候，他正在试穿一套破烂的蓝衣，很大，晃晃荡荡的。我说："怎么这么大，哪里拣来的破衣服？"他蔑视地看了我一眼，懒洋洋地把衣服胸前的里子翻开："破衣服，看清楚点子哦，这只印章，什么部队，看到了不？这是正宗保蓝，全建带把。那些老短身上穿的，看起来是崭新，都是地摊上几块钱的万货。"所谓"全建带把"，就是真货，"万货"，就是假货，这是南昌人口头的俗语，起先大概活跃在混混之中，像是黑社会切语，后来逐渐普及，全民通用。

我于是对大鹅刮目相看，虽然我并不热衷军服，但作为少年，总觉得他们这种游侠式的人物比较神秘。我问："哪搞来的？"他说："今年请了一只木工到我屋里打橱子，他是退伍兵，穷得不得了，但那身军装倒是正宗的。我就拿件崭新的衣服跟他换了，可惜这么正宗的保蓝，那只扇头不晓得珍惜，穿烂了。当然，再烂也是建货，我每次穿出去，羡慕得那帮老短流口水。"

大鹅带着我向台钳厂走去。我们村庄周边，原始得充满诗意，除了大队部旁有个供销社，基本接触不到商品经济。就算这个供销社，平时也罕有人来，乡下人根本没那闲钱。员工大概是城里人，嫩皮细肉的，闲得发慌。有一次，我和堂弟小鹅在商店门前打架，吼声连连，以壮声势。两员工全部跑出来围观，评点助威，兴奋得像过年。那时候，我对这个供销社货架的背面特别好奇，感觉那是个神秘藏宝洞，因为货架上的商品，都从那背后搬出来。我是多么想跑进去看看呀！

供销社不知什么时候撤掉的。除了它，另外和现代化有关的，就只有台钳厂了。

按照计划经济的分类，台钳厂不属于全民所有制，也不属大集体所有制，而是小集体所有制，属于工厂里级别最低的一种。我第一个女朋友的妈妈是北京人，因为上山下乡，来到了南昌，被一个普通工人俘获，一直后悔不已，屡屡告诫自己的女儿："以后找工作，不是全民的不要去。上山下乡？我就是死，都不会让你去。"我是从此知道这些等级区分的。

台钳厂确实是个很破的厂，虽有一个门，却没有门卫。门边左右各有一个池塘，都清澈见底，左边那个，水底躺着各种幽蓝或褐红的金属条，无疑是厂里倾倒的垃圾。从大门走进去，面前是一排排简陋的平房，和破墙外的乡下房子没什么不同，那竟然是家属宿舍。

但工厂毕竟是工厂，它拥有一辆班车，每天深一脚浅一脚在城乡之间走上两个来回，接送工人，也正是我和妈妈迫切需要的交通工具。

我们在一个破破烂烂的楼里，找到一个破破烂烂的办公室，见到一个涂满脂粉的青年妇女。她看见大鹅，说："哎呀，哪阵风拿你老人家吹来了哦？"大鹅说："带我表哥来办坐车证哦。"妇女说："没听说你有表哥诶。"大鹅说："这不带来给你看了吗。"

在他们的寒暄声中，我向这个妇女交了两块钱，办了两张搭车证。这样，我和妈妈就可以合法乘车了。

那是一辆大客车，像现在二分之一长的公交，浅绿色的车身，看上去也颇体面。但不知是南昌的冬天太冷，还是车况本身不是太好，走到目的地，总看见司机站在车头前，曲着腰，对着车的嘴巴疯狂摇动辘轳。有时很快，汽车就怒吼起来，于是一片欢呼。但有时，比如碰上大雪纷飞，任怎么摇，汽车都装聋作哑，让人傻眼。我和妈妈只好毅然转身，迈开两条腿走向城市，黑暗在脚步下逐渐远去，天色由朦胧而至透亮，早晨洁净湿冷的空气兜头灌来，头脑一片空明。迟到是免不了的，好在这样的情况不算太多。

窗外黑漆漆的，一望无际的稻田，隐藏在夜色中，远处南昌飞机制造公司的试飞跑道倒是灯火辉煌。金水的爸爸就是那个厂的技术员，那可是个十万人的大厂，金水腾出攥着车栏杆的手，自豪地指着跑道方向："飞机厂是永远不能停电的，停一秒钟，国家要损失几百万。"这时客车拐弯，一个趔趄，踩进一个低洼。金水一个俯冲，差点摔个狗啃屎。好在车上人多，将他托住。窗外隔着路边一条小沟，是一个军用雷达站，被一片菜地和坟茔包围。雷达张开两扇蜻蜓般透明的翅膀，呈 X 形，傲慢地转动着，下有两间小小的屋子，灯火通明。金水又兴奋起来，腾出手指着它："雷达站也是一秒钟都不能停电的，停一秒钟，都可能错过敌人的飞机。"他稚嫩的脸上笼罩着神圣的光辉，五官仿佛组成了两个字：国家。我也被他感染了，心想，我们过得虽然苦，但身后毕竟矗立着一个空前强大的国家啊，这个国家的飞机场和雷达，一分钟要忙碌六十秒，都是为了保卫我们。而目光远处的城南村，此时正趴在一片漆黑之中，看不见任何轮廓，只有一两点鬼火闪烁，那是煤油灯的光亮。我仿佛看见爸爸正站在煤油灯下，煤炭炉旁，笨拙地翻动锅铲，热饭热菜，接着我就坐在灯前，一边吃，一边吸着呛人的油烟，一边看着油灯的火焰忽高忽低出神。寒冷的空气砭人肌肤，让我没心情想别的事情。

班车每天出发很早，尤其是冬天，我们顶着寒风，披星戴月赶车，晚上也是披星戴月回家。沿着一条小道，紧贴着台钳厂年久失修的围墙，走上七八百米。小道的另一侧是稻田，夏天杂草丛生，我总怕有蛇。后来的岁月中，我不止一次梦见重走了这条路，到处都是毒蛇，几乎无处下脚，吓得我在梦中一路尖叫，悲哭啼号；好在现实中，从来没有碰到过。

除了我们这些学生固定搭车，偶尔也会出现零星的乡下人，进城买东西卖东西。在车门开启的一刹那，他们像老鼠一样穿越人缝，窜上去抢占座位。那些没抢到座位的工人就会抱怨："我们上夜班累了一夜，还没有座位，都被乡下人抢走了。这只厂，到底哪个的厂？凭什么让乡下人坐车，还跟我们抢位子。"那些和我们上同一所中学的厂家属子弟，也会嘟嘟囔囔："这些乡下人，烦死了。"卖票的瘸子不理会，只顾一个个收钱。妈妈低声咕哝："买了车票，总不能老是我们站到。"又低声说："你一只烂厂，好吃价，了不起？有本事不要卖票。"

台钳厂实在破烂，否则，它不会连一座哪怕两层的家属楼都没有，也不会坐落在荒凉的城南村旁。我家在村北部小运河边有一块菜地，我经常在爸爸的命令下，随着他，扛着锹和长柄木勺，穿过杂草丛生的小径。虽是乡下，却没有什么杂花生树，除了那些野生不起眼的小花。果树也不见人种，是怕人偷，所以干脆不费那劲？或者是生活太苦，枯寂的心灵并不觉得花有什么好看？我不清楚。当然，我见过的比较大的花，还有南瓜花，丝瓜花，可是我总感觉，把它们称为花有点抬举。

我们经常来到这块菜地，侍弄一下午，出一身臭汗。菜地海拔较高，站在上面，可以俯瞰一水之隔的台钳厂后墙。整个墙都带着死灰的红色，大概常年被金属残渣浸润。破烂的厂房历历可见，还有蹲在厂房外吸烟的工人，套着灰扑扑的工作服，一副懒散模样，跟后来崛起的农村金属小作坊没有太大区别。爸爸却说："不要笑人家，人家看上去是不起眼，但都是城市户口，吃商品粮。"我心中油然升起一股敬仰，感觉那破旧暗淡的围墙，已经将高尚和卑贱的乡下隔开，成为了一个世外桃源。墙外充斥着巫术、愚昧和不确定；墙内则代表高科技，现代文明，吃喝撒拉，都有人负责，一切都有保障。

有一个夏天的傍晚，班车回来时，天色还是亮的。车子刚掠过几个坟堆，迎面也罕见驶来一辆客车，是省国药厂的，不知那天为什么走这里。两车交错，按说路并不算太窄，空间尚够。但因道路不平，我们的车一脚踏空，猛然向邻车倾靠，发生了轻微撞击。一个中年工人朝那辆车叫道："不要紧，出事故的话，我们有台钳修车，你们有国药拯伤。"这句毫不幽默的话，引得全车一片哄笑，沉浸在廉价的欢乐当中。

车子离城南村越来越近，黑暗像苦难一样，愈发浓郁无边，那个一直抱怨乡下人的中学生突然站起，兴奋地大叫："看，他们城南放电影，吃了饭去看哦。"透过车窗，他竟然看见了远处高挂的银幕。我一时想，真没出息，这真他妈的是个破厂！

我老早就对电影已不感兴趣了，自从家家有了电视，很难想象还有这么热爱电影的人。

在城南这破地方，曾有人想搞个电影院。那天，肮脏的街道上锣鼓喧天，地址因陋就简，选用以前用来开革命大会的礼堂，摆上几十排简陋长椅。不知从哪流窜而来的一个利益团伙，想在城南捞上那么一笔。

第一天放的是戏曲片《智取姜维》，我向婆婆要钱，买了一张票，刚刚对号坐定，几个同村的少年就来了，要我让开。我拿出票，说："要对号入座。"他也将票在我面前晃了一下："我就是这个号。"他身边四个少年目露野性之光，呲牙咧嘴，跃跃欲试，我只好默然让开，挑了一个侧面的座位坐下。电影勉强看完，心情很不愉快。乡下真是没有秩序，恶少年无法无天，随时要凭拳头说话。我对这简陋的影院很不看好，它确实也是昙花一现。最主要的原因是，在贫穷的城南，大家根本就不具备去电影院消费的能力。

球场上放电影，曾经还算好，安安静静的。即使是一场看过无数遍的电影，比如《董存瑞》。那仿佛是一种对于声光电化的崇拜，只要银幕上有活动影像，就能唤起农民们无限的热情。到八十年代末，就截然两样。上了年纪的乡人几乎不出现，现场只有二十左右的乡村青少年，却并不为看电影。他们晃着一头洗剪吹的杀马特发型，叼着香烟，晃着膀子，在人群中嗅来嗅去，寻找孤身少女的气息，偶尔会为此发生火并。我爸爸的同事张淑梅，她的女儿有一天夜里就遭到了几个少年的轮奸，我问："报了案不？"爸爸懒洋洋地说："报案？哪有那么足的劲，这种事不晓得几多。拿不到好处，警察才懒得搭你。"

记得一个除夕的夜晚，我在大伯家看完春节联欢晚会，由于我天性怕黑，两个堂姐从村南送我回村北。我们裹着大衣，走在午夜的乡村煤渣路上，爆竹声此起彼伏，倒也不显寂寞。突然从远处飞驰过来两三辆自行车，在我们面前急速刹住，一个青年嘟哝了一句，又掉转车头，飞驰而去。我问堂姐："他们说什么哦？"堂姐很内行："以为我侬是落单的年轻女崽，想泡马子，没想到身边已有男人。"我将呢子大衣裹紧自己十六七岁的单薄身躯，说："可我分明还不是大人。"她们说："这么黑，他们哪里晓得，你总有这么高啰。"

虽然有台钳厂的班车，但我记忆中，却和妈妈无数次用脚丈量过那条煤渣铺成的道路。有时起床稍晚，车就跑了，有时车提前开拔，有时车出了故障，有时……那些原因，我不是都能记起。我能记起的是，曾经好几次深夜，和妈妈打着手电筒在这条路上奔走。四下都是墨色的稻田，以及稻田中蹲踞的坟堆，只看得到轮廓。我非常恐惧，即使有妈妈在身边。我也曾一个人在寒冬的下午，在这条道上踽踽独行。路边的树叶全被冰封，我摘下一片，剥离出一块完整的冰片，晶莹透亮，还带着叶子的脉纹。我用生满冻疮的手举着，对着天空，一时简直要自怜，感叹人生的艰苦。

我曾在秋天的傍晚走过这条道，有一个女孩走在我前面，快到村庄时，她突然回过头，问："你是不是小英的堂弟？"我点头说是，但并没有继续攀谈，依旧一前一后独自行走，天边的落日逐渐隐没，彩色的天地逐渐褪为黑白，遥遥眺望，倒不乏一些诗意。我还曾在春日的上午，踩着湿漉漉的春草前行，路上坑坑洼洼，到处积满春水，迎面则千万种浓绿，马不停蹄，陆续向我奔来，我目接不暇。那时全身血液中奔腾着无限的青春，对生活无所畏惧。只是，妈妈那时已经劳碌了大半辈子，会不会暗暗慨叹生命的痛苦？

后来，这条煤渣路改成了混凝土路，虽然很快又变得坑坑洼洼，却是城南村走向现代文明的一个象征。很快我有了一辆自行车，曾经在无数个夜晚，骑着自行车去接妈妈下班，飞驰在这条道上。我能熟练地抛开车把骑行，即使带着妈妈，我也能轻松避过路上的各种障碍和坑洞，脚下丝毫不减缓蹬车的力度。再后来，妈妈自己买了一辆小三轮车，也哐当哐当骑得飞快，从此可以独立上下班，自从搬到城南村后，困扰她十几年的交通问题基本解决了。她那个年纪，学自行车已经不可能，但三轮车不需要学，只需要买得起。

而自那以后，台钳厂的班车就被我们彻底抛弃，虽然我记不清楚那具体是什么时间。

三十六　发育

　　有一段时间，我在忧虑自己的发育问题。因为我看见很多同龄人都开始变得不同了。他们声音洪大，偶尔一起去厕所撒尿，能一眼瞥见他们阴部长满了卷曲的毛发。而我那个地方，还是平芜旷野，一片萧条。虽然，这并不影响我已经拥有澎湃的性欲，但我不要这个，我想真正的长大成人。我羡慕村里那些原先和我一样大的小孩，身体迅速膨胀。他们一丝不挂，站在池塘边唱流行歌，采摘莲蓬，逗引来往的村姑。腋毛蓬勃，肌肉发达，湿漉漉的裤衩套在大腿根部，隐约露出似乎超出我一倍的圆柱体，让我无比气沮。

　　我也想发育，我也想光着粗壮的膀子，站在池塘边唱歌。虽然我并不愿意对着村姑唱歌，我不喜欢村姑，我无法想象有朝一日，和她们一起交配生子，然后带着一堆脑残样的孩子在田里劳作。我无法想象看着她们逐渐发胖，脸上仿佛堆积着永远洗不掉的煤灰，和其他农村妇女挤在井栏前开猥琐的玩笑。我不想在夏天的夜晚，一边吃饭，一边应付蚊子们波浪式的围攻……当然，我也没想过自己要过什么样的生活。我还太小，没有认真思考这个问题。我那时只是单纯渴望光着膀子，展示发育后男性的年轻躯体。

有一天下午，我蹲在爸爸所在的城南小学厕所里大解，厕所面西背东，臭气熏天，但我那时，并没有见过更高级的厕所，所以处之恬然。我还捧着一张旧报纸，边蹲边看，大便畅通的感觉，加剧了阅读带来的享受。夕阳正掉落在一个适当的角度，将光束直直射进厕所，我看完了报纸，也拉好了大便，俯头用那张硬得吓人的报纸擦拭肛门，突然发现阴部颇有不同，一簇黑色的毛发根，像胡须茬子似的破皮而出。这让我惊喜不已，阴毛，等得我好苦，你终于来了，虽然姗姗来迟。而且，请原谅我，也许是我对你关注不够，以致拖到今天才发现；但或许必须感谢那轮即将坠落的太阳，因为初生的阴毛，是那么稀疏羞怯，只有阳光在适当角度的直射，才能使它无所遁形吧。

我终于要长大成人啦！

在南昌，长大成人，一般要吃一只大公鸡，还要加上一只鲤鱼。据说，这是专门促进发育的。吃公鸡时，必须将它的睾丸吃下。

为什么？大概因为吃什么补什么，这是我们中国人的思维。

经常看见恶少般的小公鸡，顶多刚刚性成熟，一直正常着，突然身子一歪，一只爪子疯狂划着地面，围着母鸡旋转，随即纵身一跃，跃到母鸡身上，用尖尖的喙死死咬住母鸡的冠子，使劲往下压。也不过三秒，又跳下。

吃了它，你就获得了这样淫邪的能力。人类世代繁衍，需要这种能力。

可那时太穷，公鸡不易得，问父母要来吃，也张不开口。

在乡下，大家都心照不宣，吃雄鸡就是为了"做大人"，"做大人"代表什么，不言而喻。每个黑夜，无论是城市还是乡村，无数张床上的人都在"做大人"，可做而不可说。

爸爸和妈妈曾经为这事进行过交流，爸爸一如既往唠叨："我小的时间，你晓得屋里几穷哦？连裤头都没得穿哦。但我后娘还是给我煮了一只样鸡（公鸡）。我连皮带肉吃得精光，要不然能长这么高？"

妈妈感叹说："你蛮好啊，我就没吃过样鸡。穷得死，还有样鸡吃，没有那么好的命。没有吃还事小，每日还要跑得老远去挑潲水喂猪，猪都是我喂大的，卖了猪，我说买一条围巾，我屋里阎王都不肯哦。开始还答应了的，结果一分钱都没得到。"难道女性也要这种淫邪能力？

"怪不得你长成了一只矮子鬼。"爸爸嘲笑道。

妈妈已经习惯了，但还是本能回应："你好了不起，还不是不到一米七。"

"比你总高一个头。"爸爸笑。

他只有一米六八，但他瘦，显高。我饶有兴趣地看着他们斗嘴，因为我知道，这种情况，一般发展不到真正的吵架。

对天发誓，我想吃雄鸡的目的，真的不是为了"做大人"，我只是想走出瘦弱，加入到强壮者的阵营，因为我亲眼见到，那些和我年龄相仿的孩子，一年后不见，就换了个人。他们以前打架和我顶多旗鼓相当，而那时我感觉自己经不住他们一击。我想他们一定吃了雄鸡。

有一天，爸爸回家从后门走进来，喜滋滋地举着一个竹筲箕："看，鲤鱼。"

那是条半死不活的鲤鱼，肯定是从屋后的池塘中捞上来的，池塘被一个叫大眼螺的人承包了，每隔半个月，我就能闻到臭大粪的味道，那是大眼螺在向池塘里倾泻饲料。我经常看见大眼螺背着手，沿着池塘边上巡行，威慑着任何一个潜在的偷鱼者。

爸爸喜欢在天气非常炎热的时候，绕着池塘转悠。这种天气，鱼容易死亡，其科学原理我并不清楚，但这是事实——他给我捞上来了一条死的鲤鱼。

那天晚上，我吃干净了鲤鱼，满怀希冀地躺在床上。我幻想鲤鱼身上的特殊营养成分被身体尽数吸收，让我全身各个主管膨胀的器官蠢蠢欲动。当阳光照在房梁上时，我一摸腋下，毛发浓密，从此加入肌肉虬结的成年男子行列。我想打谁打谁，想挑逗谁挑逗谁。虽然，我并不真想那么干。

从初三时的惴惴不安，到高中一年级。我一下子串升了十五厘米，晚上我经常被剧烈的抽筋痛醒，有一天躺在床上，隐约听见二伯母在堂屋和我妈妈谈话。听见我的惨呼声，她问妈妈："枕石经常这样吗？"

"是哦。"妈妈说。

"可能在扯长哦。"二伯母说。

也许，那种疼痛，真是身体迅速拔节导致的。

课堂上，坐在我身前背后的，都是女生，她们胸前早已鼓鼓囊囊。而我的双腿也变得修长，可以在骑车急速路过她们时，一个急刹车，脚板轻松点地。然后在她们的尖叫声中，跨在车上，和她们热烈交谈。

我也许对某个女生有过好感，但这种好感，记忆并不深刻，大概纯粹是荷尔蒙勃发带来的。我很早就发现，即使你没发育，你照样有性欲，但你绝不会想着找一个女孩，和她恋爱，娶她为妻，和她白头偕老；只在发育之后，你才会梦想，将来能否碰到一个明眸皓齿的女孩，她扎着马尾巴，或者长发披肩。她穿着淡雅的裙子，她和你一起坐在白炽灯光下，吃饭、读书、聊天、看电视、亲吻、做爱。这是发育成人的梦想。

这种梦想并不常有，我睁开眼睛，看着面前的蓬荜，按说应该会想起爸爸的讥讽："看下你的户口哦。"但确实从未想过，因为太过年轻，没心没肺，想不到那么深远。

我明白，我找不到那样的女孩，我最大可能也不过是娶个周围到处都是的农村妇女，每天起早贪黑干活。她大字不认识几个，出口就是乡村俗语，每日任劳任怨，但事情永远做不过来。她也痛苦，发泄的方式却只有撒泼打滚，从嘴里喷出无数个诅咒，最后日子还得过下去。她迷信，却抑制不住嘴巴的发泄，这一切都不美好。是的，很不美好。

三十七 屋后的池塘

屋后的池塘旁边，屹立着一棵大苦楝树，一棵大柚子树，一颗中穀树。前两棵估计是邻居某家已经死去的老人种的，否则不可能那么大。穀树则是我爸爸的劳动成果，一到最热的天气，枝头便缀满红色的果实，引来营营青蝇。有熟透的，便吧嗒吧嗒往下落，摔得汁液四溅。我们普遍尝过，没人怕脏，之所以没有大规模摘来吃，只因为味道不佳。乡下几乎没有书上艳称的果树，连桑树都是不产桑葚的品种。偶有几棵柚子树，也极酸。但就是极酸，也挡不住偷窃，每到中秋来临，我爸爸就要趁黑偷摘池塘边树上的柚子，便是明证。

冬天，我坐在冰冷的屋里看书，隔一段时间就来到屋后，站在邻居胡东家菜园的露天粪坑旁，向右扭着脖子，一边欣赏池塘的粼粼波光，一边畅快地撒尿。之后打个寒颤，抖一抖青春勃发的生殖器，很满足地走回屋去。想起马上过春节了，有肉吃，一阵强烈的幸福感油然涌上心头。

刚开始的时候，池塘可能比较清澈。因为妈妈每天回家，首先不是做饭，而是把屋前屋后都扫一遍，房里房外都擦一遍，水都从池塘里舀。不知什么时候，也不知是谁，将一条长长的预制板从岸上伸入池塘，吸引了方圆两百米内所有妇女。她们像野鸭一样蹲在上面洗这洗那，亲切交谈。我妈妈很快就融入了乡村大家庭，爸爸气得咬牙切齿："夹沙糕，碗都到塘里洗啊？那塘里养鱼，泼了粪的，不怕得病？"

妈妈也没有好声气："不到塘里洗到哪里洗？拿脸盆洗，尽是油。你自己笼着双手，跟老爷一样，就只晓得呼七喝八。"

爸爸无可奈何："夹沙糕，不晓得几夹。"撒开腿走了。妈妈望着他的背影，送了一句："又到外头去窜死，不要回来才好，我叫只黑面包拖到你去火葬场。"

有个富人的老婆也来塘边洗衣服，富人的爸爸靠印制试卷，兜售给各省的小学校发家，之后立刻在城里买了商品房。两个儿子高大帅气，一身真皮夹克，看不出来持农村户口。他们每天骑着簇新的日本摩托车，突突突在布满鸡屎的小径上狂奔，吓得鸡鸭鹅们失色而走。妇女们则站起来，艳羡地看着他们的背影，慨叹两声，又蹲下来槌衣服。两兄弟中的一个，就居住在我家附近。在城南村，正月初七这天很隆重，有"上七大似年"一说，家家户户都要放爆竹，弄两三样荤菜。那富邻居看见妇女老妪们在池塘边清洗刚刚处决的鸡鸭，讥笑道："什么上七大似年，其实就是嘴馋，千方百计找理由吃一顿。"这高屋建瓴的评点，只有不愁酒肉的人才说得出。

他这么阔，阔到专门买了发电机，在几乎天天停电的乡下，他家照样灯火通明，于是聚了一群小孩，去他家看《神雕侠侣》。他老婆倒是挺低调，经常亲自来池塘里洗衣。爸爸有一次指指点点："这只女的，本来是城市人，吃商品粮的哦。"长得也漂亮，脸上没有红二团，但并不因此能驾驭丈夫。我曾见那富邻居跨在熄火的摩托车上，回头对老婆吼叫："想滚就滚，老子找一只你这种卵样的还找不到啊？"女人还嘴硬："那你就去找嘛，你这只不要脸的，你就是一只种猪哦。"声音却明显弱了八度。

一个很凉快的仲夏早晨，塘边那株女桑长得正热烈，阳光灿烂，我坐在爸爸种的榖树下背诵《生物》，应付即将到来的中考。富邻居的老婆和我妈妈一起蹲在预制板上洗衣服，同时聊起天来。她穿着蓝色的丝质连衣裙，身材苗条，背后两条胸罩带子约略可见，乡下似乎很少有人戴这个。我听见她和我妈妈在一边细语，话题后来涉及到我，无非是多大啦，上几年级啦之类不咸不淡的话。四围静谧，只剩若有如无的天籁，我忽然想，一两千年前，大概同样的一幕也出现过，除了没有预制板，也没有《生物》。

按说池塘里可以游泳，我也确实游过。池塘中心，立了一根电线杆，那里地势比较高，游过去就可以驻足歇一会。可惜水不大干净，虽然乡下人并不讲究，也觉得不舒服，所以只游过寥寥几次。不过有一次表弟从金塔街跑来做客，十岁不到，在池塘里玩了一圈，立刻迷上了，舍不得回家。因为在城里，都是冲浴，很不过瘾。我也想留他下来玩，但爸爸呵斥我："人家独生子，出了问题你负责？"于是他哭哭啼啼被我送回去了。

夏夜，乡人一般都去旁边的小运河洗澡，那是一条很窄的河，爸爸说，是解放后人工开挖来防旱的，宽度顶多五米，水是活动的，暗绿，常有海带般的水草从上游漂下，死猪甚至死婴也曾见过，但不常见。这是乡下人夏夜的澡堂，他们固定聚集地在一个桥墩下。孩子们像鱼一样游来游去，大人基本不游，只站在水里，露出半截黑乎乎的身体，边擦洗边聊天。范围很广，上至国家大事，下至邻里轶闻，有点古代"乡校"性质。常去的有一个秃头，私下都叫他"钳毛鬣头"，是村里少有的大专生，在洪都机械厂工作，老婆却是乡下妇女，所以家依旧安在村里。他喜欢聊的话题，都是哪家孩子考上了大学。但村里考上大学的，前后十几年实在寥寥可数，所以话题不会太新鲜。他对大学是如此兴致盎然，还在于他儿子金水已经到了高考年纪，正向商品粮冲刺。金水赫赫有名，我堂姐曾跟金水同班，说："他的成绩不晓得几好，什么数学题都会做，班上的女生好崇拜他，有人还专门给他带早点呢。"秃子也非常得意："我那只崽蛮听话的，考个本科没问题，北京海淀区特级老师们集体编的《数学精编》，你们晓得不？做烂了好几本。"

于是传来一致的赞叹声，但也有异响，比如有一次，我那年轻的富邻居也在，他金鸡独立，一边慢吞吞往腿上套短裤，一边语带讥讽："是不是考上大学得了癌症就有救？考不上大学，就没有救？"胯下黑乎乎的生殖器吊儿郎当地晃荡。河边顿时沉默，除了孩子们依旧的笑声。

但秃子家从此成了我爸爸认准的争吃商品粮教育基地，他没事就要做拉扯状："我带你去看下人家金水，《精编》都做烂了，你还日日要看电视，完都完了。像你这样康筋鬼瘦，一辈子当菜农，你吃得消？"

一个炎热的日子，金水亲自光临我家，爸爸热情相迎，仿佛蓬荜生辉。金水是专程给我送《精编》来的，他满面春风。被我爸爸稍微诱导，就忍不住把喜事和盘托出，他说："今日早上刚估完分，填完了志愿，考个本科没问题。我买了夜里的火车票，去北京旅游，我爷奖励的。"我接过那本《精编》，捏住书脊，整个书面就耷拉下来，猥琐得不行，好像一本阅人无数的黄色小说。他指着那书，爽朗地大笑："里面每道题我都做了三遍。"我崇敬地望着他，但不久传来噩耗，他一个屁也没考上。我问爸爸："你说那本《精编》要不要还给他，我感觉他还应该再做三遍。"爸爸尴尬地笑了两声，说："不要说风凉话，人家是没发挥好。你看下看你的数学书，连课本都是崭新的，你注定是种菜的命。"

终于轮到我的高考时间了，爸爸的教育基地换到了土根家："你去看下土根的崽哦，人家从来不看电视，头悬梁锥刺股，像你这样一日到夜离不开电视啊，完都完了哦。"手上同样拉拉扯扯，要带我去看，我总是尴尬地挣脱。但最后的结果也很不妙，我考上了大学，爸爸嘴边的新模范离中专线都差几十分，挽起袖子在村里干起了杀猪的行当。这对爸爸打击很大，他沉默了很长时间，一直到四年后，我考上研究生，他才开始唠叨："读书也没有什么卵用，你看人家土根的崽杀猪，不晓得几赚钱，盖了一栋好大的二层楼，崽都生了两个……"

炎热的夏日时光，我们一般大开着破旧的后门，透过树干，满眼是波光粼粼的池塘。凉风习习灌入，说不出的惬意。但大多时候，照样一丝风也没有，和别处一样闷热。柚子树非常结实，有一根手腕粗的枝条平伸，很像单杠，我经常站在远处，往前一跃，两手攀住它，做引体向上。冬天则非常可怕，北风毫无间歇地怒号，我总是心惊胆战，害怕简陋的后墙被它刮倒。好在想到还有那几棵大树藩护，心中略安。但风吹池水，逐渐蚕食着树下的泥土，几年之后，那棵苦楝树首先歪倒，走向弥留之际；然后结实的柚子树也逐渐坍塌，步入生命的黄昏。而我也将要离开老家，用不着再在上面做引体向上了。

后来大伯得了癌症，几次手术，还是死了。死之前，我跟着爸爸去看他，他躺在我大堂兄的怀里，脸变得像一个骷髅，胸脯一喘一喘，犹自拉着风箱，看起来就很痛苦。我赶紧跑出去，不敢等着他断气。他死后不久，大伯母得了糖尿病，越来越胖，也迷上了麻将，没日没夜。女儿们啧有烦言，有一天下午，我一个堂姐去叫她，嘟囔了几句，她突然把麻将牌一摔，撑桌而起，摇晃着企鹅般的身体，向五十米开外一个曾经清澈无比的臭池塘奔去，洒下一路的哭嚎："不要拦我，活到这把年纪，还被自己的女管束，简直活去死哦！"当然谁也不可能让她这样死，她赢了，从此女儿们没人敢再放一个屁。

但我妈妈也曾在屋后的池塘表演过这一出，却没发挥什么作用。那时她所在的炒货厂整改，放社员休息半月。由于不是全民所有制，也不是集体所有制，而是村办企业，没上班当然不发工资。我爸爸于是一天到晚唠叨，有一天她终于气哭了，穿过后门跑向池塘，三寸丁似的矮小身躯一寸寸向池塘中心挪动，爸爸站在岸边张望，看不出什么表情。她的痛哭惊起了周围邻居，于是都来相劝，也有年长的，责怪我爸爸。我跑过去，将其实很热爱生命的妈妈拉了上来。

我上大学后不久，家人也搬离了老屋。妈妈肯定不习惯，不过那时她身体已经垮了，否则绝对离不开那池塘。不管水有多脏，她都觉得那不可或缺。她热爱洗洗刷刷，感觉只有一片数亩大的水面才够她尽情挥洒，对她而言，池塘就是一个巨大的木盆。她还有个很奇特的禀赋，不管天气多么寒冷，她的手都不会生冻疮。我曾经在寒风呼啸的冬夜，站在池塘边的预制板上，站在她身后，打着电筒，照耀她搓洗衣服。不管多晚，她都不能容忍衣服没洗完。在暗淡的手电光下，我面朝北方，呆呆地看着池塘，池水的縠纹不断在北风呼啸下向我脚下奔驰，一层又一层，永无止境。我突然有一种眩晕之感，感觉脚下的预制板像一条船，正在向前移动；我站在船头，乘风破浪。

三十八 红楼梦

我有个同学叫老董，他戴一幅黄色边框的眼镜，吻部突出，像一只猩猩。但我们当时玩得很好，因为我也找不到更优秀的玩伴，或者说，在我们这个破中学，也谈不上有什么优秀的玩伴。

老董骑一辆不新不旧的自行车上学，课间时，总拉着我去车棚里聊天。其实也没有什么好聊的，就是互相取暖。有那么一段时间，我喜欢倚在不知谁的自行车上，一边和老董聊天，一边有意无意眺望教学楼二楼的窗口。我想看看那个初二的女生，我知道她的名字叫龙筠。我曾经和她做过三天同桌。那是期中考试的时候，大约为了节省人力物力，期中考试改革，让我们和初二的学生坐在一起考试。龙筠正好和我同桌，她扎一个鹊尾辫，走起路来风风火火，鹊尾一晃一晃，很配合这种干练。皮肤也白，尤其两只眼睛特别大，睫毛特别长。我从没见过睫毛这么长的女生，她扑闪着大眼睛问我："欹器是什么东西？"表情像个布娃娃，让人爱怜。原来睫毛长一点，会给女孩增色那么大。

我结结巴巴说："欹器，就是一种尖底的陶瓶，不装水或者装满水都会翻倒，只有装半瓶，才能立起来。"她说："作文出这个题，是什么意思呢？"我说："就是告诫人要虚心，不要自满。"她说："你好厉害啊，早晓得上午考语文时，问问你就好了。你是语文课代表吧？"我不好意思地说："不是。"同时瞥了一眼她的作业本，上面写着两个字：龙笤。真是个好听的名字，好听的姓，让我想起了金庸小说里的小龙女。

有一次，老董神色紧张地叫我帮忙。原来他自行车的铃铛被人旋走了，他决定旋别人的一个补偿自己。于是在上课铃响的时候，他说："帮我看着一下，有人来了，就叫一声。"我只好留下。车棚里空荡荡的，刚才熙熙攘攘的操场一个人影都没有，正是偷窃的好时光，可老董依旧吓得脸色发白。他旋下一个，放在掌心看了看，又旋了回去。我说："你怎么回事？"他回答："这个不够新，没有我的那个新。"我很想骂他一句："我操你妈，老师都进课堂了。"但忍住了。因为我刚才也央求过他，要他把《红楼梦》借我看看。

这年的春节，电视剧《红楼梦》试播了，我对里面的人物关系莫名其妙，以为外婆知道，因为她越剧《红楼梦》看过三十遍，越剧《红楼二尤》也看过二十遍，我想她应该有发言权。谁知她死死盯着黑白电视机屏幕上的秦可卿，咕哝："这只女客伙里（妇女），是宝钗的姐姐哦。"我就知道完了。

于是决定去找原著看，但上那弄呢？老董说："我家有一本上册。"

第二天，他把书带来了。连封面都没有，还是竖排繁体的。晚上等爸爸睡下，我从书包里把书掏出来，躺在被窝里看。翻到"贾宝玉初试云雨情"一节，发现书页上有一些污迹，像一泡干涸了的鼻涕。我有点恶心。内容好像也不过瘾，还不如几年前风行的地摊读物，连个"高高的乳峰"都没有。

但不得不说，还是别有一番韵味，到底怎么个韵味，我说不上来。我感觉，文字显得很有文化，很经得起咀嚼，和那些地摊读物不一样。至少里面的诗词，我很喜欢。两个晚上之间，我就把十二金钗的曲子背得烂熟。老董催问我："书看完了没。"我说："还没。"他推了推眼镜，用吻部突出的嘴吐出一句话："要不，就卖给你怎么样？"我一怔，问："几多钱？"他说："两块吧。"

两块，这太贵了。我去书店查过，人民文学出版社的新版《红楼梦》，三册，也只要七块六。何况他的残缺不全，上面还有莫名其妙的污迹，我说："算了，我没那么多钱。"我没告诉他，有钱也不会买。

我想问妈妈要七块六，去买崭新的《红楼梦》，但实在说不出口。她一个月累死累活，才挣三十几块。那段时间，我几乎放学后就去接她。她不会骑自行车，我把爸爸的烂永久二八自行车骑去，坐在后座上等候，看从后排女生那借来的《儒林外史》什么的。有一天妈妈从车间出来，说："厂里的事做不赢，要招临时工哦，你暑假来做两个月嘛。挣的钱，你自己想买什么买什么，我一分都不要你的。"

我心动了。两个月如果能挣六十元，即使我自己留下一半，也有三十元，买一套《红楼梦》绰绰有余。我说："好。"

事实上早在一个月前，我的堂弟小鹅就加入了。他干的是第二道工序——倒瓶子入池和初次洗涤。刚运来的瓶子，全都脏得要命，一倒进去，满池清水顿时就成血尿色。倒入的过程，不管如何小心，总有一两个瓶子会破。手伸进看不见底的血尿，瞎子摸象，摸来摸去，突然指尖一阵锐痛，触电般抽出来，脏水和鲜血齐流。旁边的工友倒比较友爱，会马上为你呼唤："阔口哎，拿一只创口贴来哦，有人割到了手哦。"一个嘴巴确实很阔的中年男人就跑进来，递过来一枚创口贴。但别想休息，还得继续伸入污水，如果实在流血过多，就暂时换到第三道工序——在高锰酸钾水池里刷瓶子。

我几乎干过制造汽水的所有工序，每一道都不轻松，都苦不堪言。比如第三道，有一个不停旋转的机器，竖立着七八支昂首朝天的塑料刷子，刷子本身也在不停旋转，每把刷子旁各有个小孔，不断向上喷着清水。我的任务是把瓶子倒插在刷子上，让它接受洗刷。这动作要快，瓶子插慢了，机器就空转。第四道，从永不停旋转的刷子上，把瓶子抽出来，放到传送带上，传送带一刻不歇，瓶子放慢了，产量就提不上去，大家都要受罪。因为每天制造多少箱汽水，是有规定的。时光缓慢，好像一分钟变成了六百秒，有时看见日光西斜，暗暗松口气，突然阔口踱进来，传达指令："各大商店都说，我们的汽水卖得好火，货源严重不足，领导刚才发话，今日加班，多做两百箱。食堂开了饭，大家先去吃了再做。"我听在耳朵里，感觉天都要塌下来。他又指着我，"做事就做事，还坐到，你是来做事的，还是来享福的？"发音古怪，属于南昌某偏远郊县的口音。他一边说，一边从我屁股下一把抽走装瓶子的木箱，奋力一甩，箱子撞在外面的墙壁上，四分五裂。

妈妈好像没有什么，她逆来顺受惯了，还时不时安慰我：

"崽啊，你累不。"这是废话，怎能不累。她还采取贬低干部的方式安慰我："刚才那只不准你坐到的阔口猪，不晓得是哪只山沟里的人，只是因为认得王玉英（村书记），户口就转到我们金顺来了。这还事小，跑得来还做监工，管我们这些老社员，不晓得几舒服。"最后以一句比喻结束，"有当官的亲戚，干鱼子都会划水哦。"

夜色弥漫，我们使出最后一点力气，洗刷着瓶子。车间外，蛐蛐在鸣叫，厂长刘三驼来视察了，但没有跟我们握手，只是鼓励我们大干快上。他认得我妈妈，说："你还在这里做啊。"但没有后话，被两个小头目拥着到了外面，坐着喝酒嗑瓜子说笑。一个立地台扇站在附近，对着他们不停吹拂。妈妈说："这只刘三驼，年轻时是跟我们一个小生产队的，挑尿桶，没想到现在当上副村长了。"我怜悯地看着她。整个车间干这种苦活的，几乎都是乡下跑来打工的年轻人，像她这样的老社员，绝无仅有。多么可悲的人生！

最轻松的，当属第一道工序，只要用小推车推着一箱箱瓶子，堆到水池边就行了。干这道工序的，是一个矮墩结实的青年，嘴巴有点歪，大约二十七八岁，只要有空，就看见他蹲在那里擦拭一辆二八自行车，车很破，但钢圈永远铮亮，白晃晃耀眼。他一边擦，一边歪着嘴跟我搭讪："今日的报纸上说，有只流氓强奸杀人。我就搞不清楚，为什么要做这种事嘛？想女人，找个老婆不就行了吗，你说是不是嘛？"一个成年人跟我聊这么沉重的话题，我简直有点不习惯。他似乎有点弱智，总听见有人揶揄他："歪头，你蛮辣（厉害）哎，找了一只那么漂亮的老婆。"明明是嘴歪，为什么别人叫他歪头，我没搞懂。每次听到这话，他的嘴巴就更歪了，笑得。妈妈说："这只人，也是村干部介绍来的，要不然扇头搭脑的，能做到那么轻松的事？"我说："有什么好说的嘛，就你最没用。"她笑了笑："是哦，我太老实了，人也扇哦。"

最可怕的是夜班，头顶上电扇不停旋转，它们不会换班，除非碰上停电。而停电，几乎是没有的事。我曾经为它们担忧，想想它们，究竟比我更苦。我担心它们中的一个，最终会不堪重负，从屋顶上掉下来，一阵俯冲，将正在劳作的苦命人的脑袋削掉几个。

但有时会碰到机器坏了，一时半会修不好，仿佛是天赐。我离开岗位，躲到仓库旁边，偷偷从窗口爬进去，躺在一堆饮料瓶上睡觉。哪怕周围的空气可以点燃，都会迅速睡着，但总会很快被人摇醒："起来哦，路毙哎，机器修好了哦。"挣扎着醒来，感觉浑身都痒，蚊子已经不假思索在我身上咬了无数个包，而睡梦中的我，毫无知觉。

熬夜劳作一晚上，骑着自行车回家，路过疤子家开的杂货店，用一毛钱买了一块桃酥饼，边吃边骑往小河边。朝阳刚由深红的圆盘变成橘红色的圆环，斜挂天际，神采奕奕。几个中老年妇女正蹲在桥洞下洗衣服，偶尔砧声橐橐。我跳进河里，游了两个来回，万物静谧，耳边只听见水波之声，感觉浑身清爽，睡意仿佛也离我而去。但刚一上岸，又忍不住呵欠连连。我跨上车，背着朝阳，歪歪扭扭骑回去。躺在堂屋的竹床上，很快沉沉入睡。顷刻后醒来，阳光已经斜斜照在堂屋东侧的墙上，暗红色，无精打采，仿佛也等待下班。我看见小鹅正站在我的床前，穿得整整齐齐，叫道："叫都叫不醒，要上工了，准备走哦。"

有个妇女，也带着她念高中的女儿在那干活，女儿长得白白嫩嫩，偶尔跟小鹅调笑，当然只是为了打发寂寞和辛劳。有一次日班，我带了一本《读曲常识》，修机器时坐在那里随便翻两页。她问："你还看书啊，看什么书哦？读曲常识，什么意思。啊，不懂，你蛮用功哦，想考大学是不，来，帮我抬一下这个箱子。"我不好意思地把书收起，接过她抱在胸前的木箱子，手背碰到她软绵绵的前胸，不知道是乳房还是别的什么。我的心跳了一下，寻思，摸到的到底是乳房还是肉？

有很多乡下姑娘，被或远或近的亲戚介绍来，个个面色黧黑，谨小慎微，但不久也就略施粉黛，和男员工打情骂俏。小鹅很快也泡上一个，人矮矮胖胖，浓眉大眼，其实蛮精明。她和小鹅搭配，做第二道工序，就有人在旁起哄："你们是一对哎，搞成了请我们一起去吃酒哦。"不久他们真的结了婚，我坐在迎亲的客车上，直往西奔，走过八一桥，走过各种不知名的村庄，一上午都在山路上颠簸，终于，汽车喘出一口长气，熄了火。我的面前是一个猪圈式的村庄，四围散落着跌跌撞撞的破屋，地上屎尿横流。一条狗站在树下，呆呆地看着我们，瘦骨嶙峋，一脸蠢相。我看见堂弟的新妇浓妆艳抹，头戴红花，被两个黧黑的妇女搀扶着出来。她的爸爸满脸风霜，穿着一身很不像样的西装，但和他的脸相比，似乎还要体面些。他不知所措地笑着，目送女儿走上客车，逐渐远去。我坐在车里回望，很久，仍看见他呆呆像一截枯木桩，立在一片鸡鸭鹅屎之间。

月底终于到了，我领到了三十一块钱。我如愿去铁路书
店，买到了那套《红楼梦》。

三十九　金瓶梅

　　我把妈妈给我的二十块钱塞给二舅，二舅把钱推回来，说："算了嘛，一家人，拿什么钱嘛。"我又坚决推给他："那哪行哩，白住到你屋里，已经不好意思了，总不能又白吃吧。"

　　推托了几个来回，二舅接下了那几张钞票，我也松了一口气。

　　那段时间我借住在二舅家里。因为将要高考，而城南经常断电，晚上复习功课不成，所以妈妈跟二舅母商量，希望能借住一学期。二舅母和妈妈一向关系还不错，答应了。她答应了，二舅当然不在话下。但伙食费是要给的，我们很自觉。

　　就路途来说，金塔街离我念书的中学不算近，和城南差不了多少。只是金塔街永远不会停电，灯红酒绿，繁花似锦；而城南满眼漆黑，仿佛远古洪荒。就算不为了复习功课，在金塔街借住，心情仿佛也不一样。

　　我偶尔会溜到外婆住的楼下看一会电视，但不敢多看，毕竟借住的理由，不是为了看电视。大多时候，我都会装模作样在灯下看书。二舅母住在二楼，外婆住在一楼。他们原先的老房子早就推倒重建，临街起了四层楼房，最下一层，被改成铺面，出租给修车铺，收入过得去。修车铺的青年满面油污，油嘴滑舌，有一次我听见他调侃外公："爬灰是什么意思，你老人家晓得不？"外公说："回去问你爷哦，他做这种事，不晓得几轻车熟路哦。"他还挺会用成语，毕竟念过私塾。

金塔街离新华书店很近，我经常去逛，那时还不开架，只能隔着柜台张望。有时鼓起勇气，请店员帮我拿一本看看，但如果连着看两三本，我就一定会买一本，仿佛只有这样，才不算白麻烦别人。曾看见卖新版的《鲁迅全集》，十六册精装，塞满一纸箱，很眼馋，但七十六块，几如天价，想都不敢想。有一天，赫然看见一本《金瓶梅》，封面上画着一个窈窕的女人，我当即面红耳热，曾在一个文摘报上看见介绍，说此书以色情描写而闻名，只有县团级以上的干部，和专门研究者才能凭介绍信购买。难道现在竟然公开出售了？改革开放的春风，真是吹遍了神州大地啊。我强作镇静，对店员说："麻烦帮忙拿那本书看看。"我的手指着它。店员脸色漠然，说："三块八。"没有一点动手拿的意思。我有些尴尬，只好硬着头皮说："好，买一本。"

我把书藏进书包，鬼鬼祟祟离开了书店。夜晚，在灯下做英语试卷，心思完全黏在了那本书上，又不敢拿出来看。舅舅和舅妈在隔壁房间看电视，我怕他们过来。终于，隔壁的电视机声音戛然而止，灯也熄了。我也赶紧去厨房洗漱，钻进了被窝，同时打开了台灯，掏出了那本书。

翻开封面，有几幅线描的插图。有一副比较火爆，一个披发的古代女子，云鬟倭堕，金钗半躃，半侧着站在梳妆台前，上半身一丝不挂，画出了一个高耸的乳峰。我立刻硬了起来，开始看正文。第一页就发现不对，现代味十足，不像明朝人的口吻。继续翻下去，越发感觉蹊跷，于是用拇指按住书页，哗啦啦一翻。我曾从小鹅那里借过一本署名全庸的武侠小说，黄得不得了，我也根本不屑看情节，只用拇指按住书页，哗啦啦一翻，色情段落一个都没跑掉。但这回，我傻眼了。

干脆翻到前言，果然上当，不是"兰陵笑笑生"的原稿，而是现代人改写的纯洁本，纯洁得简直可以推荐给中学生当课外读物，可它怎么敢命名为《金瓶梅》？这岂不是欺诈。但等我再仔细看封面，才发现错怪了人家，原来书名"金瓶梅"三字下，有一个很小的篆书印章，显然是个"传"字。也就是说，这本书根本不叫《金瓶梅》，而是不知哪个流氓改写的《金瓶梅传》，改革的春风，并没有吹遍神州大地。我丧气地将书扔下，躺了一会，感觉下面还是一如既往的硬。又捡起书，翻到有半个饱满乳房的女性侧影那页，边看边快速把体液放了出来。

有一天半夜，我感觉有点不舒服，爬起来上厕所。已是晨光熹微，我望着窗外，路上还没有多少行人，偶尔有几辆汽车跑过。不远处一个工地脚手架静静屹立，上面挂着几盏灯，正红艳艳亮着。却万籁无声，仿佛刚刚发生了核灾难，被人猝然遗弃。我站在窗前，凝神观看，突然百感交集，眼泪扑簌簌掉下，不知为了什么。然后又剧烈咳嗽，眼前一阵目眩。二舅也被我吵醒了，他走过来，问："怎么了？"

我说："没什么，只是有点不舒服。"

他过来摸摸我的额头，说："发烧了，到医院去看看，你前段时间也咳。走，我带你去。"

　　我感觉很冷，两手交叉，抱紧自己的肩膀，说："我这么大了，自己去吧，又不是什么了不起的病。"但随即一阵恶心，呼的一声，喷出一束发酵的食物残渣，像脑浆一样，溅了满地。

　　二舅没有生气，相反，他给我披上他的呢子大衣，说："天气冷，要注意带热火点。走吧，去医院。"

四十　在病中

我站在暗室里，等待 X 光照射。这不是我第一次照射 X 光。初一时，班主任老朱突然要我们交五毛钱，说是有好事，有人弄来了一架 X 光机，给我们做体检，机会难得。我回到家，艰难地向妈妈说了这件事情。她无可奈何，给了我五毛钱，送我在胸透机上吃了一回射线。

此刻我很喜悦，我隐隐感觉，这次会有一个彻底的解决方法。

金顺村有一个医务所，可以免费拿药。医务所里常年驻扎一个中年妇女，矮小黝黑丑陋，名字叫美凤，隐含着出生时，父母对她的无限期望。妈妈仿佛跟她很熟的样子，一旦我们有点头疼脑热，她就说："到美凤那去拿几粒药嘛。"在铁公鸡看来，这真是了不起的福利。

那年深秋，我开始咳嗽起来，爸爸说："去村里的医务所看嘛，不要钱的药，吃不得啊？"

于是去了多次，从美凤手中拿了不少药，黑乎乎的，圆圆的，甘草片什么的。但没有什么用，时好时坏，断断续续。

也自己去了两回正规医院，比如市第三医院，由于年轻而愚鲁，加上咳嗽确实时好时坏，我总是拿不准咳嗽的时间：

“咳了有半个月吧。”医生也不望闻问切，也不听诊，低下头就开药，龙飞凤舞，中药片，西药片，我拿了回家去吃，仿佛也没什么用。

这回医生果断要我去作胸透，我想，真好，应该能查出真正的问题，我受够了，就让这一切结束吧。

怀疑是肺炎。中年女医生龙飞凤舞，写了三种药名：

复方奎宁 2 片 3/1 日

Penicillin80 万 2/1 日

Streptomycin100 万 1/1 日

只有第一种我能看懂，但我很高兴，这应该是有水平的医生。事实证明，也确实是这样，只打得两天，顽固的咳嗽完全止住了，浑身上下说不出的通泰舒服。这让我对那个女医生极其崇拜，有事没事就模仿她的笔迹，在纸上写青霉素和链霉素的外文名，伟大的西方神药。

每天中午，我骑着自行车去一趟医院注射室，在一个破旧的板凳上搁下我的屁股，瘦削而青春。第一天我还皱着眉头，闭着眼睛感受着尖锐的针头插入屁股，几秒钟的功夫，中年护士就将药水尽数推入了我的肌肉，一阵酸胀。我提起裤子，如释重负。她问：“什么病哦？”我说：“肺炎。”我跑出门外，骑着金狮牌自行车，冲出了医院的大门，在春天的南昌城中游弋。浩瀚如海的青春，真的视疾病如无物，真的没有放在心上。

一周后，我重新站在 X 光机前，等待着医生轻描淡写地挥手："没事了，回家去吧。"结果我走出去，他面无表情："再去挂个号，找医生看看。"

遵照吩咐，我接着又拍了一张 X 光片，我崇敬的中年女医生说："你只咳嗽了半个月？不，起码半年，……我们这里不行……转院，去肺科医院吧。"

如果时间提前半个世纪，我就该和青春告别了，它一点都不浩瀚，它不是蔚蓝色的大海。它是沙漠，是黄昏，是枯枝败叶，是渣滓。小时候看过一个日本电影，《绝唱》，女主人公就是得这个病死的。她苦苦等待当兵的丈夫归来，有一天一边干活，一边咳嗽着，下意识用手帕去捂，一片血红，她傻眼了，痨病是那时的时髦绝症，她知道，这意味着她很快要进入坟墓。我还在书中读到了无数个这种病患者的命运，史蒂文森、莱蒙托夫、契诃夫、鲁迅、郁达夫……最后都是个死。但在上个世纪八十年代末，我完全无需担心，这点知识，我还是有的。

肺科医院坐落于八一公园后面的一个破院子里，全是平房，像六七十年代的大队部。带我来的是大姨父小柳，他的老婆，也就是我的大姨，前不久也刚告别这种病，从苏州疗养院痊愈归来。他大包大揽地说："这只医院我有熟人。"

他把我带到一个老医生面前。那家伙长得很像一只老猴子，满脸皱纹，一圈一圈的，像涟漪一样，以鼻子为圆心向四周发散，或者说像草帽尖顶上的纹路，又或者更像沙皮狗的身体。总之，好像他的脸皮曾被极力拉开，又一松手，弹了回去，但从此就大了一号。从他身上，看不到一点医生的影子。他接过小柳递过去的香烟，塞进嘴里，一边吞云吐雾，听小柳代我叙述病情，一边眯着眼睛，好像身处中午时分的动物园，没有游客，只好静坐养神。小柳又递过去一根烟，他嘴上的烟才抽了一半，但并没有推辞，照样接过，将其夹在耳朵上。最后狠狠喷出一个烟圈，慢条斯理地说："先去做个透视。"手不停，刷刷刷已经开好了单子。

我抱回了一箱子药，链霉素和利福平，开始吃了起来。那时我的身体已经没有生病的感觉，但既然被告知，肺部已经出现一个空洞，也只好吃着。

半个月后，我和小柳又去见了那只老猴子，他再次让我去做胸透。放射科的医生说："半个月前做的胸透，又做？"我对小柳说："胸透这东西，老做恐怕不好吧。"小柳有点不高兴："乱嚼什么哦，医生还会乱来？听医生的。"

我只好不情愿走进了阴暗的屋子，想象着无形的射线像机关枪一样在胸前扫射，心中一阵悲凉。

吃了很久的药，也早已离开了二舅家，因为舅母颇为恐慌，担心传染给她才三四岁的儿子。我也很惭愧，重新搬回了城南。我还得承认，药吃得很不规律，有时甚至隔两三天不吃，现在回想起来，颇为奇怪，当时真的无所畏惧。

最后见到那只老猴子，大约已是一年之后。他看着胸片，说："不行，抗药，你得换吃二期抗结核药。"我把药拿回家，这种药没有胶囊，也不包裹糖衣，很苦。除此之外，也似乎没有别的感觉。半个月后，我照例去检查肝功能，一个年轻的女医生看了检查结果，用一种同情的态度告诉我："转氨酶指数偏高，要吃保肝药。"

但她看了看我的胸片，随即惊讶道："全部钙化了，你已经好了。”

“不要吃药了？”我不敢相信自己的耳朵。

“好了，片子上已经钙化了。”

“真的？但那只医生怎么还说我产生了抗药性，还给我开吡嗪酰胺？”

她怔了一下，轻轻地说：“可能吃了那种药，就立即钙化了。”

这是一个很好的理由，但我并不信。我说：“好吧，谢谢你啊。”

我一身轻松地跑到外面，仰望苍天，正是春季，路边的法国梧桐上，已经满是毛茸茸的叶苞。我的心中倒也没有什么太大的喜悦，只是觉得轻松，再也不用和这个破地方打交道了。我甚至怀疑，那种名叫吡嗪酰胺的药根本不需要吃，我脑子里再一次浮现老猴子猥琐的影子，骂了一声：“这只该死的老棺材，完全就是个混混！”随即推着自行车，一阵疾跑，接着纵身一跳，跳上了座位。我奋力蹬动脚踏板，像风一样奔驰在春天的城市街道上。

四十一 除夕的下午

　　除夕的下午，我和弟弟坐在床上打牌。往常我们都是一家四口坐在床上打牌，有时住在我们前面的丽华也会来，她和我妹妹年纪差不多大，是乡下罕见的独生女，还是城市户口。她父亲吻部突出，当时觉得长得像个猩猩，绰号叫"鹅相"，名实非常相副。现在想来，有点像新版007丹尼尔·克雷格。他为什么能娶上城市户口的老婆？是因为他哥哥很富，我前面提到过的那对孪生富兄弟，就是他的侄子。

　　丽华很喜欢跟我们一起打牌，我们总是赢她的钱，一角两角的，也不多。赢她的钱不需要串通，因为她智商不高，小学还没念完就辍学了。有一次我妹妹从前面跑回来，捂着肚子狂笑："你们晓得不？丽华的娘，请了那只瞎子跟丽华算命，瞎子说，丽华将来能考上大学，还会当官。搞得鹅相信以为真，骂他的老婆，说都是他老婆让丽华退学的，吵着要再送丽华去学堂。丽华的娘不服气，说两门功课加起来都不到六十分，上个卵学……"我也笑得差点躺到地上。

　　妈妈在厨房里忙碌，准备丰盛的晚餐。我们的心情自然是好的，为了突出节日的感觉，我们开着那台可爱的黑白电视机。平时想看，也没有电，但除夕的下午，这个担心是不必要的，村长早就提着财货去了供电局。此外，平时我们不可能打牌，更不可能开着电视机打牌，铁公鸡可不是好惹的。他本质很农民，信奉过年吉利，不能发脾气，只要我们不太过分，他就不会干涉。可怜的是，他永远无法实现自己的理想，因为在这个美好的时刻，妈妈总会找上他吵架，这注定是他人生的保留节目。

为什么吵？当然为钱，难道还为政治理念？但再穷，过年总要买肉，经济免不了紧张。这两家伙就会像鬼一样叫唤，尤其我妈，简直比鬼还凶。她平日任劳任怨，动物一样劳作，好像无怨无悔，却不是想象的那样安贫乐道，一到过年，尤其绝望，捺着屁眼尖叫："都怪那只大沈桥的扇别，要不然老子哪会这样吃苦？在我们金顺村，退得出去随便找一个，都不晓得比你这只铁公鸡好到哪去了。"

我去过大沈桥一次，那是婆婆死的时候，我的二姆娘分派我和堂姐小凤去报丧。二姆娘，也就相当于书面语的二伯母，但你知道，乡下的称呼总是不可理喻。她不讲卫生，一张脸永远乌貌烟糟，家里比猪圈好不了多少。有一次我放学，和同学走在一起，一辆风烛残年的公交车突然跑来，身子晃了两下，在我们身边停住了，两扇破门咣当一声弹开，呕出一堆灰不溜秋的人，其中就有一个她。这是一次巧遇，我和她寒暄告别，同学问："那只女的是哪个？"我下意识觉得姆娘这称呼不可靠，但那时小，不知道怎么换算为书面语，只能老实说："是我姆娘。"几个蠢货果然笑得打栽。"是不是保姆啊"，他们说，"你还有保姆，跟地主阶级一样。"

二姆娘当时坐在婆婆的尸体旁，按照乡下的礼节演奏般干嚎："我的可怜的婆子哎，你一生一世都在吃苦哦，没吃没喝哦哦哦～～～"又戛然而止，语调正常，给其他亲戚分派任务，"小林啊，你去洪都机械厂跑一趟啰，买几对粗点的红蜡烛来啰，跟大牙叔同去；你，小秀，去邻舍屋里去借些桌椅板凳来啰……"随即又突然转入干嚎："我的可怜的婆子哎，你一生一世都在吃苦，没吃没喝哦哦哦～～～"好像一台收音机正在调试波段，喜怒哀乐之间没有任何过渡，又仿佛是一个坏了交感神经的中风患者。

我和堂姐立刻行动起来，一人推出一辆破自行车。婆婆唯一的亲生女儿住在大沈桥，我应该叫她姑姑。我毕生只见过这位姑姑两次；而那位城里的，倒见过无数次。有一次我还莫名其妙梦见过后者的女儿，可能我潜意识的梦想是做一个画家。

继续说我这位大沈桥的姑姑。嗯，我只见过她两次，一次是她来看望病重的婆婆，带着一包马粪纸包的红糖，坐在床沿上，叹息了一两声，回去了。再就是这次报丧。我和堂姐像过年一样，在坎坷的乡村煤渣路上欢快奔驰，正是春回大地，夹道杨柳依依，我们笑逐颜开，自行车颠簸的噪音，丝毫没有扰乱我们聊天的兴致。现在回想起来，主要是堂姐的兴致，她那时刚刚发育成一个大姑娘，正是思春年龄，一路眉飞色舞，跟我炫耀有哪些男人追她。"喝臭的头子，也不屙泡尿自己照照。"在倾诉的过程中，她不断发出上面这句感叹。前一句是南昌方言，外地人不好理解。其实只是记音字，"喝"是修饰"臭"的，读音比普通话的"喝"嘴巴要圆一点，表示"极其"；"头子"，是指长相。堂姐的意思是："好丑的相貌。"看来她是个唯美主义者，但她后来的老公又矮又胖又黑，应该正是"喝臭的头子"中的一个。不过我能理解骑在那辆自行车上的堂姐，那时她年方二九，正位居可以挑三拣四的骄傲年龄。

我们进了姑姑所在的村子，村里的泥巴路上满是硕大滚圆的牛粪，小肠般结实的猪粪，以及狭小瑟缩的鸡粪，琳琅满目，我们毫不在乎，把破自行车蹬得飞快，咣当咣当，在它们身上留下青春飞扬的轨迹。很快就到了报丧地，我的姑姑满面风霜，正站在她破旧的屋子前面纺着麻绳，身子一扭一扭，但无精打采，好像刚流产过一次，以她那个年龄来说，确实很伤身体。听到讣告，她面无表情，回头嚎叫了一声，低矮黑暗的屋门立刻吐出两个青年农民，男的，我应该称呼为"表哥"。他们似乎刚刚起床，头发仿佛鸡窝，直愣愣看着我们，一脸呆痴，两条红红的布带子分别系在他们的裤腰上，显得非常喜庆。头上只缺一条白羊肚毛巾，否则我真担心他们会突然婆娑起舞，敲起那什么安塞腰鼓。这将很不搭，要知道，我们这可是江南。

此地，就是我妈妈口中常说的大沈桥。那个给她做媒的女人，就住在这里。妈妈总是委屈地提到这个地名，但其实我对那神秘的媒人充满同情，她可以说是做了一件好人好事，又招谁惹谁了？我的意思是，就我妈妈那样，既没文化，又谈不上什么姿色，嫁给我爸爸那个窝囊废，也算相得益彰。我真的不明白，她有什么好委屈的。爸爸对此就很清醒，他常常一句话就把妈妈撑靠了壁："是怪那只大沈桥的哦，我也是吃错了药，找了你这只神经病，一年到头，就晓得骂人，嘴巴比屁眼还臭，硬是只屁眼嘴。"然后，然后有时候，这两个可怜虫就会扭打到一起。

我和弟弟就这样幸福地打着牌，我已经赢了他五角钱，那是他可怜的压岁钱的一部分。和别人在除夕夜才能得到压岁钱不同，我们在除夕的下午，压岁钱的数目就好像二十岁那样定型了。我们没有什么亲戚，也不指望能从他们那拿到压岁钱。压岁钱的习俗和外交一样，是遵循互惠互利原则的。我只能遗憾，我们的穷鬼父母无法给别人的孩子相应的待遇，曾经有个同学告诉我，他的压岁钱有一百多块，我心里一口咬定他是吹牛，但嘴上得意地告诉他，我的所得也差不多，虽然实际上连他的零头都不到。

我一边打着牌，一边有一眼没一眼地望着那台黑白电视，在同学面前，我还会告诉他们，我看的《红楼梦》也是彩色的，真不要脸。可是既然在这样的家庭成长，要脸有什么用，能吃还是能喝？我看着那台黑白电视机，它沐浴在喜气洋洋的除夕气氛中，卖力地给我们播着电影，一个黑白的故事片，估计故事背景是八十年代初，讲的是一个城市女青年，被父母逼着考大学，好几年都没考中。后来认识了一个男青年，说是大学生。两人在屋里耳鬓厮磨，那时银幕上还不兴脱裤子，他们只是依偎在一起，你摸摸我的肩膀，我捏捏你的手臂，连聊解饥渴都谈不上，真替他们着急。那女的是演员，长得颇有姿色，我见犹怜。她喃喃地说："亲爱的，找了你这个大学生，我考不上大学，也没什么遗憾了。夫妻俩至少有一个是大学生。"男的突然滚下床，从床下抽出一把铁锹，狂笑几声，像厉鬼一样嚎叫起来："哈哈，大学生，大学生，这就是我的大学，我他妈就是用它上大学的。"原来他是一个铲垃圾的清洁工。

我摸牌的动作突然停了下来，电视里那两个神经病，和我爸爸妈妈似乎有点相仿，要在现实中，恐怕会让我抓狂；但出现在电视里，就显得那么温馨，丝毫没影响过年的兴致。我把手中的牌一摔，干脆全神贯注欣赏起电视来。我那七八岁——或者有十岁——的弟弟很有些意见，他用长满冻疮的手把散乱的牌收好，横着洗了一遍，竖着又洗了一遍，再横着洗了一遍，竖着又洗了一遍，畏畏缩缩地看着我："还打不打嘛？"我粗鲁地呵斥他："死开死开，不玩了。"他愣了一下，默默地收起牌，闷着头坐着。我不怕他生气，反正他打不过我；我也不怕他难过，我的心灵还没那么丰富。我突然对打牌这种娱乐很不满意，看黑白故事片，才是真正的娱乐。那真是一个温馨的故事，恋爱是主线，考不考大学是副线，爱情最终会战胜现实，比起我们家鬼哭狼嚎的生活，真是不知温馨到哪里去了。我沉浸在那种温馨中，把弟弟完全抛到了脑后。我甚至都忘了，应该把刚赢的五毛钱还给他，但在那时，我完全没有把他放在心上。

四十二　画画

　　园子很简陋，也不过就几种花，茶花最多，还有月季和含笑。花名都是铜锣告诉我的，他对这些很熟。除了园子，还有一个玻璃屋顶的温室。铜锣的爸爸是学校的老师，兼管花房，于是他借了一把钥匙，带我进了花房。从此，诗词中的意象才像花朵一样，朝我真正绽开。我那时肚子里已经藏有上千首诗词，也觉得美得不行，但都是麻木地背诵。我很想坐在这里画画，画这些花。

　　铜锣说："我找两个模特给你画吧，前面这个女孩子怎么样？"他用手指指。

　　我心中暗喜，因为不久前注意过她。有一次，见她站在门框边，西风吹起她的额发，场景非常古典，仿佛《楚辞》里的意境，让我有点怦然心动。于是我说："好啊，看你的本事。"

　　当天下午的自习课，她果真就坐到了花室里，当我的模特了。我的素描水平并不高，毕竟没有经过科班训练，但我从小喜欢这个。儿童时期，外公家的堂屋上贴有一幅猛虎下山图。有一天晚上，我趴在阴暗的电灯下描摹起来，让我的舅舅们大惊，说："画得这么像啊，有点子天分哎。"念书的时候，我爱上了篆刻，兴趣越来越浓，对很久以前热爱的画画又重燃了火焰。我偷偷买了一些书自学，一度也曾想考美院。只是，我不知道怎么才能进入那个考试圈子，我听说是有一个圈子的。

有一个暑假，我那美院念书的表姐来城南扫墓，祭奠我的婆婆。天热得像火葬场里的焚尸炉，表姐打扮得仪态万方，一身簇新的裙子，坐在我家简陋的房间里，摇着折扇，宛如天人。我爸爸指着我说："枕石也喜欢画画哦。"拿出几张我的习作。表姐顺口说："不错不错。你改天来我家找我吧，我给你介绍几个朋友认识。"我诺诺连声，将正在摇头的电扇固定方向，只为她一人服务，不过后来并没有真的去找她，实在是不好意思，脸皮太薄。

我买了一些书，照着画素描，石膏像、静物，还画过一些女性裸体，但从来没有因此硬起来过。这到底怎么回事？难道艺术果然只是艺术？我弟弟那时十岁，他向爸爸告状："你看哦，枕石日日画些不要脸的东西，还贴到挂衣橱上和墙上。"爸爸竟然很理解地说："你不要管他，那是艺术，你不懂。"但背过身去，又开始嘟哝，"艺术家都是流氓，画画难道一定要画赤膊裸体？画别的就增长不了技术？"

还买过一本《保罗·加利的铅笔画》，太厉害了。铅笔的线条，每一根每一根都能看出起止，整幅画面就是一条条铅笔线聚拢攒射，但组合起来，明暗灰白各种色调齐备，人物风景栩栩如生，所谓中国画的"墨分五彩"这句话，仿佛就是为他造的。一支普通的铅笔，在他手中简直好似魔棒。在一根根灰色的线条下，上帝创造的世界，就此诞生。我学了好久，当然学不好。那真是可怕。

国画也学过，那时喜欢画工笔，描线就描半天，三矾九染又两三天，不过效果还可以。我挂在衣橱上，不管远看近观，都和印刷的无异。当然，我其实更喜欢写意，那种墨色茸茸，浅淡不一所造成的独特效果，我认为才是真正的艺术，而工笔，总归要呆板些。但写意一笔下去不能修改，而我非但没有老师教，也没有那么多钱可以买生宣。每次买两张宣纸，都要躲着爸爸，否则会惹他大发雷霆："叫花子玩画眉，你也得看看自己配不配。"工笔画坏了，还可以一遍遍地涂色掩盖，只要肯花时间，效果总不会差。这其实也是虚荣心所致，我想让别人看到自己的"才华"。

我正在画着，有这个掩护，我可以尽情盯着她看，而且可以要求她不许动弹。突然，砰的一声巨响，花房的门被一脚蹬开，班主任老卫冲了进来。蓬松的短发仿佛根根竖起，她左右扫视了一下，迈着弓步，戟指对我怒骂："你这个人是怎么回事，以你的成绩，考个重点大学都不难，至少是本科，画什么屁画？考美专，你是不是疯了，美专那都是一些混混去考的，他们考不上任何学校，没有办法才走那条路。"骂完，又随便扫了其他人一眼，大概觉得都是些人渣，根本不值一骂，恨恨地将门一摔，走了。

我们面面相觑，静默了好一会。铜锣讪讪地笑道："老卫怕我们这些差等生把你带坏了，她拿不到奖金呢。"

吃晚饭的时候，妈妈拿出一张照片，是外公和外婆的合影，在阳台上，背对着阳光。都穿着老式服装，纽扣还是布的。外婆自小心灵手巧，很擅长缝制衣服，我妈妈每次缝被子都束手无策，只能请她帮忙。她一边缝一边呢喃："硬确实没有用哦，连被子都不会绽[1]哦，没有用哦。"大概这身衣服，也是她自己的剪裁。他们坐在椅子上，慈祥地微笑，万物都仿佛蒙上了圣洁的光辉。妈妈说："他们听说你会画画，你能照着这张照片，画一副合影不？"

我还没回答，爸爸插嘴："画什么鬼合影哦，你上次倒专门给你那只阎王订了一幅瓷板像[2]啦，他说了你好不？"

妈妈说："死开死开死开，又在说这些没有油盐的事。他说不说我好，那是他的事，我这只做女的，总不能不孝顺。"

爸爸仰天大笑："不要自作多情。"他转向我，"你还不晓得吧？你娘扇里扇气哦，想拍阎王的马屁，给他去画像店订瓷板像，就只订一幅；你外婆，她就不管了，笑死人不？你那几个舅舅看到了瓷板像，说，这是我们刘家人自己的事，她哪有资格管哦。又重新给阎王和你外婆各订制了一幅。你说她是不是扇绝了灭？浪费钱，又讨不了好。"说着，再次面对妈妈，"他们这次拆迁，三个崽一人分到两套房子，你有一蒆卵份不？还有金塔街靠大马路的铺面，一个月租金一两千，分四份，阎王跟三个崽一人一份，你不眼馋？你几个姊妹，除了老二在铁路上工作，活得蛮平整之外，你跟小妹子几个，都穷得无立锥之地；你那些兄弟，锦上添花，哪个搭理过你们嘛？"

"做女的，嫁出去的女，泼出去的水。"妈妈怒道，"你城南大队哪个屋里的女分了爷娘的房产？说话不凭良心，这

---

1 绽：缝。
2 瓷板像：南昌习俗，父母年老，生前要给他们画肖像，烧制为瓷板，将来去世后，挂在墙上作纪念之用。

三个子女，小时候不是我娘屋里人帮带，长得到这么大？你这种卵男人，自己没本事，日日眼羡我娘屋里的房子，你要不要脸哦。"

"不要吵了。"我烦躁地打断他们，"一日到夜，就晓得吵得卵断。"

爸爸往嘴里扒完最后一口饭，把碗重重按在桌上，说："我懒搭得你们，娘娘崽崽都是尽料的夹沙糕。"

收拾洗漱完一切，他们坐在床上看电视，我则回到自己的房间，并不是复习功课，我不喜欢复习功课，也不知道多久没复习过功课了。我拿出她的照片，这是我借机问她要的，说不如照着照片画。她也爽快地给我了。是那种黑白证件照，半寸的，很小。我在台灯下左看右看，然后铺开一张素描纸，开始描摹。我感觉肖像能不能画得像，主要在于嘴唇，当然，这大概是我个人的独特理解。因为我看一个女孩，检验自己能不能喜欢上她，就是看她的嘴唇，是否能让我产生亲吻的欲望。她能，她的嘴唇丰润，上唇微微上翘，启我退思。然而悲哀的是，我画了一两个小时，怎么也画不像。

还好，外公和外婆的画像，我却画得不错。因为他们老，脸上沟壑纵横，特征明显。

第二天傍晚，妈妈回来后，我把画像给她看。她高兴地说："蛮像蛮像，我们下次给阎王送去。"

四十三　春游

星期天，依旧是没有睡好的一天。每天夜晚，我都忐忑不安，躺在床上，眼睛虽然闭上，大脑却像进入极昼，头盖骨内亮堂堂的，七窍仿佛可以透出光来，找不到以前那种在梦乡中酣畅摸索的感觉。我依旧在自己的头脑中活动，只是动作要慢些。我有时想，人要是能不睡觉，该有多好。

可是依旧要起来，而且一会儿就精神抖擞。我把自行车推出来，时间还早，就按照惯例，抱着一本诗词书，从后门出去，站在池塘边纵目远望。春天清晨的空气，沁人心脾，远处光秃秃的河岸，倒也颇有一些意境。

我家的屋子后面不远处，就是经常去洗澡的小河，人工挖掘的。在农耕季节，这条河是农业用水的重要保证。小时候，和堂姐们一起下农田，干到半途，她们会突然赤着两条腿疯狂跑上田埂，好像通缉犯发现了警察，抛下一地的泥巴脚印。她们一径跑到河边，扑倒在桥下的石阶上，垂下头，两手捧起河水就往口里送。我也曾经这样做过，因为那河水是碧绿的，仿佛确实很干净。

河两边的植被非常茂盛，从后门出去，越过田埂，走上两百米，就能到达河边。周围都是菜地，菜地旁，是稀稀疏疏的小乔木和密密麻麻的灌木。夏天的时候，整条河都被植被笼罩，就如周邦彦词里所言"朦胧暗碧"。一个中午，在干完一点体力活后，浑身是汗，我和爸爸来到河边洗澡，坐在浓密的树荫下，点点滴滴的阳光溅在身上，感觉无比美好。突然水中掠过一道透明的 V 形波纹，大约是水蛇游过，我惊恐地跳起来，再也不肯下水，铁公鸡就嘲笑："水蛇又不会咬人，你这只人啊，简直适合生活在蛋壳里头。"

现在是暮春。

我从未对春天有那么直接的观感，因为不管在金塔街还是城南，我从未见过诗词上所说的春景，什么"满城春色宫墙柳"，什么"燕子归来，陌上相逢否"，什么"梨花落后清明"，什么"明日落红应满径"，统统都没有感受。"一川烟草，满城风絮，梅子黄时雨"，按说写的就是江南，可在我心中，诗词就是诗词，是文字优美的童话想象，和现实没有什么关系。南昌是有梅雨，我所见的，却只有污秽的下水道，墙壁上湿漉漉的蛞蝓，以及到处灰败的墙壁。

可是前几天，我坐在课堂里，偶然望了一眼窗外，突然有点难过的感觉。我看见深绿的树木投下的树影，时而和阳光形成浓烈的对比，时而又模糊得打成一片。那是一个多云的早晨，云彩遮蔽着太阳，但又没有耐心，一会便游到别处，将阳光释放；直到另一块云活泼地游来，接替它的位置，亭亭碧树的影子也因此阴晴不定。春天的阳光并不耀眼，在树底下拖成一片温暖的阴影。

不一会儿，我就站在河岸边，现在早已看不到当年浓密的植被。不知什么时候开始，菜地化为乌有，树木也不翼而飞，河面整个一丝不挂，触目惊心。我望着远处河流的方向，大声朗诵着诗词。太阳逐渐露出了半边脸，我怔了一下，又负着朝阳走回，扔下书，跨上了自行车。

铜锣在学校的花园里等我。含笑正在开花，分泌出一丝若有若无的香气；茶花红艳艳的，只有两三个品种，也不会有什么"童子面"或"抓破美人脸"，但对我来说，已经够浪漫了。铜锣对着天空大吼了一声："你好，春天！"他的中气充沛浑厚，普通话也绝佳，是块做播音员的料。我也吼了一声："你好，春天！"他说："没想到你的嗓音也不错，你知道吗？有的人嗓音好像还行，但一录音，就会露馅，所以他们都喜欢在厕所里唱歌，因为厕所小，有回声，可以遮盖音色的单调。"

我们推着自行车，站在校门口等候，一会儿，遥遥望见她骑车而来，她身上斜背着黑色的照相机，那正是我们需要的。

穿过人声鼎沸的市区，穿过人流稀少的八一大桥，就进入昌北。车轮任劳任怨，碾过一路的劣质柏油，逐渐进入了山间小路，起初灰扑扑的，但空气逐渐如洗。突然路边一大片黄白的小花吸引了我们，它们点缀在藤蔓般的绿叶丛中，颤巍巍地摇着脑袋，憨态可掬。她立即刹住车，我们也都停下来。推着车，跟着她过去，脑子顿时飘出周邦彦的词《六丑》，因为就是写蔷薇的。"正单衣试酒，怅客里、光阴虚掷。愿春暂留，春归如过翼，一去无迹。为问花何在，夜来风雨，葬楚宫倾国。钗钿堕处遗香泽，乱点桃溪，轻翻柳陌。多情为谁追惜……"我低声背诵，一霎之间，仿佛自己独自伫立

于蔷薇环绕的山谷，浑不知今夕何年，一缕自怜之意，油然
而生。虽明知无聊，却也无法压制。

　　她推着车迈步走向那片花丛，将车支好，从口袋里掏出
一把折叠剪刀。剪刀锈蚀得很厉害，像从垃圾堆里淘出来的，
但因为在她手里，一样粲然生色。她剪下一支花，转身递给
了我："这是蔷薇。"我心中暗喜。然而她又给每个人剪了
一支，把小破剪刀递给我："你帮我拿着。"我接过剪刀，
像文物一样，小心翼翼放进了自己的口袋。

　　刚刚进入山中，五六个成年男女，提着两个大喇叭的录
音机，兴匆匆上山。有点像八十年代电影中的时髦青年，他
们也扫了我们一眼，笑道："现在的小崽子，也开始早恋了哦。"

　　我们相视而笑，我想，可惜不是真的。我纵目遥望，远
处的竹林像一簇簇细密的工笔画，看不出是竹子。我们走进
山中，翠色照地，时不时和一片一片的映山红偶遇，甚至还
有一棵孤零零的碧桃树，突兀地站在坡上。尚未生出叶子，
一树的轻薄花瓣，像无数只蝴蝶缀在上面，美不胜收。我们
不断地爬山，下山。从山坡下来的时候，有一回她要我牵牵她。
接着我就观察，她会不会也向铜锣伸出手去："拉我一下。"
但好像没有，这总会让我高兴一阵。

　　转眼就日光西斜，我们开始往回走。有些迷路，一会看
见前面有一幢孤零零的屋子，夯土的墙，稻草的屋顶，仿佛
古代的茅庐，但绝不会住着什么须发皓白的隐士，也不会有
什么小童。屋子附近有一块稻田，大约几亩。一个中年农民
正站在田里犁地，皮肤黑黄，像上了层釉。铜锣走过去问路，
用普通话。农民仰头看着他，呲着肮脏的牙齿，一脸迷茫，

似乎听不懂，又仿佛是故意的，就像《论语》里写的隐士，不屑理会红尘俗人。我对铜锣说："你不会说南昌话啊？"他说："你知道我只能听懂。"

总算还是搞清楚了方向。一会儿，我们成双成对走在下山的路上，好像很默契似的，相互相隔几百米远。我的心中不断泛着涟漪，那些细腻的情感，像石头子一样不断扔进我的心湖，我听见她突然说："其实我挺自卑的。"

"为什么？"

"因为我成绩不好。"

我心想，那你也不会去作田。我望着前面地上不远处的牛屎，没看到这个地方有人养牛，但地上总有一堆堆像生日蛋糕那么大的牛粪，暗黄色，圆圆的，走几步就能碰上一个。我面前这一滩上面，还被人插上了几支鲜艳的映山红，她指着牛粪笑说："看，鲜花插在牛粪上。"

"这滩牛粪不错，不止一朵鲜花插它呢。"我也笑着说。

但是心里突然有一些难过。

四十四 李齃婆

校长绰号叫李齃婆。"齃"这个字不好念，它有很多同源词，但"齃"是字库里唯一能找到的字，所以用它。其实按照我们那的读音，是个入声，用国际音标记音，念：khat。相比常用的"秃"字，这读音要铿锵有力些。"李齃婆"，这个称呼猥琐、粗暴、毫无教养，但我们所有人都乐此不疲，三个字依次从舌尖、喉头、双唇间爆破出来，很有快感，李（li）—齃（khat）—婆（po）。

李齃婆是个秃子，这秘密不知怎么传出去的，反正最后无人不知，无人不晓。在私下里，几乎没有人称她"李校长"，都是"李齃婆"，仿佛叫了一个人的正名，就很难受似的。我一个堂弟说："李齃婆教我们算术，有一次我假装问她问题，她站到我旁边讲解，我没有听，一直偷看她的假发，好想一把扯下来，看看她到底齃到什么程度。"他发出爽朗的笑声。

我爸爸还好，他一般都尊称"李校长"，怎样怎样。但有一天，他突然在饭桌上气冲冲地说："那个李齃婆，硬是只夹沙糕，学堂操场上，脱大一棵的泡桐，你晓得个吵，遮天蔽日，热天坐到树底下，不晓得几凉快。今日开会，她说要全部砍掉。硬是一只尽料的夹沙糕。"

我说：“为什么要砍掉？”

爸爸说：“她不是有胃病吗，就找了个算命的算命，那只人告诉她，她的病，就是因为那些树。夹沙糕，跟人家树有什么关系嘛，树碍了她的魂她的魄啊？”

“这么迷信啊？”我吃了一惊，“她不是党员吗？党员可是唯物主义者啊。”

爸爸答非所问：“什么卵党员哦，就是一只尽料的夹沙糕。”

我喜欢那些泡桐树。泡桐树大概是世上生长速度最快的树了，据说树干是空心的，不堪大用。但也因此长得快，遮天蔽日，几乎覆盖了整个校园。微风一吹，硕大的叶片不由自主撞在一起，哗啦哗啦，欢乐成一团。那些树，是我最大的堂姐们还在这里念书时就栽下了，它也承载了历史。

第二天，我骑着车，特意跑到校园里去看。果然，除了两棵，其他的连树根都没有了。剩下那两棵，也不完整，都遭到了斩首，树冠阙如，只留了两根一人多高的树干。削得很平整，每个树干顶端，还各摆着一盆花，看上去颇为滑稽。

这是搞什么鬼？那么高大健壮的树木，没招谁没惹谁，一个疯婆子两句话，就让它们遭到灭顶之灾。这是为什么？我围着它们骑了两圈，叹口气，回家了。

我也在近距离见过李髻婆一次。有一天，大约是寒假，下着蒙蒙细雨，爸爸在学校值班，中午跑回来，说：“等下李校长要到屋里来吃饭，弄几个菜哦。”他顿了一下，“也不要太好。”

我在妈妈的吩咐下，去买了一斤肉，还有几个鸡蛋。肉剁成臊子，和着鸡蛋打成了肉饼蛋汤，在我们家，算是奢侈菜，平常休想吃到。正午时分，李髻婆来了，她歉疚地解释："麻烦你们了，寒假里校工休息，没有人蒸饭，硬实在是没有办法哦。"

所谓校工，其实就住在我家隔壁，是个六十多的老头，脊椎已经曲成弓形，仿佛装上一根弦，就能发射箭矢。他的绰号叫"棺材"，力气大得惊人，曾经和年轻后生各自握住扁担的一端，朝对方平推，比试力气。棺材轻松取胜，拍胸道："你晓得我年轻时，吃了几多生黄鳝血哦？那个是最长力气的。"村政府每月花几十块钱雇他，给学校教师蒸饭、看门，寒假不给钱，当然就不去。

妈妈殷勤地说："李校长这么客气做什么？吃餐饭有什么关系，我们能接待校长，不晓得几荣幸哦。"她还会这样文绉绉的客套。李髻婆又谦让了几句，坐下。我有意无意地凑近，看了几眼她的头顶，但一片乌黑，蓬松松的，看不出假在哪里。

又过了几个月，爸爸回来说："钟老师的老婆得了精神病，提前退休了。"

妈妈说："就是那只住在罗老师隔壁的钟老师？怎么会得了神经病嘛？"

爸爸说："她的崽出了车祸，死了，本来就搞得有点疯疯癫癫；最近变本加厉，老说有人要追杀她。她又不是什么大人物，鬼会追杀她哦。"

"那她住的房子空出来了？"妈妈的脑子不知转到哪去了。

"那总不空出来了。"爸爸说。

我马上接嘴："既然空出来了，你去搞来，我想住嘛。屋里住不下，我一个人到那边，看书也清静，效率高。"

虽然是乡下小学，城南小学也有教工宿舍的，寥寥两三个公办老师，都曾住在教工宿舍里。早期的教工宿舍，用土砖砌成，在我懂事时，已经变成断壁残垣，匍匐在乱草之间。后来村里出钱，重新建了一栋两层的大瓦房。上下各三间，一上一下，合成一套。每个老师一套，总共住了三户。再后来，有两家家境日佳，陆续搬走，房子空了出来，又陆续被别的老师以各种名义占据。所以，我才会说出那句话。我渴望那个房子，因为它位于校园内，比较静谧。而且，它究竟是楼房，比我们自己的房子，要显得干净。

"那哪里搞得到啦。"爸爸说，"我们又不是没房子住。"

我讥笑他："那些占着房子的，哪个没房子住？还都城里有楼房。李梅凤没房子住？人家洪都机械厂的；王根香没房子住？人家老公是水利局机关的。"

妈妈也附和我："说得对，你就是一只老鼠坨子，没有一坙（截）卵用。"

爸爸脸上有点挂不住了，他咬咬牙，说："我去跟东宝话一下看。"

东宝是城南村的书记，而学校宿舍，是村里出钱建的，书记说给谁住，应该就十拿九稳。我满怀希冀地目送他。傍晚他回来了，兴冲冲的，说："东宝答应了哦。我跟他说，屋里细伢子都大了，住不下。他就点头，可以哦。东宝的爹爹，跟你的爹爹是同一个爹爹，没出五服的，算是我侬屋里人，要不哪有这么好？"

我喜不自禁夸他："太好了，你也不是太差劲嘛。"

爸爸掩饰不住得意，说："明日去找李校长，跟她话一句，叫她拿钥匙到我，就可以搬进去了。你一个人住，怕不怕啦？"我说："不怕。"心想到时再说。

哪知第二天中午，爸爸抱着一个饭盒，灰头土脸回来："李髻婆那只夹沙糕不同意哦，说我有房子住，那间房要留到，给别的老师。"

我说："脱了卵，白高兴一场。"失望得不得了。爸爸有些羞惭，自我安慰说："那间破房子，也没有几好，没有什么意思。"

我不说话。

爸爸呆呆坐了一会儿，又出去了。傍晚，他再次回来，扬着一把崭新的钥匙："明日就搬进去。"

"李髻婆答应了？"我惊奇道。

"没哦。"爸爸说，"我搭她那只夹沙糕做什么，我拿到老虎钳，就去撬开了门，换了把锁。"

"啊。"我没想到一向老实的爸爸兼铁公鸡，竟然有这勇气，还舍得买新锁，我反倒有点担心起来，"搬进去了，被人家赶出来怎么办？"

爸爸说："房子是村里建的，东宝都答应了，怕她做什么哦？"

第二天，我跟着他，用板车拖了一张床过去。我们正在屋里安装床榫，忽然听到窗外一个尖利的女声，大喊爸爸的名字："褚金龙老师，你不要躲到，出来，你擅自撬门，破坏公物。我跟你说，你要承担一切后果，赶快拿你的床搬走，还可以既往不咎。"

我有点不知所措，看着爸爸。他扔下手中的活计，大踏步出去，然后我听到他愤怒的吼声："老子就不搬，哦，人家就不要活，就等你一个人活？你这只夹沙糕，不晓得几夹，硬是只尽料的夹沙糕。"

这大概是爸爸有生以来第一次在领导面前发火，我猜李鬤婆也没料到，更料不到会当面骂她"夹沙糕"，还是"尽料的"。我差点笑出声来，透过窗户朝外面望去，看见李鬤婆脸色煞白，她转头望了我一眼，随即对着爸爸跳脚大叫："你还是不是人民教师？是不是？满口粗话，蛮不讲理，简直连街上的流氓罗汉都不如。你等到，我要向上级领导反映，你必须承担一切后果。"说完，蹬蹬蹬下楼走了，满头乌黑浓密的大波浪在风中凌乱。我突然想，爸爸还真不算刻薄，只是说她夹沙糕，没有骂她"鬤头婆子"。

我们惴惴不安了好多天，却没等到什么后果，有一天爸爸回来，说："今日李校长跟我说话了。"我问："说了什么，还是叫你搬出来？"他说："不是哦，她要我当教导主任。"我一怔，又听爸爸自言自语地说，"看来，人太老实了就是不行。"

妈妈在旁边插嘴："是哦，鬼都怕恶人哦。那只鬤头婆子也是，没想到她这么坏，好歹还到我们屋里吃过饭呢。"

四十五 春日

　　十八岁之前，我照过两次生活照，三岁和十三岁。三岁那次，被小舅侮辱过，记忆犹新。十三岁那次，是小姨带着我、我妹妹以及大姨，突然神经病似的去了八一广场，照了一张合影。这张照片我以为早丢了，但有一天，突然不知怎么跳了出来。照片上的我身穿短袖海魂衫，紧皱眉头，一脸严肃。我妹妹剪着短发，看不出性别，茫然地望着镜头，似乎对人生充满迷惑。大姨那时已经患了神经病，满脸麻木。独有小姨意气风发，她穿着时髦的裙子，握着一把自动遮阳伞，浑身上下洋溢着八十年代昂扬向上的气息。她绝对想不到，最后她老公始乱终弃，使她带着一个孩子再嫁，一下子就被生活甩到了中年，那些我见过的青春岁月，仿佛如同梦幻。

　　赵元任的老婆写回忆录，说她小时候，民国初年，她祖父就买了一台照相机。这让我慨叹。记得看好莱坞电影，那些和我差不多年纪的人，从谋生的大城市跑回老家奔丧，往往能找出一卷卷自己童年时候的彩色录像带，重温童年时光。而我，却连张照片也没存下。有一个晚上，我躺在床上，想入非非，想穿越到清末时代的城南村，看看村庄那时候的样子，想看看我爷爷的爸爸，甚至爷爷的爷爷，看看我的基因，是从一些什么样的老农民身上传下来的。想看看襁褓中的爸爸，和他那个被国民党逃兵拐走的母亲。想看看那时的城南到底有多么贫穷，在面前的那条干道上，来来往往的都是些什么人。想看看村里传说中的地主，腹中到底有多少墨水。想看看地主和长工之间，到底是不是势如冰炭，水火不容……

春游那天，我们照了一卷胶卷，用的是国产乐凯。洗出后，我们在学校附近的街边花园聚会。花园里种满了永不凋谢的月季，黄白粉红，生气蓬勃。评点完照片，我们坐在草地上唱歌，或者看着月季在阳光下怒放。

铜锣喜欢唱歌，他嗓音很好，如果他出身再好一点，生活在北京上海，没准能成为歌星。但他只是普通人家，就只能唱给我们听了。他爱唱电视连续剧《红楼梦》里的《红豆曲》，还有就是些很老的歌，比如"花儿为什么这样红"，不过也很好听；有些歌的词很能引起我的共鸣，比如其中一首是这样的：

> 如果我们俩不曾相恋，泪水不会占据我的眼。
>
> 如果你的心还有一点牵挂，不会将我孤独地留下。
>
> 我不愿回顾，因为在记忆深处，思念常刺痛我心灵。
>
> 人生旅程充满艰辛和坎坷，我需要你的双手牵引。

不知他在单恋谁，抑或是随便唱唱，没有针对性，但我也被打动了。我偶尔瞥一眼她，又赶紧跳开。当然，我知道这不是单向的，因为我也能觉察到她的情愫，微妙，视而不见，听而不闻，扪而不觉，但能朦胧感知。

看着阳光逐渐抛开月季，躲到了高楼背后，我们也拍拍屁股上的草叶，骑车回家。暮色中，左侧是看不见天际的草地，右侧是稻田和村庄。它们一个个，一陇陇被我的车轮抛开。突然，我发现有人对着我笑，在暮色中，四围一片灰蒙，笑容仿佛春天山坡上的映山红，很容易被目光捕捉。原来是堂姐小凤，她头上裹着厚重的工作帽，身穿工作服，灰扑扑的，站在一个破旧的小屋子外面。那是一个私人办的镀铬厂，屋子的墙壁下，撒了一层闪亮的银粉似的金属，还有一些黄褐色的东西，不知道是什么污染元素。我一个刹车，停下来，跟她聊两句，又重新出发。没多久，这位堂姐嫁给了她的老板，从此告别了那个有毒的作坊。

我骑车疾行在黄昏中乡间坑坑注注的水泥道上，脑子里似乎念头纷繁，又仿佛一片空白。临近村庄时，忽然又被一片稻谷挡住。我的另一个堂姐光头，正和她的几个同胞姊妹一起，在夜幕下收着稻谷。她看见我，扔下手中的活，叫道："哎，这么晚放学？"

"是啊。"我停住车，脚踩着大地，"这么晚收谷，不白晒了？"

"总有点用。"她说，"对了，正想找你谈一点事，有空不？"

"说吧。"

"到这边来。"

我跟着她到旁边的灌木丛，站在一面古老的马头墙下。屋子的主人已经拉亮了她的电灯，昏黄昏黄，比外面亮不了多少。隐约还能听到屋里传来香港电视连续剧的台词声："呐，做人呢，最重要的是开心。"估计是老片重播。光头说："我今年打算参加高考，你觉得可以不？"

"什么？"我信不过自己的耳朵，"为什么？"

光头上过高中，在乡政府办的中学，刚进去的时候，校长和老师都信心满满，发誓要把破烂的乡中学振兴起来，争取送出几个大学生。为了达成这个目标，学校准备仿照其他重点中学，让学生一律住校。光头第一天报名回来，兴奋得坐卧不安，向全家郑重通报这个消息。然后火速去商店，买了新棉被蚊帐热水瓶，然后在第二天清晨，像生离死别那样，告别家人，奔赴学校，开始了苦读生涯。其实没必要这么悲壮，因为每周末都会回来一次。不知过了多久，忽然一天，她找到我，沮丧地说："硬是碰到了鬼哦，我侬学校的校长说，限于能力，学校准备撤销高中部，发誓？算了哦，不要提发誓的事哦，都是些嚼白话的吹牛鬼。"我说："要不转到别的学校？"她垂头丧气："没有卵用哦，这只烂学校，教的东西都是些好简单的，转到别的学校，只怕也跟不上。"我说："不一定。"她说："我侬老师自己说的啦。"我只好跟着她，骑着自行车跑到那个烂中学，把剩下的东西打包带了回来。宿舍里一片狼藉，扔满了杂物，牙膏盒、破水杯、笔记本，甚至还有一条猪肝色的月经带。当初这里住着十个青春少女，可以想见她们曾经叽叽喳喳，对未来充满憧憬，而现在已经人去楼空。我看见墙角躺着一本杂志，弯腰捡起来，吹掉灰尘，见封面画着几个古装男女，旁边硕大的四个红字：十二铜人。下面是三个小字：梁羽生。原来是一本武侠小说。我把杂志甩回墙角，心中莫名凄凉，说：“走吧。”

还好，她拿到了高中毕业证，虽然入学还不到两年。

“你晓得不，我前不久谈了个朋友。”她娓娓道来，“他是江东机床厂的工人，城市户口。”

光头心高气傲，我妈妈曾经想给她介绍男朋友，她跟爸爸说：“我同事三全子的侄子，身高一米七二，省建的工人，马上要去中东好有钱的国家，回来就有八大件，彩电冰箱，什么都有，跟你二兄屋里的光头说一下嘛，要不得啊？先拿照片到她看下。”过几天爸爸来到金塔街，把照片扔回给妈妈：“光头看不上哦，说这只男的，长得跟只窝囊废样的。”妈妈有点不高兴：“话说得这么难听，她难道好吃价？长得也不漂亮，说不定人家还看不上她哦，一只农村户口。”爸爸说：“那是比他长得好看点哦。”妈妈虎着脸：“去去去，阎王看到摔掉笔，好看个卵。”这个阎王可不是指我外公。

“不晓得，工人啊，当真蛮好哦。”我脑子里一边闪过这些画面，一边回答。

“但是，他屋里爷娘不同意哦，说我是农村户口，将来生了崽女，也是农村户口，一辈子翻不得身。”

“哦。”我低下头，“那怎么办？”

“不过他就是喜欢我，说非我不娶。有一次带我去他屋里玩，其实也没有什么了不起，鸽子笼一样大的房子。吃了夜饭，他娘说：‘带你的朋友去看下南昌夜景嘛。’又对我说，‘你住在乡下，没看过吧？高楼大厦，好多霓虹灯哦，不晓得几漂亮。’是哦，还有这样的人，我侬城南离城里哪里好远啊？哪个会没看过南昌夜景嘛，这种老妇女啊，不晓得几市侩，看不起人。”她说到后面，抑制不住笑了起来。

“是啊，不过，问题怎么解决呢？”

她说：“所以我决定参加高考，你帮我一下哟。只要考上大学，我也是城市户口，那就不怕他了。”

我心想，这周围的破中学不知道多少，那么多学生，全天坐在教室里上课，有的发奋苦读，也没几个能考上大学，你突然心血来潮，报个名考试，就想变成大学生，世上哪有那么便宜的事。但也不能打击她，说：“好，后天周日，我们再商量一下复习的事。我先走了。”

回到家，我打了一桶水，蹲在门前洗澡，之后顶着湿漉漉的头发，坐在门前吃饭，菜都放在小竹床上。堂屋里的电灯斜斜铺出门外，照着我们。不知怎么，我忍不住拿出照片来给他们看。我自嘲地说：“从小到大都没照过相，总算狠照了一回。”妈妈就着灯光，眯着眼审视照片，说：“这只女的长得蛮不错哎，有本事拿她追来不。”爸爸嘲笑说：“尽说些扇话，这怎么可能嘛？人家是城市户口的啦。”

四十六　两个傻子

池子的另一侧后面，有几棵高大的柳树，下面蹲着一个坟冢，春天时，掩映在黄色的油菜花之中，颇为凄美，不知道是谁的。夏日到了，没有油菜花，只有蝉声伴随着柳荫，与坟墓作伴。我一向怕看见坟墓，但隔着一个池塘和一块农田，仿佛就离得很远，不再现实，尽可当成画上的景色。一天早晨，我光着膀子站在后门，眺望八九点钟的稚嫩阳光，我看见一个脏婆子蹲在坟边烧纸，不由得惊叫起来："啊，原来那就是你们这里独眼龙支书的坟墓，他已经死了？"

爸爸说："是哦，我还以为你晓得，死了好几年了。"

"鬼晓得哦。"我说，"哪个吃饱了没事，关注这些。"

那位死去的支书，我见过多次。村里有些人，如果长久不见，多半是死了，我当然该料到这点，但若根本不关心的人，你也不可能留心。独眼龙也是这样。他有只眼睛很大，浑浊，不会转动，一看就知是假的。有人告诉我，那装的是狗眼，我还真信过。因了这只假眼，他看上去面相凶恶。我对他的较深印象，是在村大队的院子里，他蹬着一双长筒雨靴，吆五喝六，指挥分鱼。那是端午节临近的日子，一条条银亮的鱼摊在大队部的院子里，爆眼珠一个个叫名字，叫到谁，谁就能拎上一条或者两条，用草绳穿过鱼嘴，拎着回家。那应该是他最为得意的时光。

他老婆却是个傻子，经常带着两个同样傻的孩子，在村路上游弋。衣着邋遢，偶尔发出哼哼唧唧的声音，宣告其语言能力也成问题。有一次我经过她家门口，随便瞄了一眼，大吃一惊，墙上满是铠甲似的污垢，又仿佛糊了一墙的蜥蜴皮，肮脏到狰狞。我见过最脏的屋子，是我二伯母家，也不过是一地的鸡粪，满桌的残粥，墙壁至少还是干净的。那傻女人呆呆坐在门前，两个孩子像狗一样在地上爬来爬去。她看见我，竟咧开嘴笑了笑，迅疾跳出一排黄牙。我掉过头，赶紧快步逃离。

曾经问爸爸，为什么贵为村支书，竟然娶了个傻子。他两次的回答不一样，一次说："那时的干部思想有几高尚，你晓得不？那真是响应毛主席号召，吃苦在前，享受在后哦。别人不要的女的，他才要，等于挽救残疾人哦。"听得我肃然起敬，对党的热爱油然而生。但有一次他似又说漏了嘴："他在旧社会是雇工，你晓得几穷不？吃了上顿没下顿，不找扇头（傻子）怎么办？也有人问过他，为什么连扇头都要嘛。他说，人总要有个家嘛，没有老婆，哪像个家呢？"

我无法辨别哪个版本更接近真相，但按照做学问的办法，把其他材料也搜集起来，估计会有所突破。我联想起爆眼之前的那任村支书，老婆竟也是个残疾——哑巴，只会像饿了的鸡一样，发出叽叽咕咕的声音，让人觉得她每时每刻都充满觅食的焦虑，于是初步判断爸爸前一说兴许是对的，向他求证，谁知他一点都不配合："你说那只矮子支书啊，也是雇农，冬天都打赤脚的，所以一解放，就当了贫协主席。又穷又矮，好人哪个会嫁他？"我说："可他是支书。"他却打了个呵欠："那时候，支书也没什么钱的。"头一歪，睡了过去，涎水流了一嘴。

有趣的是，爆眼支书的老婆芳名叫莲香。这我倒没惊讶，乡下女人取名，惯于荼毒各种花草，不管你喜欢不喜欢，绝对不讲客套。然而有次我在大伯母家玩，她正跟几个妇女聊天，肥厚的身躯压在瘦弱的竹制交椅上，前仰后合，交椅不胜其痛，不断发出咯吱咯吱的呻吟。她们神采飞扬，正谈论莲香的诸多妍夫。但莲香——怎么可能？我惊恐地竖起耳朵，听着大伯母发出爽朗的淫笑："好别（逼）丑别，男人都想尝一下哦。"我的世界观轰然坍塌，眼前尘土飞扬。

我坐在后门口，注视着那坟冢方向。爸爸站在我身后，好像画外音解说："那是莲香屋里的自留菜地。"那个脏婆子带着两个一样脏的傻孩子，蹲在树下烧纸，哭号。蝉声绵长，阳光明媚，青蛙喧鸣。我这个清亮纯洁的少年，也感受出了一些荒诞。

两个傻孩子，好像都是女儿，总也长不高，不知道是营养问题，还是生理本就如此。但竟也奇怪地嫁出去了，我见过大的那个出嫁，戴着红花，抹着胭脂，侏儒似的站在一辆解放牌汽车车斗里，旁边一个五十多的老头，笔挺的新装和他沧桑的相貌互相抵触，这是她的男人。在乡下，女人是不愁嫁的，因为总有各种稀奇古怪的男人。乡下的天空，也无时无刻不弥漫胡乱交配的气息。

暑期快要结束时，家里特意买了几斤肉，请亲戚吃饭。

我和两个堂姐在井眉的空地上埋头洗着猪肉，突然一个瘦削的老太婆走过来："办酒啊，今日走破是不？"

我听得一头雾水，什么意思？堂姐倒是心头雪亮，回答："不是哦，是我这只老弟考上了大学，请亲戚到屋里吃餐饭哦。"

我恍然大悟，明白了老太婆的意思。"走破"这词我是知道的，但万没料到会用在我身上。农村谈嫁娶时，若双方父母都答应联姻，女方父母就要上门，和男方一家聚会喝酒，讨论后续，这叫"走破"，意思是确定了，不再有遮掩了。大概老太婆看我发育成人，已到婚配年龄，又突然在井水边洗肉，就推想跟嫁娶有关。谁知我那时何等纯洁，竟全想不到这层。虽然，我也经常看见房前屋后的农家少年，嗓音都还是清脆的，突然一天敲锣打鼓，从附近的村庄迎来了一个女人。很快孩子出生了，稚嫩的少年开始抽起了烟，变成了一个爸爸的样子。不几年，带着孩子蜷曲着爬在田里插秧割稻，热成几条伸出舌头的狗。

愕然之下，我突然想起了她。年轻的生命真是满怀憧憬，我无法想象将来能在一起，成为夫妻，天天相处，永不厌倦。课堂上的目光交换，一闪而避，会换成目光相粘，柔情似水。

那老太婆我是认识的，她家的屋子，正位于我每天的必经之路上。她的儿媳，也是个傻子。

这位傻子名叫细妹，和莲香不同，莲香乌头黑壳，看上去就知道营养不良。她却白胖白胖，只是从脸上表情，可以判断她智商在六十以下。她也有个女儿，倒不是侏儒，但和她仿佛是俄罗斯套娃，站在一起，就是那样两个粗糙的工艺品。

不需要我追根究底，爸爸主动给了我圆满的解答："那只扇头啊，不要小看人家哦，人家是城市户口哦。要不是扇一点，怎会嫁到乡下来？那是做梦打瞌哦。"我反讽他："你当初也是因此和妈结婚的吧？"他说："你娘又不是城市户口。"我说："郊区菜农，至少不用种田。"他叹了口气："也就是看上她这点，但现在想，得不偿失。"如果碰得巧，就会传来我妈的叫声："铁公鸡，又在说我是不？你以为你自己好了不起？农哥哥，作田佬，你还会用两只成语，好了不起耶。"

我见过老太婆的儿子，瘦高苍白，一看就老实得像火腿，然而就这样被命运死死扼住咽喉，动弹不得，一辈子泡了汤。当然，他也许不会想得那么深，人的一生，在他心中，并没有我期望的那么丰富。娶个有着城市户口的弱智老婆，能给他带来商品粮，孩子也可以承继这种户口上的特权，在他看来，也许是值得的事。一个人，对农民的身份有多大的恐惧，才会如此不顾一切？

傻子第二胎生了个男孩，很快就被他舅舅带走，他说："吃了他娘的奶水，肯定就跟老大一样。"他的意思是说，他不想再看见第三个俄罗斯套娃出炉，这太摧残神经了。据说带走的那个孩子，见不到他妈妈，果然很正常，甚至读书成绩还不错。

傻女人是完全做不了家务的，大多时间只是添乱。我的印象中，她总是穿得鼓鼓囊囊，头上扎着一根红头绳，像影视里的旧社会妇女。见了人，就露出一脸讨好的笑。我有时奇怪，同样的笑容，为什么能让人迅速分辨出智商差别。据说她会到处撒尿，把家里折腾得像厕所，都只能靠她的婆婆来收拾。老太婆看上去确实手脚麻利，虎虎生风。但架不住时间的流逝，司命总会来召唤她。以她的强势，也许这门亲事当初就是她做主订下的。她会为此后悔吗？也许不会，因为给儿子娶个正常的乡下妇女，生活又会有多大光彩？

我曾经怪异过这种畸形的婚姻，长大后看史书才发现，在古代，很多男人娶不到老婆是正常现象。我们印象中，每个男人都该有老婆，是囿于我们狭窄的认知。是因为不管多么不好，毕竟我们还生活在相对稳定的现代社会，享受了部分现代文明。除了极个别的例子，每个人好赖都有一个老婆，实际上，这在历史上并不是超稳定的常态。

四十七 淡淡的月光下

我买过一本《唐宋词格律》，有一天翻到《阮郎归》，选的两首词都很触发我的心境，一首是晏几道的：

旧香残粉似当初，人情恨不如。

一春犹有数行书，秋来书更疏。

衾凤冷，枕鸳孤。愁肠待酒舒。

梦魂纵有也成虚，那堪和梦无。

还有一首是秦观的：

湘天风雨破寒初，深沉庭院虚。

丽谯吹罢《小单于》，迢迢清夜徂。

乡梦断，旅魂孤。峥嵘岁又除。

衡阳犹有雁传书，郴阳和雁无。

我坐在教室的最后一排，望着这些繁体字出神。我又望着窗外，意外发现校园里竟然有一株桃树，花朵像蝴蝶一样，缀在枝头。我悄悄吟着这两首词，每一句都带着愀然忧伤之气，尤其前一首，他写的春天，正是我当时眼中所见。它让我第一次那么热爱春天，第一次对春天那样敏感。可惜好景不长，夏天将以火辣登场。我希望它不要那么快到来，但有时又希望它尽快到来。王国维的词说："若是春归归合早，余春只搅人怀抱。"写出了我心中同样的感受。春天的灿烂固然让人心喜，暮春一到，离销歇则已不远；而摇摇曳曳的恍如游丝般的将断未断，越发摧人五脏。这就如死亡，也许最可怕的不是死本身，而是明知要死，却不得不等待的那段时光。

于是也开始偷偷模仿着填词，有一天梦里，看见她了，在一个碧桃花落的池塘边，真是浪漫，醒来提笔写下几行：

东风莫惜满庭芳，飞花乱下池塘。

花妍人瘦更神伤，恼恨春长。

云外惜无青信，月边空溯流光。

休言梦里不飞霜，冻损柔肠。

找出《唐宋词格律》一搜，发现竟然暗合平仄，词牌名也是现成的《画堂春》，大约读诗词多了，会有异样的直觉和语感。

春色终于残破，时光一路迤逦，走到了夏季。早上，下着瓢泼大雨，收音机里播放着防汛信息，说是要不惜一切代价，力保省会城市安全。我坐在教室里，发现很多同学都没来。已经临近高考，课程都结束了，我们来学校，也基本是自习。我旁边的座位空空的，铜锣也不知干什么去了。她突然从前排站起，坐到我身边，说要跟我讨论一道习题。我看着她瘦削的胳膊放在课桌上，近在咫尺，心情激荡。我们聊了很多话，最后我突然问："下午你来不来？"

她愣了一下，低声道："你来我就来。"

下午，雨下得更大了，我望着屋外。爸爸说："这么大的雨，就不要去了吧，反正下午也没有正经课。"

我说："临近高考，不能请假。"披上透明的雨衣，推出自行车，驰入漫天的雨幕。

她的座位空荡荡的，而外面的雨，一点也没有消停的迹象。我卷起湿漉漉的裤腿，一直卷到膝盖上，感觉膝盖隐隐作痛，不会得关节炎吧。我想。但心中空荡荡的，仿佛搬离了久居的华屋，就要奔赴不可知的远方了。

第二天早上，我戳戳她的后背："喂，有草稿纸吗？借两张。"她回头说："有。"把一叠纸递给我。

那是一叠工厂用的空白帐单，大概是他父亲揩油，从厂里顺回来的。狭长，上面有一部分是她的涂鸦，有的是数学演算，有的则是歌词和诗句。我那时候不懂得什么叫私隐，饶有兴趣地翻看起来，稿纸上写着一首席慕容的诗：

不要因为也许会改变

就不肯说那句美丽的誓言

不要因为也许会分离

就不敢求一次倾心的相遇、

总有一些什么

会留下来的吧、

留下来作一件不灭的印记

好让好让那些

不相识的人也能知道

我曾经怎样深深地爱过你

这突然让我受了鼓舞，激动起来。

打铃了，我又捅了捅她的后背。她转过头，对我粲然一笑。我将那叠草稿纸递给她。她说："不用还我啊！"我感觉自己的眼光闪烁了一下，说："我写了些字。"她似乎有些会意，接过了。我背起书包，跑下了楼。

下楼的时候，我看着她走到她的飞鸽自行车旁，阴郁潮湿的天空下，我的心中却开着期待的花朵。柔嫩，羞涩，又像小鸡刚孵出时，毛茸茸的头撞着蛋壳，蠢蠢欲动。

她看了我一眼，什么也没有说，跨上车走了。我们虽然每天都有一段路是相同的，但从不相约，只有几次偶尔碰见，才顺理成章一起走。有一次，我和她并肩才骑十几米，碰到邻班一位男生，他和我共同的路程更长，好像心里有鬼似的，我竟然立刻叫他。他骑得很快，回头看了看她，说："你们聊嘛。"我说："没什么，我们更同路。"心中却恼恨惋惜得不行，抱怨这个家伙为什么会出现得这么巧。又怨自己心里有鬼，凭什么怪别人。

第二天中午，她递给我一张纸条，我心狂跳，屏住气息打开，上面写的是："下了课，到那个公园去见面吧。"

我松了一口气，仿佛心里有一簇绿芽在生长。我不知道她会跟我说什么，我想我们都没有经验。

正是阳光灿烂，我们在车棚碰到，她看着我，面无表情，跨上自行车，向校门驰去。我尾随着她，一前一后。她穿着淡黄色的裙子，在仲夏的阳光下，显得更加明艳，后脑勺的马尾辫子一甩一甩，发质淡黄，似乎有些营养不良。出了校门，她向右转弯，那不是回家的方向。

很快到了那个免费的公园，我们一前一后，推着车进去，走了大约二三十米，她回过头，很矜持地说："你写的我看到了。"我说："你……同意吗。"说完我有点后悔，感觉应该用"愿意"这个词比较好。

她说："我，同意吧。"

"真好。"我说。心中一阵喜悦，我觉得用狂喜来形容可能不大合适，但我确定，它比狂喜的喜悦程度更高，却宁静、悠闲、不动声色。大概像大洋之底，水流无声无息，却和海面一样浩瀚，且多了一份深沉。我想再说点什么，又不知道说什么好，我看着她，她笑了笑，说："但这段时间不要想这些事，考试完后再联系。"

好像也没有什么可说的。我们骑着自行车回去，五六百米的距离很快就过了，在路口分手的地方，她又说："不要因为这个影响学习，考完后联系吧。"

去年的一个傍晚，我提着一桶温水，在池塘边洗澡。爸爸站在后门边，看着我撩起水，擦洗瘦弱的肋排。我想对他倾诉："下午体检，医生拿听诊器在我胸前听了很久，比别人要久。我有些害怕，担心她看出我的肺有问题。但她问，你有心脏病吗？我说没有。她又听了两下，说，那你平时会感到心慌吗？我说，可能有点吧。她说，那你要好好检查一下。难道我真的会有心脏病吗？"

他哼了一声："像你这样，肯定有。"

我的心头一凉，好像中了一支毒箭。

晚上，一直辗转反侧，一大早，我晕沉沉爬起来，骑着车去了医院。医生听我结结巴巴叙述完，说："先做个心电图吧。"

很快结果出来，只是窦性心动过速，医生说："很正常。"

"为什么会心动过速？"我说。

"你可能太紧张了，但各种波线是正常的。"

我说："会不会机器没检查出来，那个体检的医生问我是否会心慌，我感觉会。"

她看着我，笑了笑："难道你想有病吗？你其实并不知道，那种心脏有问题的所谓心慌是怎么回事，跟你想象的不一样。"

"哦。"我心头一阵温暖，给我体检的医生也像她这么大，五十多岁，可是，我现在很想提刀去杀了前者，很想，人和人竟然会如此不同。热辣辣太阳悬在头顶，我一路骑回家去，心头萦绕着说不出来的烦闷。

爸爸坐在乡间六月淡淡的月光下，显得温和善良，我突然又想对他倾诉："我老是仿佛能听见自己心脏的跳动声，但检查过了，没有心脏病，但我老会想，想多了，就觉得真的不舒服了。我还想，要是读书时告诉自己，你一行字也不认识怎么办？一个字也读不进去怎么办？"

他看了我一眼，轻蔑地说："还去做心电图，你以为自己是王百万啊？不要找借口，自己读书差就是差啰。"他坐在那里，头都没抬，望着前面暗淡的青砖墙壁。仲夏傍晚的暮色，像水一样，流淌在周围。

我突然生出一种冲动，想一脚踢在他的脑门上，踢得他满地打滚。一刹那间，我真希望自己有神奇的能力，能跑到从前，杀死青年时代的他——童年时大概好杀点，但我下不了手——我以为他算是有点文化的人，可我应该想到，他和一般的乡间文盲毫无区别，甚至还不如。我不指望别的，只想得到一句安慰，然而得到的只是伤害；如果他昨天给了我一句安慰，也许我今天就不会跑去医院。我气得手脚发抖，好一会才忍住自己的冲动，默默走回了房间，只觉脑子里噼噼啪啪，火花闪烁。

嗣后，我花了一年的时间，想要压制这个痛苦，仅仅只能与它取得暂时的和解。就像一个魔鬼，暂时放过了我，但不保证适时再来。如今邻近高考，它真的又来了。

第二天中午，爸爸抱着饭盒回家，饭盒里是在学校蒸熟的饭，那是我们的午餐。没有什么菜，偶尔有昨晚剩下来的青菜，或者萝卜干。我们把饭盒里的饭切成三份，吞咽下去，午餐就结束了。不过这次，他刚进门，就说："有你一封信。"

我心头砰砰乱跳。在乡下，没有门牌号码，无法收信。所以我给别人留的地址，都是爸爸工作的小学，也好听些，多少像个正规单位。我拿过信，信封口是用米饭糊上的。我感觉爸爸偷拆过，心想："这个猥琐的家伙。"但并不意外。我走到房间里，把信封撕开。

信里附了她一张照片，她坐在一块山石上，穿着绿色的裙子，消瘦而青春的面庞，充满忧郁。我翻到背面，发现还写了几句比较动情的话，这让我兴奋起来。爸爸站在堂屋里，斜着眼睛看我一眼，说："除非你考上大学，否则是不可能的。"

我忍住气，没有理会他，默默吃完饭，坐在窗前，拿过课本，但一个字也看不进去。我的脑子里萦绕着不久前端午节那天下午的事，我和铜锣、她约了出去散心，我们沿着她家所在的方向骑行，两边不少老干部疗养院，一条小河横亘其中，河边除了房子，还有些野地，卉木萋萋。我们停下来，坐在河岸上。天气非常燠热，我油然升起了青春的伤感，背诵起了《哀江南赋》，聊以排遣。其实并不切题，但那些伤感的句子，却仿佛句句直击人心。少年时代的忧伤，也许对于老年人要面对的生老病死，算不了什么，可在那个年纪，就已经是要面对的全部了，我不可能去想那些还未知的事物，只觉得古文音调铿锵，是打发愁闷的利器，怪不得古代那些文人，登个楼什么的，也要做一篇诗赋。

偶尔把头转过来，发现她在看着我，脸色凝重。我的心一动，又一阵悲凉。

日光西斜，我们挥手告别。我没有直接回家，而是向外婆家骑去。按照惯例，一年三节，我们都要派代表去外婆家聚会。酒菜已经摆好，两个舅舅都在，座上还有一个我不知道该怎么称呼的亲戚，他是我舅舅的堂弟，很年轻，帅气斯文，戴着眼镜，有点像香港影星梁家辉，据说在南昌的一个什么电大念书。他的父亲，就是上高县的那位局长。他来念书，也是受父亲的安排。几个月后，我听说他精神出了问题，不得已退学住院，但在那时，还看不出有什么不正常。他只是不大说话，我后来想，他估计也沉浸在自己的痛苦当中，他虽然长得斯文，却根本没有念书的天赋，固有的智商甚至不足以应付一个电大的课程，所以才会崩溃。可在那时的我看来，他是那么让人羡慕，至少是城市户口，当官的父亲也完全有能力给他安排一个像样的工作。

我们坐在一起喝酒，几杯"雷司令"下肚，我的脑子逐渐模糊一片，我有些难受，谈起生活之艰难，借酒直抒胸襟："一个乡下人，将来找个老婆，也只能是农村户口，实在没有什么意思。"二舅说："那有什么，我们金顺村的女人，和那些城市户口的，有什么不一样嘛？"我说："也许，但至少还得像你们这样，在城里有房子。而我什么也没有。"

我这样想着，默默收起她的信，想打开课本，但真的又什么也看不进去。

四十八　饮汤

　　妈妈坐在炉子边，炉子上的铝锅正在闷头煮饭。她看见我，神秘地笑着："回来了。我跟你说啊，今天那只算命的瞎子来了，我跟你算了一个命。"

　　我说："啊，几多钱？"

　　她说："两块钱，那只瞎子算命好灵的，连市长都坐着小车来找他算过。一般情况找他不到哦，两块钱划得来。"

　　"怎么说？"

　　"他说你跟你爷在一起就会吵架，命里相克。你不能叫你爷叫爸爸，要叫叔叔。"

　　我哈哈大笑："是蛮灵。不过，两块钱就算了些这个？太浪费了哦，难道叫了叔叔就不吵架了？"

　　"是哦。"

　　"但是我平时本来就没叫他爸爸啊，叫叔叔就算亲热了。"

　　"这倒是。"妈妈无奈地笑了笑，"好多爷崽之间，都是合不来的，瞎子说的。"

　　"还说什么了？"

　　"还说你会考上大学，将来会做官，还会找个四川的老婆。"

我哈哈大笑："简直闭到眼睛胡说，别的不说，做官，我这种人像做官的啊？"

"那说不定。"妈妈似乎很有信心。

我又心中一沉，我爱的她并不是四川人，难道我考上了大学，也无缘和她结为夫妻？

这时铝锅发出噗噗噗的声音，蒸汽把盖子顶了起来。我看了看门外，有一只木盆蹲在水管下，里面蜷着一团床单。我感觉床单正焦急地等待着，就问妈妈："又要浆被单啊？"

妈妈说："是哦，不晓得几腌臜哦。"她从炉子上端起铝锅，走到门外木盆旁，把乳白色的滚水汩汩倒进去，这种水，我们叫做"饮汤"，字到底是不是这么写，我不敢肯定，反正读音是这样。估摸到了一定的刻度，妈妈将锅放回到炉子上，让它继续煮饭。然后回到木盆旁，捋起袖子，跃跃欲试。被饮汤里泡过的床单，晒干后会变得挺括，仿佛一张棉质的席子，将它往床上一扔，只要力度合适，就会恰如其分地盖住垫被，非常美观。如果不用饮汤，床单晒干后也是软塌塌的。妈妈爱好干净，她不能容忍床单不求上进，以皱巴巴的面貌示人。

她刚想把手伸进木盆，着手浆洗，突然，木盆一跃而起，像个轮胎似的，向远处滚去，床单早摔了出来，饮汤一路倾泻，毫不留情，让人心痛。木盆一直滚，滚到邻居胡东家菜园的泥巴墙，才不甘心地撞回，但仍未罢休，又以平躺的姿势，依照越来越弱的振幅弹跳了十几下，才彻底仆倒。妈妈蹲在地上，抬头张望，看见了爸爸暴跳如雷的脸，他吼道：

"夹沙糕，不晓得几夹！米的营养全在饮汤里，都不晓得啊。没有饮汤，饭有什么营养？连猪潲都不如。跟你说过几多次？屡教不改，硬是不晓得几夹！"他咬牙切齿，仿佛一个难民，发现自己的伙食被无端克扣，痛心疾首。

妈妈也不想示弱，叫道："你这只铁公鸡，自己不做事，就晓得约手划脚，还干涉别人。不拿饮汤浆洗一下，床单跟烂盐菜样的，你去睏。"她一边说，一边缓缓走过去，捡起那只空荡荡的木盆，抱了回来。我看见她眼睫毛上，有几颗泪花。

爸爸余怒未息，木盆刚放好，又一脚踢去，但立刻怪叫一声，捂住脚叫唤："哎哟，戳他屋里死人，脚都踢断了。"呲牙咧嘴，像只烫伤的猴子。

我心里暗暗好笑，但不敢表露。妈妈暗示我，再把木盆捡回来，我装作没理解，站着不动。爸爸一瘸一拐跑回屋，不一会听见他在屋里嚎叫："我那半瓶正红花油哪去了，是不是又被你抛掉了……"妈妈说："鬼会动你的哦，你自己放在最底下的那只抽屉里，还怪别人。"慢慢走过去，捡回脚盆。已经没有饮汤了，她只好把床单在普通的井水里搓洗了一下，草草挂在柳树间的晾衣绳上。

这样的口角，一直持续到他们的暮年。有时我在清晨阳光的照晒下苏醒，就隐约听见客厅里他们的唇枪舌战。因为在我家，寄人篱下，他们倒是颇能克制，至少在音高上。一对男女年壮时，他们是家庭的主宰，一切围着他们旋转；一旦年老，他们就被边缘化，再也没他们什么事。

我听见妈妈的抱怨："那个菜吃不吃？不吃我倒掉，老棺材，吃饭不晓得几慢，一点子蔬菜，这餐吃到下餐，尽是筷子水。"爸爸说："倒什么倒，留到那里，我会吃。关你什么事，你好阔，挣几个钱嘛，动不动就倒掉。"他对自己被冠以"老棺材"的称呼并不以为忤，纠缠点全在剩菜方向。妈妈说："我不跟你留，吓死巴人（脏得要命），不晓得几腌臜，你自己洗又不洗，就晓得一张嘴白嚼。"爸爸终于怒了，抬高了嗓音："夹沙糕，留到那里碍了你的魂，还是碍了你的魄？搁到那里，我自己会洗。"妈妈说："你会洗个火板子[1]，你这辈子洗过几只碗？"爸爸又是仰天长叹："我硬是请只鬼来管阎王。这辈子最后悔的，就是找了你这只夹沙糕！"

---

[1] 火板子：南昌俗语，指薄板钉成，不涂漆的简陋棺材。

四十九　看电影

　　每次见面，都可以看出来，她经过一番打扮。衣服总归没有相同过；而我，却永远一样的衬衫和裤子。有时她穿得端庄，裙子笔挺，一尘不染；有时则鲜艳，宛如春花绽放。有一次在大桥上，她背倚着栏杆，身后江水长天，她指着自己艳丽的花上衣，笑说："这是我外婆穿过的，你别看她年纪大，很时髦的。"

　　"你外婆干什么的？这么时髦。"

　　"她呀，是北京人，解放初期随着部队南下，就到了南昌。"

　　"哦。"我赞道，"是老干部，养尊处优，怪不得。"

　　我听一同学说过军队的事，说他外公就是军转干部，三年灾荒期间还在军队，非但从来不知道什么是挨饿，每天还有牛奶面包，从不匮乏。这也正常，一个警察在我眼中，都已经威风八面，何况拥有飞机大炮的军队。江山都是他们打下来的，他们怎么享受，都理所当然。在那时的我心中，军队是钢铁壁垒一样的存在，坚不可摧，虽然潜意识中，我也许对它并不喜欢。当然，也并没有什么反感，只觉得离我很远，和我无关，不必当做话题。有几次我跟爸爸说笑："爷爷为什么当初不去参加红军，否则不奢望吃香喝辣，至少我们现在是城市户口。"爸爸嗤笑："参加革命？你晓得死几多人哦？十个，会死掉八个。他要是参加了革命，骨头都不晓得埋在哪里，哪还有你和我？"我说："没有更好，胜似现在活得像狗一样。"

大多数时候，我们都是去看电影。

当年还住在金塔街的时候，离家门往西走三百米，有一处茶铺，里面摆满了四方桌，每一张都积满油垢，已和木质连为一体。每张桌子顶上，都悬挂着一盏三个嘴的煤油灯，停电的夜晚就点亮，仿佛星光璀璨，却因此沸腾着浓郁的煤油气息。灯下每张桌子边，都坐满了六七十岁的老棺材。大厅中间的那张桌边，站着一个说书的，操着流利的老南昌话，语气一惊一乍。时或拍一下醒木[1]，顿时，老棺材们就从青花茶杯上抬起头来，齐齐把眼睛射过去。

而我们小孩，当然不会喜欢这些。我们喜欢的是电影。

对影院的回忆很怀旧。还记得工人文化宫电影院，银幕两边墙上，各镶嵌着一列竖排的巨大宋体字，左边是：领导我们事业的核心是中国共产党！右边是：伟大光荣正确的中国共产党万岁！血红的背景，宛如蒸汽机车硕大的车轮，雄伟狰狞。时间一到，中间猩红色的帷幕从中裂开，缓缓向两边撤退，灯光倏然黯淡，音乐响起，银幕上出现一尊工农兵的雕塑，背着钢枪，舞着大锤，扬着镰刀，横眉怒目，苦大仇深。整尊雕塑慢慢转圈，以一百八十度方式向观众展示，下面是一行出品单位：XX 电影制片厂。电影开始了，整个

---

1 醒木：说书艺人为了使听众肃静或加强语言气势，用来拍桌子的小木块。

大厅坟墓一般寂静，能闻见满足和期待的气息。

其他的电影院也大同小异，我至今记得城里大多数电影院的名字：爱国、人民、胜利、东方红，每个名字都正气凛然，巍然不可侵犯。曾记得儿童时期，跟小姨和小舅去东方红看革命电影，瓢泼大雨中，身穿雨衣的小舅突然转身，站在路中间回头张望，其形象不知怎么，难以忘怀。这个名字最革命的电影院，后来改成了"百花洲"，我曾经为此奇怪过，直到我了解了中国的政治规律。

还有一次，跟小姨去爱国电影院看电影《熊迹》，坐最边上的两个位置。电影刚开始，银幕上两个人刚走下轿车，突然一束手电光射来，我们遭到盘问："这是你们的座位吗？"我们肯定地说："是。"他看了看我们的票，说："下一场的，这么早就跑进来，硬是猴[1]电影猴疯了哦。"原来属于我们的那场，还远在两小时后。有一次，我的文具盒里夹着一张几天后的电影票，江西影剧院的《奇袭》，那期待的几天，被兴奋和憧憬填塞，我总是时不时打开文具盒看一眼，时不时看一眼。

后来家附近的公共交通公司，也建了个电影院，每天路过它，总看见门口贴着花花绿绿的海报，那成了我们经常去的地方。影院里有一种特有的气味，坐在位置上，快开映时，就会响起广播："观众同志们，观众同志们，电影马上就要开映了，请大家不要自由走动……"然后，我游目四望，幸福感就像浪潮一样涌来。

我所知道的谈恋爱的方式是看电影，大概本身就是受电

---

1 猴：南昌俗语，指眼馋。

影影响，七十年代末和八十年代初，银幕上的年轻男女，总是约在电影院，进场之前，男的会为女的买一瓶橘子或者柠檬汽水，插一根吸管在里面，边吸边含情脉脉低语。不过在我所见到的现实中，汽水倒是有卖，却从未见过吸管，只觉得非常高级。

真的，我想不出其他消遣方式，来北京后，发现南昌非常可怜。北京有很多可以恋爱的地方，不要说那些皇家园林，就连元大都土城遗址上面，登上去也植被繁茂，杨柳依依，想干点什么，就能干点什么。

我们聊天的时候，从不直接聊爱情，也不憧憬将来，更不消说谈婚论嫁，因为感觉那非常遥远。只有一次，在她将要远行时，我表示了一点忧虑。她说："放心，我家人最终会听我的。"我顿时踏实起来，虽然只持续了一会儿。

电影院的黑暗似乎能够掩护稚嫩，在光天化日之下，我总感觉自己还不算成年人，无法像影视里恋人那样，大街小巷搂搂抱抱，也不知该去哪里度过两人的温馨世界。有几次她抱怨："不能老是我说去哪玩呀，你也该有点主见。"我总是嗫嚅着，就算想贡献一个地方，也怕被觉得幼稚而不敢开口。

我们在电影院消磨了许多无聊时光，记得住的电影很少，何况心思也不在电影上。我总是犹豫，想抱抱她，甚至想亲亲她。生理上我有这种需求，但永远畏畏缩缩。每次见面前夕，我都下决心，明天一定，一定要亲一亲她。可一旦见到，勇气就像水洒在沙漠上，瞬间就无影无踪。她也是类似的人，比我好不了多少。记得在考场，我曾感觉到坐在后面的她，用淡蓝色的塑料垫板为我扇风，但动作隐晦。我们都不懂得怎样恋爱，所以，所谓早恋的说法，也不是丝毫没有道理吧。

五十　诗词岁月

躺在床上，油然回忆起前几年的事情。

我居住在这个村庄，差不多也就五年左右，短得不值一提，但在回忆中，则如烟波浩渺，看不到尽头；我那时并未想到，这根本算不了什么。成年以后的日子，那才真如电抹一样。

记起刚搬来时，正逢炎热的暑假，我站在午后的池塘边发呆，四下阒寂，杳无人声，仿佛能听见稻子和青草疯长的声音，偶尔一条鱼在水中跃起，哗啦一声，却不会带给我诗意，只让我萌生对鱼肉的向往；有时则和爸爸一起下象棋，但总不肯采用正规的下法，而用半边棋盘，把所有的棋子背脊朝天，正好一个占一格。然后各人自己选择执红还是执绿，一人一步，轮流翻开。若他第一个翻开的是"将"，而我翻开的是"兵"，我的就可以吃掉它的；若我翻开的是"士"，则他吃掉我。刚开始，棋子都挤得满满的，避无可避，就看运气了。这样下棋，完全不靠智力。我也不愿意在这方面花费智力，只是纯粹消遣。

有时他在睡午觉，我就到抽屉里翻他的中师课本。最喜欢看的，除了语文，就是美术书。中师的学生，因为将来做小学教师，什么课程都能教，有点万金油。光美术课本，就有几大本，一本《美术鉴赏》，一本《图案》，还有一本《绘画》，《美术鉴赏》里，介绍的是古往今来西方的绘画，我就是从这课本上，知道了提香、伦勃朗、米勒、委拉斯开兹、罗丹，知道了古典派、印象派、野兽派、现代派、达达主义等，知道了世界最有名的摩天大楼和其他建筑，纽约帝国大厦、纽约双子大厦、芝加哥西尔斯大厦、多伦多电视塔。我看了一遍又一遍，不知道多少遍，熟得几乎要背下来，我的思绪时时徜徉在那些艺术长廊之中，作为一个性欲旺盛的少年，常常对书中节选的几幅裸体画神驰不已。但也有所误导，成年后，我一度以为女性的阴户从正面是看不到的，甚至一度怀疑女性不长阴毛，因为那些古典油画中的女人，身材丰腴，全身乳白，两腿之间平滑如缎，根本看不出有一道沟壑。甚至一直到上大学的时候，我在图书馆看到一列印度古代雕塑，大部分是女性人体，肥胖，两腿之间无一例外都有一条沟壑，这让我吃惊不已。那真是阴道吗？还是印度民间工匠想当然的夸张，以发遣自己对女性肉体的幻想？

对美术的迷恋，随着时间的过去，而逐渐淡薄。接着爱上的是诗词。

有一天晚上，堂姐光头跟着她妈妈来我家串门，我则刚从四眼手中借了一本《唐人绝句选》，坐在灯下读得如痴如醉。我妈妈说："小英来了，也不陪人家说一说话。"可是我实在无暇他顾，我端坐在灯下，心潮起伏，因为刚才从那本书的解说里，第一次读到这样的句子：

　　暮春三月，江南草长；杂花生树，群莺乱飞。风景依旧，而景色已非，在这个落花时节，乱离之后，突然遇见自己早年的好友，怎不肝肠寸断？

　　这是对杜甫《江南逢李龟年》的解说，我觉得这个解说，尤其前面几句，写得真是美不胜收，那么简单的词汇，却绘声绘色，让我仿佛看见了江南的春天，只是不知道它原来出自《与陈伯之书》。

　　终于，我把从妈妈那里获得的零花钱，一角一角积攒起来，买了几本诗词，甚至包括大部头的《唐宋词鉴赏辞典》，还记得炎热的夏天，我抱着刚买的书，去外公家蹭饭。小姨的老公正好在那里，看见我手中的书，问："几多钱一本？"我印象中，他是比较爱阅读的人，少年时期，我弄来一本崭新的《故事会》，他百般央求我先让他看。我也从他那里看过不少小说，什么《傍晚敲门的女人》《射雕英雄传》等。所以我拍打着厚重的封面，说："十一块。"他说："那不算贵哦。"我顺势说："是啊，不贵，这么厚，而且都是辞典纸，很薄，分量足，好划得来。"他却换了脸色，嬉笑道："你口气好大，你挣几多钱一个月哦？"原来他是讽刺。

　　在城南，夜晚漆黑。外面下着淅淅沥沥的春雨，我们一家站在简陋的厨房里吃饭，那张饭桌一面靠墙，只有一条长凳，都坐下是不可能的。好在我们并未觉得站着吃饭有什么不妥，甚至反认为理所当然。有时看见大家围成一桌吃饭，反而心生奇怪：为什么人要集中在一个时间，围坐在一起，埋头往嘴里扒东西？这类事情真不能细想。

那些时候的天，总是有透骨的凉意。厨房的墙壁也未粉刷，红砖嶙峋。靠墙一口大缸，里面贮着井水，每次伸出瓢去舀水，都能看见几只蛆蛆样的东西在水面游弋，一闪而过。吃完饭，我们把井水舀到锅里，锅架在煤炭炉上，煤炭火红火红的，沸腾着生命之光。我们站在旁边，静等它冒出蒸汽。

只有一支蜡烛的火焰摇曳着，在嶙峋的墙壁上映出幢幢黑影，非常巨大，像一头头野兽。由于舍不得花第二支蜡烛，全家人都挤在这，没听说过洗洁精这东西，所以妈妈要把水烧热，爸爸说："浪费煤球，冷水洗不得你啊？"她说："尽是油，没有热水，洗得脱啊；冷水，阴间里洗得碗干净哦[1]。"我们围着她，等她把碗洗好，再一起回到正屋去睡觉。

在这春天潮湿的暗夜里，能做什么？有时一起聊天，有时其他人都出去了。爸爸喜欢瞎跑，弟弟妹妹也喜欢出去玩，只有我和妈妈两人坐在厨房。她老鼠似的忙忙碌碌，我们也没有那么多话可聊。我坐在破烂的食橱前，一首一首背诵古代诗词。尤其喜欢背词，按词牌背，蝶恋花、临江仙、浣溪沙、贺新郎、阮郎归、菩萨蛮、满江红、水龙吟，一个个来，把每个词牌能背诵的词背个干净，再背下一个词牌的词。印象中《蝶恋花》最多，直到妈妈把一切拾掇干净，还背不完一半，于是站起来，意犹未尽地走到堂屋。

最记得有一次背到《临江仙》，辛弃疾的，眼光望着黑魆魆的门外，地上是惨白的一个又一个的水坑，像古代一样：

　　钟鼎山林都是梦，人间宠辱休惊。

---

1 阴间里：相当于"哪里"，表示疑问，用来加强语气。

只消闲处过平生。

酒杯秋吸露，诗句夜裁冰。

记取小窗风雨夜，对床灯火多情。

问谁千里伴君行。

晓山眉样翠，秋水镜般明。

很舒服的感觉，接着背另一首同样词牌的，也是辛弃疾：

老去浑身无着处，天教只住山林。

百年光景百年心。

更欢须叹息，无病也呻吟。

试向浮瓜沉李处，清风散发披襟。

莫嫌浅后更频斟。

要他诗句好，须是酒杯深。

我们的方言前后鼻音不分，两首词的韵脚就仿佛相同，我偶尔会把它们的句子背混。都是写隐逸情怀，其中细微的情感差别，我怎么分得清？只觉得音节铿锵，就音节铿锵地背诵下去，心里感到很熨帖，好像东西摆放得很整齐一样。

每次背到"要他诗句好，须是酒杯深"，我心中都会情不自禁地笑，原来要喝酒多才能写出好诗啊。还有，他的水缸里没有蛐蛐，只有冷藏的李子和西瓜，日子过得真舒服啊；每次背诵到"问谁千里伴君行？晓山眉样翠，秋水镜般明"，我就忍不住想象，他出去旅游，看见远山，都会想起女孩的眉毛，他的日子过得有多么浪漫啊！

但我现在，最喜欢的句子是"记取小窗风雨夜，对床灯火多情"，多么有画面感的一幕，多么温馨的家常生活，一如我当年坐在烛光摇曳的黑暗厨房里，背诵那灿烂的诗歌。

然而，有时候，我也会从橱子里抓一把豆豉，一粒一粒地吃，默默地想些事情。我也真不知道，那时能想些什么事情。

五十一　录取通知书

　　我来到学校的传达室，问："您好，请问有没有一封褚枕石的挂号信？"

　　传达室的老头抬头，缓缓地说："什么信，咦，你不是高三（二）班的吗？都毕业了，信还会寄到学校？"

　　我说："听说大学录取通知书，都是寄到学校的。"

　　他惊讶得嘴巴合不拢："你考上了大学？"

　　我说："是啊，请帮忙找找。"

　　他狐疑地看我一眼，在信件中翻寻，找出一封，捏在手中："真是你的？你叫褚枕石？"

　　"不信你去问铜锣嘛。"我有点不耐烦。铜锣是教工子弟，老头很熟悉。我和铜锣经常在一起玩，他也经常见到，大概也正因为此，他觉得我能收到大学录取通知书，简直属于天方夜谭。

　　"那你签个字，写上家庭住址。"他妥协了，但还不能说毫无疑问。

　　"你信不过我是吧，其实我是全班第一名。"我边写边说。

　　我把通知书塞进口袋，顺便进去找铜锣玩，他正在阳台上搓洗衣服，见了我蛮高兴的。聊了几句，他家里太逼仄，有个祖母坐在角落里，像一只千年老山猫，阴恻恻地看着我们。他显然也有些不自在，说："我们出去走走吧。"于是一起出去，走到旁边那个免费的小公园，坐在长椅上聊天。铜锣指着不远处的一个亭子说："你看，那些老头，他们好羡慕我们呢。"我眼光跟去，见两三个老人，头发花白，满脸皱纹，只套一条白色汗衫，露出一身死灰色的老肉，坐在那里望着我们发呆，眼珠转也不转，如死了的鱼眼。我说："羡慕我们什么呢？"他说："羡慕我们年轻。他们知道，自己七老八十，活不了多久了。"

这让我忽然感觉心情抑郁，按说我现在应该高兴，但高兴不起来。

这时走来一个二十五六岁的人，尖嘴猴腮，向我们点头哈腰："算个命吧。"充满讨好的语气。他手里拿着一张条幅，上面写着：

生辰八字预测人生祖传相术百发百中

铜锣问："多少钱？"

他说："一块。"

铜锣给他还价到五毛，他答应了，上下左右看了铜锣两分钟，又察看铜锣的掌纹，说："你的命不错，将来可以当官，吃香喝辣。还有，你的那个功能，你知晓得的，那个功能很强，一定会让女人满意……"

我哈哈大笑，铜锣也乐不可支，递给那人五毛钱。那人接了钱，磨磨蹭蹭，没有走的意思，在我们面前的一块石头上，一屁股坐下，感叹道："好热的天，要不，干脆陪你们聊聊天吧。"

铜锣说："你一张嘴就能挣钱，陪我们聊天，浪费了。"

他愣了一下，突然羞涩地说："其实，你也晓得，我们这种，就是骗子样的人。"

铜锣笑道："原来你刚才说，我能让女人满意，是骗人的啊。"那人赶紧否认："你身体这么壮实，肯定很好的嘛。"又站起来，"好吧，不打扰两位了，再见。"

我对铜锣说："要不，去看电影？"

以前我和铜锣也一起看过很多电影，有一次我参加硬笔书法比赛，得了个奖励，被邀请去参观展览。我叫上铜锣，完后顺便去看《黑楼孤魂》。我坐最靠边的位置，看见鬼魂终于现身，追逐那个老头，我吓得当即站起来，他一把将我按住，惊讶道："你这么胆小啊？这有什么好怕的，不就是一布娃娃吗。"还有一次看《西门家族》，电影刚开始，就是古代尸横遍地的战场，一少年在尸体间拣拾值钱的东西，突然被一只手抓住了脚踝。原来是一垂死士兵，少年怎么挣也挣不脱，那士兵给了他一件毛皮坎肩，他披在身上，立刻身体长大，变成了那个士兵的模样，面色诡异。我也吓得怪叫一声，下意识想逃。不过看美国电影《昏迷》的时候，我没有吓着，他倒感觉比较惊悚。人和人的恐惧点，估计不一样。

此刻他说："算了，我要准备复读了，没心情。不找个好工作，性功能强也没用啊。"说着，他发出淫荡的笑声，我则百味交杂。

想了想，我决定去逛逛书店，顺便外公家蹭一顿饭。中午时分，我提着几本书，到了外公家，外公还是冷面孔，好在我习惯了，厚着脸皮叫他一句。外婆坐在屋子里，戴着眼镜，捧着一本砖头厚的书，见了我，依旧笑脸相迎，说："你来了，正好给我认一下这两只字。"说着把书递给我。

我接过书，原来是一本《圣经》，还是繁体竖排的，诧异道："你看《圣经》，还学繁体字？"

她说："我信了主。"指着墙壁。我才发现墙壁上贴着一张宗教画，一个黄头发的男人，悲悯的目光望着远方。外公鼻子里哼了一声："这只老别，不晓得中了什么邪，信起妖魔鬼怪来了，说什么有个耶稣，是上帝的崽，为了救世人，被钉死在十字架上。你看看，这浑身黄毛的，跟猴子一样，他救得了哪个？我们中国人，鬼要他救。我只晓得方志敏是十字架上钉死的，那方志敏也是主？"

外婆说："你这样乱说，要驼罪哦。"

忽然门外自行车响，一会儿，小舅走了进来，他结婚后，只在金塔街新房住了两个月，就搬去了纺织厂，租了个房子，偶尔回来看看父母，大概今天凑巧。他说："你们吵什么哦？"

外公说："吵什么，就怪你那只丈母（娘），一只扇别，带得你娘到什么教堂去，搞得她信上了妖魔鬼怪，一日到夜念经，唱些卵圣歌。"

小舅说："人家有人家的信仰，怪你什么事啰？又没耽误给你弄饭。"又看着我，问："怎么样哦你，考到了不，我听说高考成绩已经出来了。"

"考上了。"我掏出录取通知书，"今天刚去学校拿到的。"

他颇为意外："真的考上了啊？你蛮结棍嘛。"

外婆很高兴："不错不错，我们屋里，就数你读书最好，从小就好，当年金顺小学那只郑老师，不晓得几喜欢你哦。"

又对外公说，"你这只外孙，硬是有点本事。"

外公表情如常："那是好事啰，省得到金顺村种菜，像你这样一把壳，吃不得那个苦，尿桶都挑不动。"

小舅展开我的录取通知书，说，"中国语言文学系，这只专业有什么卵用嘛？你怎么不填会计专业呢？法律，法律也不行，在外国好赚钱，在中国也没有一垩卵用，中国，什么卵法律？都是当官的说了算。"

我懵懵懂懂回应："要是中国像外国那样，依法治国就好了。"

小舅说："那都行的啊？搞不成的。马上就要乱套，打内战。在中国，不专制不行哦，这是国情决定的，你还小，以后就会晓得的。"

我默然不言。

他又看了一眼录取通知书，说："不管怎么说，还是不错哦，至少以后是个中学老师，吃商品粮，再也不是乡下人了。"

我一直坐到半下午，太阳没有那么晒了，才骑着车回家。路过二伯父家门口，看见他们一家都站在路边，沿着坑坑洼洼的水泥路朝远方张望，满脸都是失落和不平。我停下来，问："发生什么事了？"

堂姐光头说："我屋里的机器，被公安抢走了。"

"就是那个制造铁丝的机器？为什么？"

我知道前几天二伯刚买了一台机器，准备制造铁丝来卖。他是学机械出身的，一直想创业致富，曾经想过开杂货店，大概最后还是觉得，利用专业知识发家致富比较靠谱。

"为什么，还不是说我们没办执照，没纳税，机器才买回来几天，准备去办执照的，还没开工，怎么纳税嘛。不晓得是哪个眼红，举报了哦们。这些公安啊，就是国家罗汉，坏得头上长疮，脚板流脓。"她看看我，又说，"听说你考上大学了？"

"是的，今天刚去学校拿了通知书。"

她捧着我的通知书看了看，叹道："我晓得自己是考不取的，当时满脑子想着要争口气，一下子昏了头。"

我说："那你现在和男朋友怎么样？"

她说："你说的是上一个不？"

"什么？"

"上一个已经吹了。我提出的，受不了他脸上那种悲悯的表情，好像我该[1]他的，就算勉强结了婚，也不会幸福。其实他只有初中毕业，除了有个城市户口，真的没有什么了不起。我现在的这个人很好，屋里的湖北的，其实他爷早先也是从我侬村里迁出去的。"

"那跟我们是同姓？"

"是哦。不过已经隔了好多代，不是三代以内的旁系血亲，村里现在也没人管这些。"

"那也好。"

"也没钱，但是有文化，高中毕业，人也长得蛮帅。"

"哦，听说老大屋里的小凤找了个老板。"我脑子里突然掠过镀铬作坊前的那张笑脸。

"我晓得。"她说，"那个男的又矮又胖，不晓得几难看，

---

1 该：欠。

小学毕业。"

我想安慰她："记得小凤当年说，绝不嫁喝臭的头子的男人，还有乡巴佬。"

她果然快乐起来："现在这只男的，头子又臭，又是如假包换的乡巴佬，还不是看他屋里有两个臭钱。有什么意思嘛，嫁过去还不是被人看不起。冲着人家的钱去嫁，人家肯定也不会给她好脸色。她屋里小秀，嫁到万家，屋里卖鸡毛鸭毛乌龟壳，也是图钱，就经常被她老公打得满脸乌青，你晓得不了？"

我惊讶道："啊，不晓得。"

这时，二伯一家都从街边走回家门，一边议论刚才的事，一边叹气。二伯母看着她的二儿子，说："你去打罗汉，我支持，一定要打出来。打得出来了，看哪只路毙敢去举报，就连警察都不敢随便难为我们。你看那只小飞，当年几可怜，被人追到厕所，屁股上捅了三刀，现在到处收保护费了。"

二伯望着她，说："扇里扇气，打罗汉，你以为好容易？几多没打出来的路毙，二十郎当岁，就被人捅死在街上了，当真变成了路毙。"

他们怏怏地坐下来看电视，突然啪的一声，面前一片漆黑，只听得外面有人大骂："戳他屋里死人的，又停电了，这该死的供电局，不是听说村里上了好多贡啊，还停电，硬确实好贪。"

五十二 户口

　　心情总是不大好。有一天晚上，在漫天的星河之下，我又对爸爸说："我老是仿佛能听见自己心脏的跳动声，有时我还想，要是正在读一本书时，我告诉自己，如果你突然一行字也不认识怎么办？一个字也读不进去怎么办？结果就真的读不进去，一行字要翻来覆去看半天。"

　　他的态度好多了，笑了笑："哪有这样的事，不要胡思乱想哦。再说，你今后还需要读什么书嘛？大学混过四年，有一份工作，吃吃喝喝，暑假出去，公款旅旅游，活得不晓得有几自在，还读什么卵书哦。"

　　我说："那你当年怎么没混过三年。"

　　"时代不同了。"他又是老调重弹，"我那时候主要还是营养不足，所以那么多病。"

　　我鄙夷地看着他，不发一言。我不相信考上大学的目的，就是为了混四年，从此一行书不读，以后站在讲台上照本宣科，混掉一辈子。我觉得我有大量的书想读，我报的是中文系，想到从此只和古今中外那些灿烂的文学作品打交道，就抑制不住的欢喜，让你读你喜欢的书，还给你商品粮吃，给你分配工作，真是太美好了。我再也不用读数学、政治那些我不喜欢的东西，按说我也喜欢历史，第二志愿就是历史系，可这次高考，历史却没考及格，这真让我后怕，到底是历史这门课程的考试方法有问题，还是我有问题？假如我的历史能多考二十分，就能上名牌大学。当然，我并不得陇望蜀，目前的状况，我已经很满足了。

第二天早上，吃过饭，我站在午后的池塘边，望着远方烈日烘烤下的大地。天空像一匹巨大无匹的蓝缎子，平平滑滑，没有一点褶皱。池塘紧挨着稻田，此刻，隔壁的光达正率领一家人，站在田里劳作，四五个人蜷着腰，半天也不见舒展，好像四五只硕大的虾子，而且早已煮熟，只是颜色不那么红。突然又后退了几步，腰脊的角度略微有些变化，看来不是虾子。但又恍惚依旧不是人，而是一种形状像熟虾似的动物，这种动物是这个农业大国里特产的家畜。一种惊恐感倏然从我全身掠过，像电流一样。我打了个冷战。

爸爸光着膀子，瘦瘦的，像鲁迅笔下的阿Q，站在门前看了看，说："我侬屋里的禾也熟了，过两日，大家一起去收割哦。"

我冷冷地说："我不去，要去你自己去，一田的蚂蝗，吓死人。我也不想当虾子。"

"什么虾子？"他怔了一下，好像出乎他意料之外，又似乎在意料之中，又说："你考上了个烂大学，就好了不得是吧？"

我说："是啊，烂是烂，但户口至少也和你一样了，我又没有田。"

"我还不是要下地？"

"你自找的。"我说，"对了，我以后至少是个中学老师，比你这只烂乡下小学的老师强多了。"

他张了张嘴，想反驳什么，却最终没有说出来，把头朝向妹妹："你呢？"

妹妹正蹲在地上，擦拭她的宝贝自行车，车身鲜红鲜红的，是这阵子很流行的式样，号称公主车，可怜她的样子一点不公主。她没抬头，很干脆："我也不去，不要叫我看户口，我又不是作田的户口。"

他说："你也这么起劲？你不是作田的户口，你的粮票呢？你有单位吗？发粮票吗？你吃商品粮啊？"

妹妹一梗脖子："我就不去，你管我发不发，我没挣钱啊，我又没吃你的？"她说得倒不错，那时她已辍学多年，在妈妈的炒货厂打工，自行车也是她自己攒钱买的。

爸爸一个箭步过去，作势要打，妹妹将抹布一扔，一溜烟跑了。爸爸大怒，戟指骂道:"都作命，人也作命，鬼也作命，也不看下自己的户口看。"

我很烦躁，又想骑车出去，不管去哪里，反正我想离开这个家。我推出自行车，向学校的方向骑，年轻的身体，根本不在乎烈日。穿越过几个村庄，我突然看见一个身穿绿裙的熟悉身影，迎面飞驰而来，还有一位女孩和她并排驰行。我赶紧叫了她一声，她急速刹车，惊讶地看着我："好巧。"脸上红扑扑的，可以看见两颗上晶莹的汗滴。她说："正要去你家呢，我这位邻居想见见你，她准备自考，也喜欢中文。"

记得她好几次对我说："你怎么从来都不带我去你家。"我的回答总是："太远了。而且——"我想不出什么合理的解释，只好硬着头皮承认，"而且家里太偏僻……"她说："那有什么关系。"

我跟那个女孩打招呼，客套了两句，又对她说："你带人家来，都不认识我家，怎么带啊？"

她说："我不会问啊，你看，我的路不是走对了吗？"

"你好厉害。"我挤出一丝笑容，"可惜不巧，我正要出去办事呢。很抱歉，以后会有机会的。"

三个人骑着车往回走，一直骑到大路口，我们挥手作别，向相反的方向驰去。我麻木地蹬着车，不知道去哪里，只感觉满腔的内疚。

五十三　爸爸的旅游

　　爸爸说："好吧好吧，明日早上再说，现在看下子电视。"他拧开电视机，调到中央一台。

　　正在播映革命剧，一个三十岁左右的红军中层干部，头上缠着绷带，半躺在席子上。旁边坐着一个妙龄女红军，大约是卫生员，正在为他缝补衣服上的口子。干部凝神看着卫生员，突然一把将她搂住，女红军猝不及防，拼命挣扎："不要，不要。"但像掉进了沼泽，越挣扎越紧，情急之下一口咬下去，男干部惨叫一声，松开了手臂。他看了看女红军，没说什么，站起来就走。女红军呼唤他的背影："你的伤口还没好，别乱跑。"但背影还是怒气冲冲地去了。

　　晚上，男干部正坐在席子上阅读文件，旁边一盏油灯，红彤彤绘出他那张充满性饥渴的脸。女红军抱着几件衣服来了，男干部抬头看看她，没说话，低下头继续看文件。女红军坐在他身边，说："衣服已经缝好洗好了。来，现在我给你换药。"

　　男干部说："谢谢，换药就不必了，我的伤已经好了。没什么事的话，请回吧。"

　　女红军一愣，下意识站起来，呆了一会，哀怨地说："你就这么恨我吗？”

男干部还是不理她。女红军突然跪下，伸开双臂，环住他的腰，但这回轮到男的挣扎，只是他没有咬人。女的终于哭了出来。

我假装用评论来掩饰尴尬："这只女的跟有病样的。"

爸爸干笑了一声，说："这就叫做有风不走船，无风来拉纤。"

妈妈一边叠衣服，一边发出爽朗的笑声："是哦，这种女的不晓得几多哦，就是叫做有风不走船，无风来拉纤。"

我咂摸着这句谚语，心说："真是绝了。"

凌晨的时候，我们还在睡梦中，就被妈妈吵醒了。她叽里咕噜抱怨："这只铁公鸡，硬确实雀博（坏），还说带我去，结果自己一个人偷偷跑掉了。"她把收拾好的衣服，一件件放回衣橱，"搞得我昨日夜晚还拿衣裳打包，硬是一只策谎打骗的骗子。"

我笑笑："我本来就怀疑，他不会那么好说话，感觉你会上当。"

妈妈说："那你都不跟我说啊？"

我说："跟你说有什么用？还不是吵个没完没了。他是只尽料的铁公鸡，你又不是今日才晓得，还会突然大发慈悲啊？"

妈妈哑口无言，半晌还是怨愤地骂了一句："戳他娘的别，等他回来，我要跟他大吵一架。"

几天前，爸爸兴冲冲回来，说："学堂这次要组织我侬老师去北京旅游哦。"

妈妈顿时两眼放光："带我去，我这一生世，哪里都没去过，火车都没坐过。"

爸爸一口拒绝："带你去，你晓得要花几多钱？我这是公费，不公费，鬼才愿去。"

妈妈说："我花自己的钱去，哪个会多嘴？我哪里都没去过，南昌市都没出过。"

"有什么好去的？"爸爸说，"还不都一样，我去过几个城市，跟南昌市硬是没有一点区别，都一样。"

"都一样你还去？我要去看下天安门，那是毛主席站过的地方。本来当年串联时有机会去的，大队里不让，这次我自己花钱去。"

"你自己花钱，那不得了神经病？这世界头上，除了神经病，哪个会自己花钱去旅游？你以为你是王百万？再说我们客车座位都订好了，没有空位，不能带家属。"

妈妈不再说什么，自己出去了。过了一两个小时，又回来了，脸上带着笑，说："我去问了龙淑梅，李梅凤，龙淑梅要带自己的女去，李梅凤要带自己的娘去，票还没订，人家家属都可以去，我为什么不可以去？"

爸爸说："人家，你跟人家比？人家李梅凤是城市户口，公办老师；老公是洪都机械厂工人，吃商品粮。一个崽去年考上江西大学，出来就是国家干部。人家屋里条件几好，你跟人家比？"

"那龙淑梅哩？"我实在看不下去，给妈妈帮腔："她总是农村户口吧。"

爸爸支吾道："龙淑梅，龙淑梅人家公公是老支书，也比我们屋里条件好得多，你简直不晓得世事哦。"

我说："去去去，你以为策扇头（骗傻子）？支书，还不晓得是什么年代的支书，有条卵用。现在她还不跟你一样是小学老师；她老公也不是工人，大女连高中都没考上，小女日日在街上跟赤膊罗汉混，还被轮奸了。"

妈妈高兴地夸我："说得对，拿这只老棺材撑靠壁。"

爸爸说："龙淑梅的老公虽然不是工人，人家总不扇啰，你娘是扇的啦。"

"你放屁。"妈妈骂道，"你才是扇的，你以为你好聪明，好聪明也不会混成这个卵样子。"

爸爸讥笑道："我是混得不行，但我至少年年暑假可以公费旅游。"

妈妈说："你了不起，三个崽，你就没管过，结了婚跟没结一样，要不是我，你有时间去考南师？不考到南师你当得上公办老师，你起什么卵劲哦？"

爸爸一口流氓腔调："那我来带三个崽，你能考上南师吗？"

妈妈怒道："考到南师又好了不起？还不是跟乡巴佬样的，铁公鸡，老棺材，土包子。"

这倒很形象，爸爸单位的那些老师，确实个个乌头黑壳，下了班就匆匆往自家菜地赶，挑粪泼粪。他们的办公室里，当然也挂了几把三角尺，甚至还有《大众电影》，这本杂志如此鲜丽，和乡下鸡鸭鹅的环境非常不搭。想想邮递员要骑几公里的煤渣路，颠得肠胃功能紊乱，才能送来这个，你会觉得，这个乡村小学有一条通往远方的仙境之桥。有一天，爸爸把一本崭新的《大众电影》带了回家，扔在桌上，封面上一位女演员搔首弄姿。他骂骂咧咧："都他娘的往自己屋里拿，老子今日也拿一回。"

那些乌头黑壳的老师，非常热爱祖国大好河山，几乎每个暑假都要组织旅游。八十年代中期，他们去了广州，铁公鸡穿回一套笔挺的西装，人模狗样，得意非凡："广州不晓得几多旧东西卖，好便宜。这套西装才十块钱，你晓得几划得来？"后来洗了一水，顿时形容枯槁。爸爸奇怪地检查，发现胸前隐约一滩血迹，衬里还绣着一个名字：中村一郎。我们笑得前仰后合，我说："这肯定是从日本死人身上扒下来的，估计还是黑社会，被人砍死的，胸前驮了一刀。"妈妈说："是哦，拿饮汤浆了一下，就笔挺，策你这些扇头[1]掏钱。"

爸爸尴尬地笑了笑，嘴巴还死硬："死人穿的又怎样，黑社会又怎样？一套西装，才十块钱，穿不得啊，穿了会死啊……咦，这卖衣服的当真有两下子，破衣服，怎么搞得跟新的一样？"

他给全家带来了巨大的心理落差。都是人，凭什么他过得那么惬意。作为一个醉心求知的小孩，我每次经过火车站，望着绿皮火车呼啸来去，都艳羡不已。远方的世界是什么样子？我幻想自己也坐在里面，肩背军用水壶，白衣蓝裤，戴着遮阳帽，面前堆着香喷喷的面包，要有几个小伙伴，其中一半是女孩，我可以和他们谈笑风生。我们在北京漂亮的火车站下车，换乘一尘不染的公交车去北海公园，在柳荫下和

---

1 策扇头：骗傻子。

小伙伴泛舟，唱"让我们荡起双桨"……好吧，即使没有这些，哪怕单纯地到外面看看，坐一次火车，也心满意足啊！

那天，妈妈数落了一早上："这只铁公鸡，人家龙淑梅都带自己的娘去，带自己的女去；李美凤也带自己的婆婆去，还有史根香，带自己的崽去……老子想去就不行？老子又不花他的钱。"后来的日子，想起就来几句，也没有规律。很快，十几天过去了，一天晚上，我们关上大门，正躲在房间里看电视，突然窗玻璃上浮现一张枯瘦的脸。"开门哦。"声音有气无力，好像一个即将变成饿殍的乞丐。妈妈兴奋地大叫："快，铁公鸡回来了，开门。怎么瘦成这样子哦，哪里没有吃啊？"铁公鸡进来，将一件黑黑的皮衣扔在床上："在火车上睏，在火车上屙，吃的是方便面，一熬就是几十个钟头，省下钱来，买了这件山羊皮，才一百八十块，不晓得几好……你以为旅游是好事？不晓得几辛苦，要不是公费，鬼才愿去。"

爸爸这句抱怨的话，加上他瘦骨嶙峋的形象，一下子让妈妈溃不成军。妈妈心疼地说："铁公鸡，这么辛苦你还去，寻死啊？"爸爸说："不去，我有那么扇？不去人家又不贴钱到你。公费，死到路上都值。"

五十四　中学的最后一个暑假

这条路上很多风景，树木茂密，错落着各个单位的疗养院。我和铜锣有气无力地骑着车。这回是他叫我出来的，我们一直往南边骑，掠过那些疗养院，面前开始萦绕乡土气息。都是上坡路，我们并没有目标，就是无聊，想看看大自然。路边有一栋两层楼的房子，装着绿莹莹的玻璃窗，一看就知道是当地农民建的。这些楼房一般都用预制板，也不比老式的青砖瓦房舒适，因为里面没有厕所，没有煤气管道，没有自来水，它只有一个优点，大。

我们骑累了，停下来，在房子门口休息了一会，大门开着，溢出一股香气，引得我们像老鼠一样往里窥视。只见一张长桌子上，堆满了面包。几个未成年的小姑娘，正在忙碌包装，塑料纸折得啪啪响。我和铜锣相视了一下，他说："看来是刚出炉的面包，好香，咱们买一个尝尝？"

屋里立刻传出一个招徕的声音："是哦，刚出炉的面包，不晓得几香，买两只吃嘛。"是个中年妇女，脸上两团太阳红，明显经常下田的。

于是各买了一个。塑料纸上有生产日期，我惊讶地说："铜锣，你看，是明天生产的，我们吃到了未来的面包。"

铜锣忍不住笑了："这些乡镇企业，都是乡下人，乡下人就会骗人。"

屋里的人仿佛聋了，没有人搭理我们，这也并没有影响我们吃面包的兴致，味道还是蛮好的。我们站在坡上，边啃面包，边纵望远方。几百米外有个池塘，池塘边长着一簇簇比人还高的野生植物，好像芦苇，很有古雅之气。我说："下去摘两支。"

我和铜锣跳下，两边都是菜地，中间一条阡陌，迤逦通往池塘。还没走两步，铜锣一个趔趄，跪倒在菜地里，两掌前撑，几棵青菜立刻死于非命。他正要爬起来，只见远处一个农民大声吆喝："那只人，站到，不准走，赔钱。"说着几个箭步，就到了我们跟前，揪住了铜锣的胳膊。

一番唇舌，讨价还价，没发挥作用，农民满足地把两块钱塞入口袋。铜锣有点沮丧，说："宰人，这些乡下人就是坏啊。"

那农民没走远，闻言回头骂道："我戳大你娘，我坏？损坏公物都要赔偿，你踩坏我的菜，不该赔？你是学生吧？老师怎么教你的。你读书都读到狗身上去了？"

铜锣说："你那几棵破菜，怎么也不值两块钱吧？"

农民说："没听过什么叫罚款啊？"他把肩上扛的锹甩下来，奋力插进土里，"没听过啊？"

铜锣说："你又不是警察，你有什么资格罚款？"农民怒了，举起锹："老子一锹铲死你，你信不信。"铜锣不敢说话，对我说："回去吧。"我们走上人行道，打开自行车的锁，往回骑，路上经过她家那一片宿舍区，铜锣提议："去找她玩怎么样？"我当然没有什么意见，其实我也想见她，虽然之前跟她约好了，后天就会见面。

她和爸爸两个人在家，两个男生来访，倒没有让男主人惊奇。我们坐在客厅里聊天，铜锣忍不住说起刚才的事，她爸爸操着一口蹩脚普通话："早晓得跟我说啊，他们那些人，我都认得，我就是那个村出来的。"

她在旁边笑："你吹牛，你离开那村几十年了，谁还认识你。"

她爸爸笑了笑："说不定还认得哦。"

坐了一会，我们告别，她下楼送，但铜锣在，我们不方便说话。我只好快快跨上车，奋力一蹬，咔嚓一声，链条掉了。她走过来，问："怎么了？"我低声说："记住后天见哦。"她笑笑，点头。我蹲下来，没有磨蹭，快速装好链条，能悄悄说这么两句，我已经很满足了。我蹬车追上铜锣，边骑边聊，他说："她爸爸挺好的，看说话语气，不像普通工人，肯定在厂里是个小官。"我说："为什么？"他说："科长才会那样说话。"

隔天上午，我一早起床，天阴阴的，有着夏天难得的凉爽。我打着赤膊，坐在窗前修改印章，印章早已刻好，是帮她刻的，我只是修订一下，打发时间。好不容易熬到半上午，骑上车出发，太阳又重新出来了。

住宅区非常静谧，仿佛远古洪荒，一片树叶掉下来也能听见，我很有感情地吟了一句："天地有大美而不言，四时有明法而不议，万物有成理而不说。"锁上车，兴匆匆跑上楼，敲门。门很快开了，她身穿一条旧连衣裙，色彩素淡，但别有一番味道。她侧身把我让进屋，笑说："今天我爸爸不在家。"
我说："去哪了。"她说："厂里有事，中午也不会回来。"

　　之前我来过两次，呆到中午就走。虽然她爸爸总要客套：
"留下吃饭。"但怎么可能。这回可以放松一些，我走到阳
台上，面前仿佛有百顷绿色，往下看，树叶缝里，潺潺流过
一条小溪，静谧幽深。我油然想象，她的家庭应该就像这环境，
可能一万年也不会吵架，这让我尤为动心。我说："你爸爸
也许会奇怪吧，这个男生来得这么勤，还老写信。"这段时间，
我确实经常给她写信，但都要经过她爸爸的单位转。她笑笑：
"不知道，反正他没说过什么。"又说，"今天我们可以一
起吃午饭。"我欣然道："太好了。"

　　我们坐在她房间里，其实是她和她弟弟的房间，中间用
衣橱隔开。她拿出相册给我看，有她在各个时间段的照片，
家里的，庐山的，还有北京的。她指着一人，说："这是我
北京的表弟，你不知道，有一次他来南昌，我们晚上带他去
八一广场，他不敢走，吓得大哭。"我说："为什么？"她
说："因为灯光暗吧，大城市的人习惯了路灯很亮。"我说：
"地理书上说，南昌是大城市呀，八一广场那边，灯火辉煌，
简直是城里最繁华的地段了？"她说："你没去过北京，那
里的街头路灯才真叫灯火辉煌。"我说："哦。"实在想不
出来那是什么景象。她又指着另一张照片："这是我弟弟，
帅不帅？""帅"这个词很时髦，我还不习惯用，感觉容易
衬出我的土气。我点头，心中却不以为然，看不出来有什么
帅。我坐在她床上，她坐在凳子上，聊了几个回合，我有点
心不在焉，总想做点什么，但又真的不知道能做点什么。时

光总是一晌，转眼就是中午。她说："我来做饭。"我说："我来帮你。"

她在厨房里开始忙碌，我在她身边转悠，手足无措，幸好她命令："停水了，你到下面提一桶水上来。"我高兴起来，仿佛自己顿时变得伟岸，作为男性的特点有机会获得发挥。我甚至感觉这就像小夫妻的生活，如果在古代，我们这个年龄，也差不多可以结婚了。只是十八九岁的男女，并没有什么自立能力，若要结婚，也只能依靠大家庭。换了蓬门小户，也不是不成，也能够如愿，可是贫贱夫妻百事哀，未必又那么美好了。

我和她面对面坐在一张桌子上吃饭，吃的什么，完全不重要，感觉什么都好吃，生活是如此的美好，恨不能将时光就此冻结，贮入冰箱。我又想，如果能抱抱她，该多好啊；要是能够亲一亲，更是再好不过。时光若真的冻结了，我认为会有机会的。但时光走得飞快，我在后面跌跌撞撞追赶，勇气怎么也聚集不起来。也许这并不仅仅是天性所致，而是人如果不能成为经济独立的动物，就很难放得开。估计她也一样。我们的恋情，至今没有人知道，也觉得不配让人知道。

吃完饭，我们又坐着说话。我把印章给她看，还有席慕容的诗集，那是上次从她这里拿的。除了那本有名的《七里香》，另外几本封面上都印着少男少女，色调迷蒙温暖。每天没有别的事，我都在家里抄写吟诵，所有的篇章，基本都倒背如流。我不懂新诗，也不喜欢，但还是隐约觉得，这作者的诗风太不一致。后来才知道，有些根本不是席慕蓉写的，而是书商为了赚钱，把别人写的类似东西都归入她的名下。

于是，在那个炎热的夏天，我背熟了这样一堆乱七八糟的东西。

她接过诗集，说："其实我也不是很喜欢，只是见大家都在看，就买来看看。"

又相对坐了一会，她似乎感到尴尬。这样美好的时光，我们都觉得尴尬。青年恋人独处，只应当恨时间不够，而我们却不知道怎么打发。其实并不是不知道怎么打发，而是我们无法有效打发，我们无法不辜负时光。

她提议："咱们去旁边的纪念馆玩玩吧。"

我说："好吧。"

其实离开这两人独处的封闭空间，我非常依依不舍，也许再酝酿一阵，勇气会降临到我的身体，就能至少亲她一下，当然再多的，我根本没有想过。事实上，我都不肯定除了亲吻之外，再多的还能做什么，我的性知识并不丰富。亲吻只是一种生理本能，性交当然也是一种生理本能，但这种生理本能，被巨大的道德感和无望感深深禁锢着，埋藏着，在面对她的时候，它根本就不存在，从来没有存在。

我怯生生说："要不要带上相机照相？"她一口否决："有什么好照的。"

纪念馆是一栋清式的宅院，白墙邻水，古木参天，旁枝斜逸，探出墙外。走进去，暑热为之荡然，甚至略有凉意。地面青苔星罗棋布，也印证出其清空宁静。我们在一个一个的展厅间徜徉，馆内没有别的游人，只听见我们自己的足音跫然。我们一边走，一边说些不咸不淡的话。只感觉我们这种感情，随时可能分崩离析，是草上的露水，是沙滩上的脚印，是熹微的晨光，是向晚的霞光。它只是我生命中美好的一瞬，而且是不可触摸的美好一瞬。它不是真的。

很快转完了一圈出来，又是相对无言，于是她说："回家吧。"

我也不懂得挽留，主要也不觉得挽留又能做什么，再说这个时间了，又能怎么挽留？只能点头答应："好吧。"

走到路口，我们分手作别。

我问："下次什么时候见呢？"这是惯例。

她说："这几天要去姥姥家，回头我给你写信吧。"

我有点失落，但也无话可说，又想到一件事："铜锣说，你爸爸在厂里是科长。"

她笑着摇摇头："不，就是普通的工人。"

我说："哦。那我等你消息。"心中忽然又高兴起来。迎面驰来几辆运泥土的大货车，掀起灰尘一片，我猛地一蹬车，钻进了灰尘之中。

两个月后的一个下午，几个同学商量去一个名胜，享受秋季的美好时光。我建议去那个纪念馆，并自告奋勇带路。于是借了几辆自行车，一人一辆，很快就走到了那条熟悉的小路。我忽然发现前面走着两个人，心中顿时噗噗直跳。但已经避无可避，只能硬着头皮骑过，然后猛地一刹车，回头一望，有一个正是她的面庞。

她背着相机，身边是一个穿戎装的年轻妇女。不知什么原因，我对这种穿着的人，有一种本能的排斥。我笑着对她打了个招呼，好像是很一般的同学；她也淡淡笑着，和我一样。我挥挥手，跟着同学飞驰过去。

　　这个偶遇让我意兴阑珊，因为在那个百无聊赖的下午，我之所以建议去那个纪念馆，就是想重温和她在一起的回忆，而她永远不会懂得。

五十五　古籍书店

　　城北有一家古旧书店，有一次我偶然路过，以为是卖旧书的，就进去看，结果全是古籍。我这人好古，一看见古书就来劲，尤其是淫词艳曲，也符合我的心境。

　　古旧书店很小，但很精致，走进去才注意到，里面订了好多牌子，标识自己是"中华书局""齐鲁书社""巴蜀书社"等出版社的特约经销处，店堂里还挂着本城名家的篆刻书画，颇为雅致。卖的大多是古籍，但也有些现代名家的作品，比如周作人的系列散文集，我都是在这买的。不过我不大喜欢周作人，感觉他的文章软塌塌的，远不如鲁迅的清刚峻洁。他喜欢引经据典，哪怕谈些很小的事情，除了引文还是引文，自己就没几行字；虽然鲁迅也喜欢引经据典，但人家引得不生硬，能和文本水乳交融，浑然一体。

　　书不是开架的，但这难不倒我，我的视力一向特别好。如果说我的整体基因不怎么样，眼睛可是例外。我从小就喜欢在太阳直射下看书，在摇晃的车厢里看书，边走路边看书，躺在床上看书，但一点都没有近视。那书脊上的书名，不管多小的字，我隔着柜台看，都不费吹灰之力。

　　我很腼腆，如果不是特别想买哪本书，一般来说，我不会请服务员拿来看。但即便如此，服务员也会不耐烦。有一次我看见一本《札迻》，觉得名字古怪，想看看是讲什么的。那个戴着眼镜的清瘦男服务员身体不动，说："那个书，你肯定不会买的。"我就红了脸，讪讪地晃到别的柜台。

铜锣也喜欢读淫词艳曲，有一天他说："你在哪里买的这些书，下次再去叫上我。"我自然巴不得有伴。于是找了一个中午，我们骑车往城北疾行，他果然很兴奋，买了好大一摞。一个年轻的女服务员主动过来帮我们捆书，她扎着马尾，面容温婉秀丽，把书一本一本摞起来，一边死劲勒着绳子，一边问："你们是大学生吧。"

这个问话有点尴尬，我正要回答，铜锣已经抢先了一步："嗯，师大中文系的。"

我看着铜锣的脸，很正常，没有一点羞涩的样子。这家伙有两下子。

女服务员笑说："我就知道，只有中文系的才会买这种书。"

"你很懂行啊。"铜锣说。

"在这个书店工作，怎么能不懂，"她说，"可惜我没考上大学，要不然肯定只读中文系。"

铜锣说："这份工作也挺好的，可以天天读书。"

她笑笑："那不一样。"

我们各提着一摞书出门，他主动说："你可能觉得我脸皮很厚，是吧？"

这让我反而不知道说什么。

他继续道："如果我说是高中生，买这种书，那还不被她当成有病？以后肯定懒得理我们。说大学生，她也高兴，你也轻松，大家都方便，是吧。"

我说："可毕竟是撒谎嘛。"但心里不得不承认，他说得有道理。反正刚才我虽然脸上火辣辣的，却也没想揭露他的谎言，不是因为同学或者朋友情谊，而是因为，大约我也愿意享受这种谎言，反正它不是由我嘴里吐出。

暑假将尽的一天，我坐在家里，读着一本什么书，书上介绍着一些新出的诗词古籍。我心里突然萌发出强烈的欲望，把书一扔，顾不上外面耀眼的阳光，骑着车就向城北奔去。

书店当然还是老样子，但我东看西看，也没发现那次为我们捆书的女服务员，略微有些遗憾。我站在柜台前，开始认真挑书，首先买了几本诗词别集，又几本字帖，正准备收手，突然眼光又扫到了那本《札迻》，陈旧的书脊，估计在那架子上搁了几年，也没有卖出去。我突然鼓起了勇气，对服务员说："请拿那本书给我看看，谢谢。"

依旧是那个戴着眼镜的男服务员，他看了我一眼。我很紧张，心里已经想好了应付他的话，如果他还是那么说，我就回答："我是师大中文系的，别断言我不懂。"

但他什么也没说，默然从书架上抽下来，递给我。我翻开，没有淫词艳曲，都是竖排繁体，不知道讲什么的。我迟疑了一会儿，把书还给了他，匆匆走了出去。

五十六　恋终

　　我站在桌子前画画，墙壁上都是我甩毛笔留下的颜料和墨汁。我画的是一幅牡丹，两个花朵，一个是粉红色的，钛白打底，曙红晕染；一个是深红的，淡墨晕染，加明矾水，大红涂抹，一层又一层。叶子花青晕染，三绿托底。每次染色时，总是急急的，怕毛笔水分过多，导致染的色彩流出去，弄脏画面，所以总是忙不迭将笔甩干。若是那种装修精致的房子，我当然不会那么干。但这个房间的墙壁，坑坑洼洼的，简陋而寒酸，甩点颜料上去，倒反而能使它增色呢。

　　画总算染完了，粉色的牡丹熠熠生光，灵动飘逸；深色的牡丹色调醇厚，尽显富贵之姿。我再画两只鸟，在空中飞翔和鸣。这是应她的要求所作。我的邻居，一个结实的成年男人，不知怎么回事，特意跑过来看，他说："这个一副要画多久？"

　　我说："三四天。"

　　他说："好花时间。"啧啧叹了两声，也不知道什么意思，走了。

　　这时爸爸从外进来，交给我一封信："哎，你的信又来了。"表情诡谲，大概早已知道我的秘密。

我拆开信，上面没有几行字，说是快开学了，心情不好，她要去外地的亲戚家住一阵。我有些失意，但想一想，又觉得也许并不坏，因为我也必须忙碌起来。

爸爸蹲在门外，裸着上身，浇灌他的葡萄。他原先在门前种了几棵柳树，邻居老妪细凤正好走过，叫住他："门面前哪能种柳树的呀？种不得的啦。"爸爸说："啊，有什么说法吗？"细凤一脸不屑："老人家说，门前种柳树，鬼会躲到树荫下，以后门前都是鬼。"爸爸说："这样啊，那我砍掉。"二话不说，一锹下去，一棵柳树向前扑倒。随即找来几根毛竹，支起了一个葡萄架，兴奋地说："等到，暑假就有葡萄吃。"

现在葡萄虽然挂了不少，可是每一颗都酸得像绿皮裹着一团醋，无人问津。他有些沮丧："这种种子不好，要换一种。"如今蹲在这里折腾，大概就是想搞新品种嫁接。

"你大伯刚查出来肠癌哦。"他仿佛看见我靠近他，说。

"啊。"我说，"怎么会这样，他不是一向身体很好吗。"我想起了小时候所见大伯的标准造型，挑着两捆柴禾，在煤渣路上风一般疾行。记得爹爹还活着，住在我们这里时，有一天，他突然信步悠闲而来，父子俩兴高采烈，谈起了政治大事。大伯为林彪抱屈："毛主席伟大是伟大，但杀林彪，也确实做得过了，没有林彪，他夺得了天下啊？"还有一些其他的小道消息，估计是从工友那听来的。他在军工企业，类似的传闻应该不少。我那时仿佛重新认识他，这个不苟言笑的文盲，没想到还对政治兴致勃勃。我还记得几个月前，又在放学路上遇见过他，他踽踽独行，肩上再也不见柴禾，毕竟儿女都大了。他不会骑车，上下班都靠两条腿。我叫住他，用自行车后座载了他回家。现在回想起来，他那时的精神确实不好。

爸爸说："越是身体好，越不晓得爱惜。他经常吃冷饭，有时就在厂里，用自来水一泡，也没有菜，就能吃下去。他说，我的肠胃啊，就是块铁吃下去都能消化。现在好了，得了肠癌。"

我沉默不语，脑子里翻来覆去想着小时候老屋里的事。

爸爸又说："不过我猜，他得这个病，跟他的工种也有关系。"

"他什么工种？"

"翻砂车间，听说都是有毒的。一般人不愿做，但工资比别的工种高，还有奖金，他就报名了。你晓得养六七个子女，几艰难不？"

我说："哪个要他生那么多？繁殖狂啊。"

爸爸怒了："你晓得个屁，书呆子，屋里没有人都行啊？"他对毛主席无比景仰，提起邓小平就想骂娘，尤其对计划生育不满，经常说："那个邓矮子不晓得几坏，逼人家搞计划生育，断子绝孙。"而我年轻气盛，充满理想，对他这种热切的繁殖欲望深为蔑视，我常因此讥笑他："毛时代，你敢这样骂毛吗？邓小平给了你一点自由，让你骂他也没事，你却不知好歹。你想想，毛时代我们过的是什么日子？"但现在我不想跟他口角，就说："那也不能去有毒车间啊，找死啊。"

他说："为了国家安全，那些有毒的事，总要有人去做嘛！"

我摇摇头："那就求仁得仁了。"转身走进屋，还听见他在嘟哝："什么求仁得仁，少跟老子来这套。"我没有理他。

接下来的几天，我去新学校报到，注册，选床位，领新书，开始了大学生活。我每天都盼望她的信，我也给她写信，但没有寄出，想着等她回来时，再一起给她。这种想法，也不知是从哪个言情剧里看来的。双方的信，内容都一如既往的纯洁，因为我至今一点都不记得其中的片言只语。饶是如此，也一样珍爱。每一封来信，总会来回看好几遍。我从来没有截住过班上的收发员，问信件的事。但我总是希望，他走到我们寝室来的时候，能叫我一声："喂，褚枕石，有你的信。"

转眼就到了冬天，有一天下午，我和同学老龚骑车出去，预备去看电影，突然一眼瞥见她骑着飞鸽车迎面而来。我惊喜地叫住她："你不知道我的住处，怎么找来了？"

她笑说："问问不就行了。"

然后我们一起去了她临时工作的单位，江西省博物馆。我参观了博物馆，馆内正展览着新干大洋洲出土的商代青铜器，作为一个大一新生，我也看不出所以然来，只是装模作样转悠着。然后又商量，一起去看电影。她爽快地答应了。电影名叫《汪洋里的一条船》，我们坐在黑暗里，我的脑子完全没有进入剧情，感觉浑身上下每个毛孔都滴着爱和感伤的东西。我们磨磨蹭蹭地，想比以前亲热一点，我摸住了她的手，头也渐渐倾过去，靠在一起，甚至当我鼓起勇气想要亲吻一下时，突然大灯闪亮，电影结束了，面前接二连三，矗立起无数鬼影。我心里暗叹了一声：这就是命。

冬天的傍晚，寒风呼啸，我们再次在路口告别，她突然递给我一个信封，说："回去再拆开。"

晚上，我打开信封，竟是一束头发。这也难怪，我们那时候能想出的，就只有古典戏剧里的这类手段了。但这也许又暗合人情，因为那毕竟是她身上生长的东西，仿佛就真的可以代替她似的。那缕头发还带着她的体味，因为我们在一起时，最大限度的亲热，也不过是闻闻她的头发，就是那个味道。

起初我们还一周通一次信，不咸不淡地持续了一年。最后她来了一封信，说对我"没有那种波澜壮阔的感情"，我在燠热的屋子里，把信看了几遍，身体里空荡荡的，仿佛五脏六腑都有乔迁之喜。我知道自己很难过，但总归是个骄傲的人，当即坐在桌前，回了一封信，表示听任自便，信中依旧附了一首词《点绛唇》：

> 细柳平莎，还如携手当时路。
>
> 可堪辛苦？旧梦全无据。
>
> 恨写鳞书，尽是绝情语。
>
> 羞相诉。又伤幽愫。又把良辰数。

但是想了想，又把词拿出来，忙不迭将信封糊上。然后，我把她所有的来信塞入塑料袋，拎出去，走到城南小学的操场上。我找了个墙角，把信堆积起来，划着了一根火柴。午后的阳光像玻璃一样晶莹透亮，我站在树荫下，望着那曾经让我移魂荡魄的信纸逐渐变成黑灰，翻卷起来，又随即像纸钱一样在空中飘扬，从此和那段感情阴阳相隔。我喜欢这样决绝，不愿给自己留有余地。《世说新语》里说王蓝田用餐，用筷子夹鸡蛋，老是滚落；一怒之下，用手抓起来掷到地上，鸡蛋在地上犹自骨碌碌旋转；益发大怒，跳下床榻举脚狠踩，竟没踩着；由是怒发如狂，捡起来往嘴里塞，咬破然后吐之。很多人从中看到的是性急，我看到的却是他和鸡蛋"与君相决绝""拉杂摧烧之"的心态。

往事浓厚多汁，写着写着，就寡淡起来，或许也有我不愿回忆的缘故。想起当年是多么如痴如醉，欲生欲死，后来想起来，觉得大概和她在一起，未必是最好的选择。十八九岁，是少年的尾声，而人一生的性情，大概就来自童年和少年。所以，如果缅怀它，也许不过是缅怀附丽于其上的青春罢了。席慕蓉的诗，我至今还记得一些，但最清晰的还是那几句：

> 总有一些什么，会留下来的吧。
>
> 留下来做一个不灭的印记。
>
> 好让那些不相识的人也能知道。
>
> 我曾经怎样深深地爱过你。

现在读起来非常肉麻，可当时不会知道。而且，为什么爱过你，要让不相识的人也知道呢？为什么呢？何等无聊。但那时真不觉得，尤其是爱过你，而且是"怎样深深地"，就恍然自己也进入了文艺作品，让千百万其他的青年男女低徊，自己把自己感动了。

毕竟那是那样的一个时代！

后记

写这本书，最让我困扰的，是采取什么叙述方式。我尝试过按照不同的点切入，感觉都有利有弊。每一个故事，都有一千种不同的写法，如果能找到最佳的写法，那就会成为名著。但那何其之难？本书最后固定成现在这个样子，我并不完全满意，但也只有如此了。

又想起少年时代的一个傍晚，我出门办事，在煤渣路上碰见爸爸，他骑着那辆二八烂永久自行车，向我迎面驰来，后座上还剩一点没卖完的水果。那年暑假，他没事就去贩水果卖，卖剩的，就分给我们吃，这对我们来说，犹如节日。但那刻，我看见他可怜虫似的憔悴面庞，心里一阵悲伤，难道人生下来，就是为了让生活把自己折腾成这个鸟样？

我也经常想，那些鸡皮鹤发的老人，他们也曾有过红润的童年，他们也曾靡颜腻理。有时候想到我的精神病二姨，我也总会感慨，当初形成她的那枚精子在出膛后发足狂奔，迫不及待和卵子结合，肯定不是为了过这样的生活，只是它不知道。

活着，对很多人来说，是多么的可悲啊！

但就是这么悲凉的过去，这么悲观的思想，有时候悚然一惊，年少时的生活画面纷至沓来，又会忍不住低徊感叹，心中温暖不胜。

我总感觉自己是在争吵和被忽视中长大，但也明白，他们不是故意的，只是没有能力对我爱护。然而，敏感的种子就此萌生，安全感对我来说，是从来没有的东西。古代那些乱世的军阀，大约不少也和我一样。他们出人头地后，杀人如麻，恐怕也不过藉此来掩盖自己心中的栖遑。好在我没那种能力，也没赶上那种时代。

总是听妈妈诅咒爸爸："叫一只黑面包拖得你去哦，拖到瀛上去哦。"那时殡仪馆的车，都是黑色的轿车。《集韵》上说："楚人名池泽中曰瀛。"不过我记得的瀛上，并没有绿菱红莲，只有掩映在莽丛中的层层坟冢，我们被告知，下面躺着的全是革命烈士。后来它干脆成了坟地的代名词。妈妈的这种诅咒，初听有点惊悚，多了也就习惯。实际上她对爸爸很依赖，有一次爸爸和外人口角，差点动手，妈妈气得要上前同那人拼命。但爸爸，可能对她没有什么感情。

这也是我没有安全感的原因之一吧。他们都不像正常人类，或者说，又太像正常人类。生在这样的家庭，很容易就会不完全正常。

本书的每一章，并不都直接和户口有关，因为，我并不想像某些作家那样，刻意去编一个首尾齐全的离奇故事。那样并不难，而且很讨好读者，但有违我的文学观念。我只是细细地写我经历或者目睹的生活，户口问题，不一定都会像炸弹一样，瞬间爆发出剧烈的残酷；大多时候，它只像慢火，给人输送持续的熬煎，许多宝贵的人生就此毁弃。

生命中经过的细节，不一定都记得那么牢靠，免不了会有些虚构。其实，所谓的史书，绝大多数都存在有意无意的虚构。因此，这部作品，其实不是自传，而是小说。

很多人写自己或者家人，总能看出有所美化，这其实是另一种自我审查，读多了，就逐渐产生厌恶。生活不可能是那样子，生活，大多情况下都充斥着猥琐。也许用"猥琐"这个词，已经等于向"高尚教育"屈服。其实猥琐才是生命的常态，高尚反是异类，只是为了社会的运转，有时我们不得不强打精神。人不完美，有些时候甚至恶心，而写作的天道是"诚实"，这是我喜欢的美国作家查尔斯·布考斯基强调的，我相信并且遵循。诚实，就意味着要勇于揭示内心，挑战自尊，这固然会让我脸红，也不是不曾让我犹豫，但最终，我还是厚着脸皮坚持下去了。我认为值得，而且应该。

每当午夜不眠，那些童年和少年时代的往事，就会枕上浮现，历历在目，耳边同时笑语喧哗，贫瘠的家庭，也仿佛繁花似锦；然后又会蓦然一惊，意识到那些丰饶的时光，永远仅存于记忆之中；那些能够呵护我的亲人，多已凋零，不在人世。

原来，人不断长大，即在不断弱小。

史杰鹏

2015.10.10

史杰鹏

　　江西南昌人，文学博士，主要研究古文字学和训诂学，曾出版学术专著《先秦两汉闭口韵词同源关系研究》《畏此简书——战国楚简和训诂论集》，诗词鉴赏集《悠悠我心》《古诗课》，散文集《旧时天气旧时衣》，长篇小说《亭长小武》《鹄奔亭》《楚墓》《户口本》《刺杀孙策》等。

户口本

作　　　者：史杰鹏

责任编辑：李丰果

特约编辑：林　恩

封面设计：JomoDesgin

出　　　版：Heptagram Inc.

网　　　址：https://www.heptagram.ca/

电子邮箱：newpublish@heptagram.ca

地　　　址：1315 Pickering Parkway, Pickering,
　　　　　　Ontario, Canada, L1V 7G5

ISBN：978-1-7390428-4-4

Published in Canada by Heptagram Inc.

Library and Archives Canada Cataloguing in Publication

Title: Household Registration Booklet

Names: Shi, Jiepeng, author

ISBN: 978-1-7390428-4-4 (paperback)

ISBN: 978-1-7390428-5-1 (ebook)